本書獻給

國族危亡時投筆從戎的先外祖父母

及參加過東京同盟會、黃花崗起義、黃埔軍

校、北伐、抗戰的先外祖母家族

和那些沸騰的歷史大時代

长篇历史纪实文学

何倩 著

西江逆水

—— 大时代的家国故事 ——

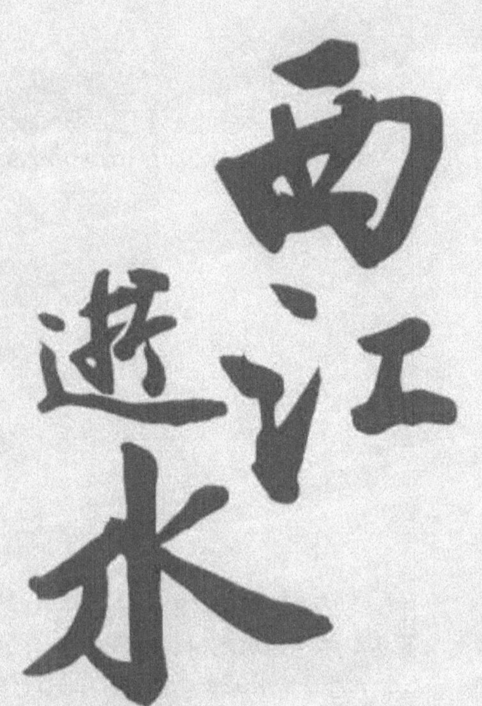

壹嘉出版

壹嘉出版
1 Plus Books
http://1plusbooks.com

作者：【加】何倩/Qian He
書名：西江逝水/ Xijiang River
Copyright © 2023 by 何倩/Qian He

2023 1 Plus Books 壹嘉出版
Paperback Edition
Published and Printed in the United States of America

ISBN: 978-1-949736-75-5（印刷版）
ISBN: 978-1-949736-77-9（電子版）

出版人：劉雁
封面設計：王燁
定价：$22.99（印刷版）
　　　 $12.99（電子版）
San Francisco, USA , 2023
http://1plusbooks.com
email: 1plus@1plusbooks.com

作者小像

作者简介

何倩，祖籍四川，生於重慶。自幼喜愛文史。美國紐約市立大学心理學學士、社會學碩士，加拿大溫莎大学社工碩士。曾執教於華南農業大學社工系。現為加拿大安大略省註冊社工，心理治療師。在診所執業之餘，讀史於東籬之下，筆耕於靜室之中，聊為無益之事，以遣有涯之生。著有《百年家國：唐家故事》（廣西師大出版社新民說，2021年9月出版）。

目　錄

大河的隱喻

——《西江逝水》序

馮 原

　　西江是條大河，我讀大學時與它相遇。1980 年代初，從桂林到廣州念書，大都坐火車經衡陽中轉。時逢改革初起，廣東已成熱土，如大潮湧珠江，南下火車沒有不擠成悶罐裏的沙丁魚的，個中之辛酸苦辣簡直不堪回憶。直到 1982 年，有了桂林——廣州的水陸聯運，於是，即使是極害怕暈車的我也毫不猶豫地選擇這條南下之路，原因就是經過白天的班車顛簸之後，只要到了梧州，就可以坐上西江上的紅星客輪。

　　在西江上，那可能真是時值青春期的我能遇到的最愜意的旅程了。黃昏時在梧州碼頭上船，居然人人都有鋪位，無須爭搶的，且有一個窗口臨江，憑窗遠眺，江風吹拂，西江的暮色盡入眼裏。輪船發出有節奏的、低沈的轟鳴。入夜八點，客船的廚房供應夜宵，有艇仔粥等廣府味的小食，那種輕松與火車之苦悶簡直成天壤之別。一夜入眠後，凌晨六點多抵達廣州大沙頭碼頭，一點不覺辛苦的。

　　大學畢業後即告別了西江上的旅程，但也是與西江有緣，我來到肇慶師範學校任老師，在肇慶呆了三年，見證了珠三角修路建橋的熱潮，直至 1995 年後，我們開始自駕走兩廣，大多會走三水轉四會、沿著綏江過懷集入廣西，偶爾也會走 321 國道經梧州過，不過那時，西江就沒那麼引人註目了。轉眼到了我讀完建築學博士，入職中山大學之後，我為上海《東方早報》撰寫專欄，專寫建築與文化等，就這樣，西江與水運、梧州和騎樓等等又躍入腦海，於我而言，竟突然活化為一種方法論的感悟。我本來興趣頗雜，涉獵社會經濟史、地方史和生物學、人類學等。所謂方法論，似乎是找到了一種結構主義式的觀察和分析方法，如此，水運與騎樓的貿易成本與地理意義上

的珠江水系和西江相聯，我覺得找到了一把解題的鑰匙。2005 年為廣東規劃
協會的年會寫了一篇長文「水運與城市」，便把香港、肇慶和梧州等西江邊城
市串連起來思考，嶺南兩廣的地理二元論，作為分水嶺的五嶺和作為血管的
珠江（西江）成為了解釋文化演變的初始條件。到後來 2013 年，與南都報南
島的團隊和深圳的左氏兄弟團隊等一同參加「走讀國際大都市」的考察活
動，那時，在紐約的廣場上的拍攝間隙，我打開隨身帶的戴蒙德的《槍炮、
病菌與鋼鐵》來看，其實思緒卻是飛向了兩廣的西江。恍然間，我覺得自己
領悟了戴氏的地理決定論。2015 年春節前，我居然突發奇想，要親身考察春
節返鄉潮的摩托大軍，我謂之為三文魚回遊式的奇觀，於是只身一人開一輛
雅馬哈 FZ1000，沿西江走 321 國道，經肇慶德慶封開到梧州，有時停車在江
邊極目，思緒萬千，甚至想，1850 年前後的洪天王從廣東花縣到廣西桂平，
恐怕是坐船走西江水路的；近至中山先生，1920 年代到桂林策動北伐，走的
就是西江到桂江及漓江之路，平樂碼頭還有船家菜流行，都與中山先生那二
十多天的江上之旅有關，於是再沿潯江西進，經藤縣至桂平，再沿黔江經
武宣象州荔浦至桂林，在飛馳的摩托上總是試圖領略這片江河土地的特
征。聯繫到 2006 年南京大學高華先生引薦我到香港中文大學中國研究服務
中心訪問，也是關註 20 世紀兩廣的文化地理，其中有讀 1968 年的香港舊報
紙，說到西江上的「漂流物」居然可以漂到香港水域，瞬間將 68 年發生於桂
中地區的人倫慘劇與西江這條大河的流域聯繫起來了。

　　回想起來，在摩旅西江流域的過程中，這種沿途即見即興的感慨之多，
偶發微信抒發，直至被中山大學劉誌偉教授所見。劉誌偉是歷史人類學華南
學派的大家，我們的對話也頗有意思：我本在藤縣吃魚生，感慨這藤縣魚生
與順德魚生之異同，斷言一切都拜西江的主人疍家所賜，疍家行船沿江往
來，食隨人走，於是形成流域和文化的圈，魚生便是水路文化傳播的證明。
劉誌偉教授笑言：歷史學家吵了幾十年的問題，你在廣西吃個魚生就解決
了。他說的是袁崇煥原籍貫屬地的公案，歷史學界劃分了兩派，一派說他是
東莞人；另一派說他是廣西人，劉教授說，袁家本就是疍民，船家哪來定居
之地，隨船而行，走到哪裏就是家，所以魚生傳播之說完全成立。

　　終至有一天，從方法論及至觀念創作，2015 年後我著手做自己的「假設

歷史學」創作，由假設歷史到「假設地理學」其實也是跨越一步而已，目標仍是轉向珠江—西江這片流域和土地。那是 2017 年深圳雙年展，由好友劉珩（香港中大教授）策劃的研討會，我便擬定了假設地理學的講題「大河的隱喻」。說是假設，其實絕非隨便編造，假設是以真實為前提，只是打破歷史的線性邏輯，引入反轉和顛倒等手法，頗像當代藝術創作的產品。在「大河的隱喻」裏，我開篇就以珠江水系的地圖為先導，開始了一系列假想測試，以珠江水系的入海口為例，將之反轉向上，變成珠江—尼羅河；將之鏡象反轉，變成珠江—恒河或珠江—揚子江。如此等等，然後進一步推導下去，假設嶺南—珠江水系的條件發生逆轉或顛倒，那麼，生活在這個區域的人們，其文化選擇會發生改變嗎，那些已成事實的歷史進程會發生劇變嗎？

其實，假設與真實是不可分離的。直到 2021 年在珠海唐家灣，我受華南理工馮江邀請參加七校工作坊，看到同學們有放 1964 年衛星地圖，才知道 USGS 上可下載 1960-1980 年份的鎖眼衛星圖像，於是我萬分激動地直撲進去，簡直像是阿里巴巴用芝麻開門的密語打開了藏寶的洞穴一樣。電腦上，成長條狀的地圖影像，一條條地覆蓋兩廣和珠三角，時間跨越到 60 或 50 年前，在影像裏，西江與城鎮村落，從梧州、肇慶到廣州全都躍然而出，其清晰度可達能看見江面上的小船。我覺得我大腦內發生了穿越，我仿佛坐在時光機裏，打開當下的彩色的谷歌地球，對照著幾十年前黑白的西江流域一帶，任意「飛臨」它的上空，俯瞰地面上的一切，村莊、祠堂、田野和煙囪，江上的帆船和小艇，某個遙遠的時刻被定形在視野之內，事無巨細，一覽眾山小。我甚至這樣來比對，叫多重視角方法，如果你曾位於西江邊的某地，例如梧州碼頭邊的大新旅館，你將肉眼所見和上帝視角合到一起，再將 50 年跨度的影像進行比對，猛然之間，你就仿佛在茫茫人海中認出一個熟人的臉一樣，於是「大地之臉」的題目就應聲而出了。2022 年，順德巽美術館的曼迪願意來做這個主題，我就把「大地之臉」變成一個假設地理學的進階之研究，現在，我進一步把這個研究稱為「地像學」，我想反復地探尋這一片流域和土地中的密碼，我稱為水土的 DNA 遺傳單元。

不過我真的沒有想過一個問題，那就是——我為什麼如此迷戀這片流域和土地呢？直到表妹何倩交給我這部書稿《西江逝水》，我仿佛又一次被某種力量擊中了心窩一樣，是西江這個名字更甚於何倩表妹的前一部《唐家故事》嗎？還是從《唐家故事》始，我就意識到，個人的心路歷程中似乎有來自基因傳承的隱秘的作用，說是隱秘的，是因為它若隱若現的那種狀態。

說到何倩，就要打開另一條母親和外婆家的家族線索了。她的外公就是我的小舅公，我自小在桂林太平路的外婆家混，舅公是廣西師院的大教授，春節會來太平路拜年。童年時見過舅公，甚是儒雅莊重，如此這般的，時光荏苒，略過不提。一直來到何倩寫作《唐家故事》的時候。何倩好像是以她的《唐家故事》和所作所為提示了我，有一種家族的力量，某些遺傳了這種基因特質的人傳承或延續了隱形的力量，它又表現為感悟和書寫，於是內在的、不可見的基因與血脈的力量得以透過文字的形式顯形出來，這不就是演化生物學家道金斯假設的頗為迷人的文化基因的概念體現嗎？於是我推而及已，前述的那個問題似也有了文化基因式的答案：我與何倩是在兩條不同的路徑上，以不同的方式關註同一個領域，它在宏觀上是水域和地域的，時空和歷史的變遷過程；在微觀上是家族、家和個體，每一個社會微粒的行動和選擇。

從形式上看，小說當然是虛構，傳記也不乏虛構成份，但是什麼是真實呢，尤其是變成回憶之後的真實？回到我熱衷的視覺領域更是如此，以至我想把丹尼爾-丹內特拿出來作證，因為在當今最顯赫的腦科學或意識科學的論辯中，丹內特的關於人類意識是一種虛構的觀點很有代表性。我自己就是丹內特的粉絲。好吧，暫時拋開這個難纏的意識哲學的定義吧，無論如何，當我在看何倩表妹的《西江逝水》，那些地名、人名湧進眼裏，雜柔著粵音和氣味分子，我又實現了在腦內的穿越，一次又一次，這一次實現穿越的運載工具是小說的文字，但也不全是文字，我那些承載上帝視角的圖像穿越劃出了更多的空間輪廓。其實，所有的讀者都是一樣的，何倩書寫了又一批道金斯的 MEME（文化基因的虛構名字），它將這片流域和土地上的人的故事傳輸進入了讀者的大腦，於是人們在復製和再復製它們。

也許這是從每一條大河被大自然創生出來之後就註定了的，我還是把我對《西江逝水》的感悟歸結到大河的隱喻之上。如今是高鐵時代，往返於兩廣之間的旅程早已告別了客輪和大巴，自駕也只是偶爾的選擇，從桂林到廣州走貴廣高鐵，只需兩小時五十分。每次坐在明淨的車廂裏遙看窗外風景時，都難免感慨萬千，那是因想起了西江上的紅星客輪和翻越大桂山的客運班車觸發的，所以，每次經過三水的思賢滘的鐵路橋時，我都不由自主地拿出手機拍幾張連續的風景照，因為這是西江與北江交匯之地，從這裏，西江轉了一個大彎進入珠三角，地貌和風光隨之大變，此地叫三水，哪來三水呢？原來是西江、北江還加上懷集流下的綏江，三江匯流而成三水，珠三角的門戶之地也。

思緒就是這樣，被河流所激發，又因河流的走向而延伸著，若是手捧著《西江逝水》一書，這思緒定然還會神思蕩漾的。

是為序。

馮原，建築學博士，中山大學新聞傳播學院教授，中山大學視覺文化研究中心主任，著有《樣式的對策：建築的符號生產及其象征的邏輯》、《被壓迫的美學：視覺表象的文化批評》等。

不容青史盡成灰

——序何倩《西江逝水》

黃雅純

這是一部根據家史而創作的小說，作者對家族一百多年從辛亥革命到近代史的驚濤駭浪都有細緻的描述。

作者何倩的先輩為了響應中山先生"振興中華"的號召參與同盟會，投入革命大業，其下一代又投入抗日戰爭，抵禦外族侵略，代代前撲後繼，譜出了可歌可泣的家史，

在這"最壞的時代，也是最好的時代"的百年歷史舞台上，為了避免中國淪為殖民地，曾有無數如何倩家族的書香世家或將才菁英義無反顧"拋頭顱，灑熱血"，在激情燃燒的歲月里以鮮血寫下了扭轉中國命運的無數可歌可泣的經典傳奇！

然而，這段歷史漸漸已被人遺忘，甚至無數愛國志士的功蹟被扭曲、誤解，這書名《西江逝水》流露了作者無奈的嘆息和"不容青史盡成灰"的沈重。

家族史一向是研究歷史的重要補充，口述歷史近年來受到歷史學家的重視，因為歷史不是只有一個視角，是必須收集時代背景下各方面既複雜又細瑣的因果碎片方能耐心仔細地拼湊出清晰的全圖的。

然而極其遺憾，我們的歷史學家又往往偏喜黃河長江地區的歷史，對西南邊陲之地的西江流域有所忽略；曾經兩廣並稱，但如今兩廣成了兩個區域的概念之後，廣西的革命史蹟就似乎成了歷史配角，深入研究而寫成歷史的作家不多，所以，當壹嘉社長劉雁告訴我有本關於廣西的一個家族革命歷史

的作品將由壹嘉出版時，我為之一振。

我於 2010 年由"四川文藝出版社"出版了紀實小說《南寧舊事》（署名玄黃）。這是因父親在無數次追思祖父的舊事時，將邕江水一點一滴澆注於出生台灣的我，最終，如父親所願，這飽含了西江上游邕江元氣的祖苗終於茁壯成"書"。書中緬懷上上世紀到上世紀黃氏家族通過軟實力的經濟，以一己小我的革命情懷試圖挽救大我中華！

我雖生於台灣，但心繫祖地，就如南寧晚報介紹我的標題：《身在美國心在邕》，這本書曾得到廣西作協的"長篇小說年度成就獎"，也有幸得到未曾有緣謀面的作家兼記者陳紙的評論："讀過許多寫南寧的文學作品，但絕大多數是散文，小說甚少，更別說長篇小說了……現在有了，而且讓一位遠在美國筆名玄黃的女士搶先寫了。"我和陳紙先生的心願一樣，希望有更多的廣西作家能寫出廣西風情特色的廣西故事，還原廣西人在這風風火火的歷史舞台中心的原有光環。

2016 年我隨同《紅衫林》雜誌社長呂紅等作家與廣西北海作協交流，在"盍各言爾志"各抒己見時，我呼籲："中國文學重北輕南，冀望廣西作家發揮廣西文化風貌，發揚南方文學"。數年過後的今天，當我讀到《西江逝水》，我終於看到《南寧舊事》的微弱星火由下一代興起的火勢。

我與作者通過微信，竟然得知雖因 1949 年後的歷史原因我們的家族都分隔兩地，但彼此卻都因親人或故交而有所關聯，也因而得知一些因海峽阻隔而斷訊的親朋舊友後半生的故事，令人唏噓，也令人反思。這"無語問蒼天"的無奈在我今年由壹嘉出版的《風吹稻花香兩岸》中多有描繪，那也是廣西人在 1945 年後內戰歷史洪流下值得書寫的一段史實，對此，何倩也表達了探索的興趣。每個人的人生都是一部小說，如深入這段廣西歷史，想必會發掘出一座文學金礦！

然而，一代有一代的使命，在中國大地上曾經百年紛擾的風雲際會終究已逝水東流，希望年輕一代的廣西作家不但發揮廣西文化亮點，而且在經歷百年滄桑，中原既定，已實現先賢的宏圖國家一統的大舞台上瞻望未來，以文化軟實力走出廣西，走向世界文藝劇場。

何倩的年齡尚輕，寫作的歲月還很豐足，祝願她能寫出更多精彩的作品。

2023 年 6 月

黃雅純，哥倫比亞大學教育學碩士，退休教師，作家、畫家。世界女畫家協會（INWAC）舊金山分會會長。主要作品包括長篇小說《南寧舊事》（四川文藝出版社，2010），作品集《紐約麗人行》（長江出版社，武漢，2012）和回憶文集《風吹稻花香兩岸》（壹嘉出版，舊金山，2022）。小說《尋找玉蘭花》獲2011年度中國《小說選刊》全國筆會中篇小說壹等獎。

楔　子

依稀彷彿，他又回到了當年的東京。又看到了那些年輕的、無所畏懼的面龐，又聽到了孫中山、黃興那些令人熱血沸騰的慷慨陳詞……

午後在廊下小憩的的周崖洲，突然被德國造自鳴鐘從夢中喚醒。

他坐直了身子，清醒了。

這不是光緒三十一年（1905）夏的日本東京，而是民國二十八年（1939）冬的廣西梧州藤縣南安鄉丹村，自己的老家。

家裡的老僕人福嫂，給他端來了一杯紅濃陳醇的六堡茶。

她聽說，日本鬼子最近鬧得很兇，原來的省府南寧已經淪陷。離南寧不過三百公里的藤縣，氣氛也緊張起來了。已經 53 歲的老爺，作為本縣的參議會參議長，近日為此操勞，身心疲憊，好不容易從藤城回鄉休息兩天。這種原產於蒼梧縣六堡鄉的崇山峻嶺中的黑茶，色澤黑褐光潤，葉底紅褐，湯色紅濃似琥珀，滋味醇和爽口，甜滑之外，還有檳榔的香味，有助於提神醒腦，解除疲乏。

周崖洲接了過來，正要喝一口，門外傳來了一陣熟悉的風風火火的腳步聲。

不用猜，他就知道，是去年十月隨廣西大學遷到省府桂林、投筆從戎參加了國民革命軍廣西抗日救國學生軍的堂妹周琬瓊回來了。

瞬間的功夫，琬瓊已經站在他面前。

"三哥！"

他定睛一看，一年多沒見，琬瓊像變了個人似的。之前是時尚的女大學生打扮：燙過的短髮，融入了幾分西式風格的旗袍，西式外套，白皮鞋；如今，卻是齊耳短髮，一身戎裝，皮帶，綁腿，草鞋，讓他想起年輕時準備進攻兩廣總督署時的自己。

「阿琬，你返佐來啦？」（粵語：你回來了？）

梧州方言是和同飲西江水的廣州一樣的粵語語系。雖然他們都會說兩廣流行的桂林官話，在家還是說粵語。

「三哥，我地（粵語：我們）學生軍就要去崑崙關協助第五軍作戰了。上級知我屋企係呢度，特許我返來一陣間，好快就要走」（粵語：上級知道我家在這裡，特許我回來一下下，很快就要走）。

周崖洲有些激動。

集結在南寧附近的崑崙關一帶的第五軍，據說是我國最精銳的機械化部隊。這是要和日軍打一場硬仗的架勢啊。而這個他看著長大的堂妹，富甲一方的丹村周家的九小姐，竟然要上戰場去和日本鬼子作戰了。

「阿琬，你真是好樣的！三哥為你驕傲！」

「那還不都是受三哥的影響。」

琬瓊說的是大實話。

眼前這個比她大 32 歲的三哥，年輕時留學日本，跟隨孫中山先生，加入同盟會，是最早的同盟會員之一，還參加了黃花崗起義。他的革命經歷，對弟妹們產生了巨大的影響。六哥本謹當年參加黃埔軍校，也是受他這個同胞哥哥的影響。

「三哥老了，要不然，也要和你們一起去打鬼子。從盧溝橋事變，到淞滬抗戰，台兒莊大捷，從正規軍到你們這些學生軍，前仆後繼，英勇報國，說明我民族精神尚在，中國不會亡！」

和三哥道別之後，琬瓊回到一牆之隔的自家院落，準備步行回學生軍駐地。

琬瓊這些年在梧州讀高中和大學，很少回老家，卻是魂牽夢縈。母親去世得早，她在這個盛產水果玉桂松脂的美麗山村奔跑著長大，感情極深。周家四房人都住在這棟四座五開間的大宅裡，清一色的新式青磚瓦房，門口有三個魚塘，中間有涼亭、橙子林、荔枝園，周圍是芭蕉樹和番石榴，對面山坡上是橄欖樹林。從自然環境到氛圍，都頗有南洋風味。

去年從廣西大學教務處辭職回鄉任藤縣中學教導主任的哥哥周道衢，這兩天也正好回來探望父親和繼母。哥哥把她送到村口，囑咐再三，才轉身回家。

站在村口那高高的錐栗樹下，琬瓊忍不住又回頭望了一眼。

這樣一個寧靜的南粵山村，也要被異族入侵了嗎？

聽父親說，村里組織了自衛隊，準備抵禦日寇。六哥，比她還大幾歲的侄子竹奇、定昆，都參加了，每天都佩著駁殼槍。全村 40 條槍，周家就有 20 條。他們都是好樣的。我們中國人決不做亡國奴，一定要抗戰到底！

東京，同盟會，黃花崗

1

堂妹琬瓊走後，周崖洲陷入了回憶。

這些年，他一直安守家鄉，默默無聞地在這個西江邊的小縣城服務民眾，建設桑梓。很少有人知道，這位看去恂恂儒雅的原藤縣縣長，如今的藤縣臨時參議會參議長，年輕時曾有過那樣一段驚心動魄的歲月……

1905 年 8 月，日本東京。

十九歲的周維楙，從廣西梧州府藤縣來到日本留學，已有半年。

一套玄黑之中綴以銅鈕扣的學生裝，帽子上釘著的"弘文書院"銅帽徽，映得他那年輕的面龐，英挺而軒昂。

和大多數清國留學生一樣，周維楙對日本的第一個感覺，彷彿古代的中國。

一些著名的寺廟，乃至皇宮，一看就是漢人引以為豪的大唐風格。房屋、庭園，也頗具中國古代山水畫的淡雅美感，榻榻米、紙門、竹籬、小徑，清疏有致，整潔有序。日人的服裝、器物、生活習慣，也具唐宋之風。

作為漢人，面對眼前這一切，難免深感刺激。華夏風物，故國衣冠，復見於海外扶餘，而本土，卻已為"非我族類"的滿人所據。

日本社會在"明治維新"後的朝氣蓬勃，欣欣向榮，令人耳目一新。

街道乾淨，百姓也很講究衛生。每條街都有澡堂，方便又便宜，人人都天天洗澡。學校林立，即使是偏僻鄉間，也比比皆是。男女學生著屐，系紅裙，午前入塾，沿途唱歌，一唱眾和，一派"國民皆學"的景象。據說，日本四千萬人口之中，能閱報章、作書札者，有三千萬，能知外國語言文字、初學算術者，亦有千萬。

書店之多，更是令人讚嘆。僅東京就有千餘家，從早到晚，購書者雲集。每日出版的新聞雜誌也有一兩百種。即如販夫走卒，亦喜讀報，知外事。

日俄戰爭的節節勝利，令日本人在甲午戰爭之後，民族優越感更為增強。大街小巷，茶館酒肆，到處都在談論。人人面上都有喜悅之色。言談間，頗以亞洲最優秀的種族自居，中國人、韓國人、越南人，都不在話下。

初到東京，周維楨即收到指導性傳單，內容是告誡清國留學生在日本應怎樣待人接物。比如，日本的房子都是木屋席地，進門先要脫鞋；交通靠左行走，不可大聲呼叫；吐痰入盂；入盥洗室和大廳的拖鞋要分開使用；尊重婦女；不問他人年齡；坐車須給老幼婦女讓座；保護珍貴物品；保持衣著整潔……

日本國民的誠實、守法，也令人印象深刻。

剛來時，因不諳日文，出行雇車，往往說錯地名。車夫因此兜了不少冤枉路，多耗了時間和體力，卻不肯多收分文。

周維楨不由感慨，回想盛唐之時，日人乘波西來，求學於中國。今幾何時，千年之師，不如舊弟子。

來自甲午戰敗的清國，於日人而言，便如蠻夷。腦後的辮子，連日本孩童都看不起，追著罵"豬尾巴"。不堪此辱，很多人剪了辮子。類似唐代漢服的和服，或者西服，取代了長衫馬褂，成為留學生的流行服飾。有些人還披斗篷，穿高木屐。

和前輩留學生一樣，周維楨也是剪髮易服，先到專為清國留學生開辦的弘文書院學日文，然後報考大學或高等專門學校。

位於東京駿河台鈴木町 18 番地的清國留學生會館，也稱中華會館，是在法政大學、早稻田大學、經緯學堂、弘文書院、大成學校、成城學校、振武學校、同文學院、實踐女學校等幾十所學校就讀的眾多中國學生的常去之地。

這裡，除了招待新生、介紹入學、提供閱讀和集會場所，還有很多同鄉會，比如留日學生總會湖北分會、浙江分會、江蘇分會、四川分會。每個分會都設有學生幹事，還各自辦了一些雜誌，如《湖北學生界》《浙江潮》《江蘇》《四川》《雲南》等等。此外，還有一些來自國內的新書可買。

自小喜愛讀書的周維楨，幾乎每週都要去一兩次。

這天，他一到會館，就發現很多人擠在佈告欄前看一張新貼的告示。

有人高聲讀了出來，"孫文先生自歐蒞臨日本，留學同人擬於八月十三日下午一時至六時設歡迎會於富士見樓。凡我同人，希撥冗參加。旅日同胞，亦不勝歡迎。此告。"

周維楷又驚又喜。

這位一到日本就被學監訓話警告過的著名"亂黨"孫文，在留學生的圈子裡，反而是個傳奇人物，有很多關於他的傳說。

據說，孫文是廣東人，香港西醫書院畢業，本是醫生，生活舒適，其兄長在美國檀香山也頗有資財。他卻毀家革命，創辦了興中會，以"驅除韃虜，恢復中國，創立合眾政府"為己任，曾組織未遂的廣州起義，曾在倫敦蒙難，卻毫不氣餒，繼續四處奔走共和。

這樣的人，絕非一般人物。如今近在眼前，必須去見識一下，最好約朋友一起去。

正在盤算之際，突覺肩上被人拍了一下。他抬頭一看，是來東京後認識的梧州同鄉、來自容縣的劉崛。

"尊權兄！"

正在日本最好的私立大學——早稻田大學讀書的劉崛，比周維楷年長八歲，來日本已經一年多，對這位新來的小同鄉，很是照顧，經常請他和一些同鄉到自己的居處吃飯。

日本人不吃豬內臟，殺豬之後，棄之不用。劉崛就設法弄來，將豬心、肝、肺、大腸、腎洗乾淨，佐以醬油、大料，一一烹飪，然後請"同在異鄉為異客"的留日同鄉一起分享。

對於習慣"民以食為天"的中國學生來說，日本房東所提供的飯菜太過簡單，要麼一碗醬湯，一碗飯，兩塊用鋸木面醃的泡蘿蔔；要麼一碗飯，一碗馬鈴薯加紅蘿蔔（日本人稱為"人參"），寡淡無味。出外就餐，又覺耗費，而且，中日飲食的口味差異也大。日本人喜歡的生魚片，中國人一般難以下嚥。日本人認為是高級食物的香魚，中國人覺得是貓食，也不願吃。

劉崛的餐請，自然大受歡迎。

隔三岔五在劉崛的居處吃"中國料理"時，周維楷遇到了好些藤縣同鄉。

劉崛是這群人的核心。

他的為人、資歷，大家都很佩服。他早年在桂林的體用學堂讀書，後來在梧州國民學堂任教。梧州府選拔優秀人才來日本留學時，他的考試成績名列第一。

圍爐共餐之時，劉崛經常抨擊清政府的腐敗無能、喪權辱國，推崇孫文的救國主張，對之讚揚備至。

周維桔打算約的朋友，正是劉崛。

"崖洲你來得正好。我正要去通知你們。"

崖洲，是周維桔的字，後以字行。

"哈哈，心有靈犀。我也正想去通知你們。後天見！"

2

富士見樓位於東京麴町區飯田河岸，結構精巧，素為日本集會之所。

周崖洲抵達時，樓內已經聚集了二三百人，以留學生為主，氣氛熱烈，都在期待一睹傳說中的革命家孫文的風采。

"崖洲！"

熟悉的鄉音。不用看，就知道是藤縣同鄉蒙綏初。"民偉兄！"

三十五歲的蒙綏初，號民偉，又號經，藤鹿伏鄉篁村人，正在法政大學法政速成科讀政治學。

法政大學法政速成科是專為中國學生開設的。

最初到日本的留學生，學普通科的為多，學法政的很少，而國內近年的新政實施，恰恰最需要這方面的人才。為此，清駐日公使楊樞和法政大學校長梅謙次郎經多番協商之後，在法政大學開設法政速成科，以中文通譯教授法律、政治、經濟，培養法律、行政、外交、理財方面的人才。

今年，清廷廢除了科舉。留學生學成歸國，通過考試，可授予進士或舉人功名。兩個月前，舉行了第一次歸國留學生考試，考卷分為國際公法、法律訴訟、商業財政、機械學、化學五類。參考的十四人全是留日學生，官費生和自費生都有。據說，早稻田大學政科自費生陸宗輿便考了一等第二名，被給予舉人出身。

蒙綏初四年前就在廣西省府桂林中過第七十九名舉人。除了國學功底好，他為人正直，秉性豪爽，周崖洲對他很敬重。

"民偉兄！崖洲！"

劉崛也從人群中冒了出來，和他們熱烈握手。

人越來越多。看樣子，已經有六七百。後來者還在絡繹不絕。在會場外維持秩序的日本警察決定封門。進不了門的人，頓時喧譁起來。

正在室內打點準備的一位著深色西服、面貌斯文的青年男子，立刻分開眾人走出會場，攀援至門額上，向警察說明人多的緣由，以及孫文在留學生中的盛名。警察於是同意開門。

人潮湧進。

本來最多容納千人的富士見樓，結果進了差不多一千三百人。還有數百人，不得不憑街而立，仰首望樓。

劉崛悄聲告訴周崖洲，爬門和警察對話的，名叫宋教仁，來自湖南，也在法政大學速成科學習，據說是華興會的首領之一。華興會的掌門人黃興，則是弘文書院速成師範科的畢業生。不過，黃興個性沉毅，不喜拋頭露面，不知隱藏在會場哪個角落裡了。

這時，宋教仁和幾個人陪著一位年約四十、一身潔白西裝、神色藹然的男子登上了演講台。看樣子，這就是大名鼎鼎的孫文了。

滿場拍掌歡迎。

宋教仁代表留日學生和旅日華僑致歡迎辭。

孫文微笑著舉起手，向大家致意，然後開始演說。

周崖洲注意到，孫文的官話有很重的廣東口音。好在他本來就說粵語，聽起來毫不費力。他發現，孫文是個天生的演說家，慷慨激昂，熱情洋溢，極富感染力。

日本不過我中國四川一省之大，至今一躍而為頭等強國，米國土地雖有清國版圖之大，而人口不過八千萬，於今米人極強，即歐人亦畏之；英國不過區區海上三島，其餘都是星散的屬地；德、法、意諸國雖稱強於歐西，土地人口均不如我中國；俄現被挫於日本、土地雖大於我，人口終不如我。則是中國土地人口，世界莫及。我們生在中國，實為幸福。各國賢豪皆羨慕此英雄用武之地，而不可得。我們生在中國，正是英雄用武之時。

所以現在中國要由我們四萬萬國民興起。今天我們是最先興起一日，從今後要用盡我們的力量，提起這件改革的事情來。我們放下精神說要中國興，中國斷斷乎沒有不興的道理。即如日本，當維新時代，志士很少，國民尚未大醒，他們人人擔當國家義務，所以不到三十年，能把他的國家弄到為全球六大強國之一。若是我們人人擔當國家義務，將中國強起來，雖地球上六個強國，我們比他還要大一倍。所以我們萬不可存一點退志。日本維新須經營三十餘年，我們中國不過二十年就可以。蓋日本維新的時候，各國的文物，他們國人一點都不知道；我們中國此時，人家的好處人人皆知道，我們可以擇而用之，他們不過是天然的進步，我們這方才是人力的進步。

又有說中國此時的政治幼稚、思想幼稚、學術幼稚，不能猝學極等文明。殊不知又不然。他們不過見中國此時器物皆舊，蓋此等功夫，如歐洲各大名家用數十年之功發明一機器，而後世學者不過學數年即能造作，不能謂其躐等也。又有說歐米共和的政治，我們中國此時尚不能合用的，蓋由野蠻而專制，由專制而立憲，由立憲而共和，這是天然的順序，不可躁進的；我們中國的改革最宜於君主立憲，萬不能共和。殊不知此說大謬。我們中國的前途如修鐵路，然此時若修鐵路，還是用最初發明的汽車，還是用近日改良最利便之汽車，此雖婦孺亦明其利鈍。所以君主立憲之用不合於中國，不待智者而後決。又有說中國人民的程度，此時還不能共和。殊不知又不然。我們人民的程度比各國還要高些。兄弟由日本過太平洋到米國，路經檀香山，此地百年前不過一野蠻地方，有一英人到此，土人還要食他，後來與外人交通，由野蠻一躍而為共和。我們中國人的程度豈反比不上檀香山的土民嗎？後來米國的南七省，此地因養黑奴，北米人心不服，勢頗騷然，因而交戰五六年，南敗北勝，放黑奴二百萬為自由民。我們中國人的程度又反不如米國的黑奴嗎？我們清夜自思，不把我們中國造起一個二十世紀頭等的共和國來，是將自已連檀香山的土民，南米的黑奴都看做不如了。這豈是我們同志諸君所期望的嗎？！所以我們決不能說我們同胞不能共和，如說不能，是不知世界的進步，不知世界的真文明，不知享這共和幸福的蠢動物了。

若使我們中國人人已能知此，大家已承擔這個責任起來，我們這一份人還稍可以安樂。若今日之中國，我們是萬不能安樂的，是一定要勞苦代我四萬萬同胞求這共和幸福的。若創造這立憲共和二等的政體，不是在別的緣故上分判，總在志士的經營。百姓無所知，要在志士的提倡；志士的思想高，則百姓程度高。聽以我們為志士的，總要擇地球上最文明的政治法律來救我們中國，最優等的人格來待我們四萬萬同胞。若單說立憲，此時全國的大權都落在人家手裡，我們要立憲，也是要從人家手裡奪來。與其能奪來成立憲國，又何必不奪來成共和國呢？

又有人說，中國此時改革事事取法於人，自己無一點獨立的學說，是事先不能培養起國民獨立的性格來，後來還望國民有獨立的資格嗎？此說誠然。但是此時異族政府禁端百出，又從何處發行這獨立的學說？又從何處培養起國民獨立的性格？蓋一變則全國人心動搖，動搖則進化自速，不過十數年後，這'獨立'兩字自然印入國民的腦中。所以中國此時的改革，雖事事取法於人，將來他們各國定要到中國來取法的。如美國之文明僅百年耳，先皆由英國取法去的，於今為世界共和的祖國；倘是仍舊不變，於今能享這地球上最優的幸福不能呢？

若我們今日改革的思想不取法乎上，則不過徒救一時，是萬不能永久太平的。蓋這一變更是很不容易的。我們中國先是誤於說我中國四千年來的文明很好，不肯改革，於今也都曉得不能用，定要取法於人。若此時不取法他現世最文明的，還取法他那文明過渡時代以前的嗎？我們決不要隨天演的變更，定要人事的變更，其進步方速。兄弟願諸君救中國，要從高尚的下手，萬莫取法乎中，以貽我四萬萬同胞子子孫孫的後禍。

掌聲不斷響起，經久不息。

演講結束後，大家仍不願散去，群情激昂。

周崖洲覺得，孫先生說得真好。我們的中國，擁有光輝歷史悠久文明的中國，只是在近代才落後於西方。我輩當明理以先之，勇猛以行之，如此，則我華族，非但不會淪亡，而且中興有望！

3

炸雷過後，滂沱大雨從天而降。風，一陣緊似一陣。天色，也變得陰暗起來。

周崖洲站在所住的屋子窗前，望著窗外的狂風暴雨。小小的日式庭院，已失去了平日那份寧靜。竹籬下的矮樹，在狂風中東倒西歪，木徑盡頭的瓦缸，則在暴雨中積水滿溢。

這一刻，他的心中，亦如風雷滾滾，川流不息。

和大多數中國留學生一樣，周崖洲是懷著一腔救國之志來日本求學的。

十年前的甲午戰爭，對中國人的刺激實在太大了。地大物博、有四萬萬之眾的大清國，竟然打不過從來師法中國的蠻夷之邦、彈丸小國的日本，顏面掃盡。直到今天，周崖洲都記得，本來安守田園、與世無爭的父親，當時是如何的激憤，視為國恥。

"偌大的中國，竟敗於一個小小島國，一直是我們學生的日本！台灣丟了，還要賠兩億白銀！奇恥大辱！"

甲午戰敗第二年，中國向日本派出了第一批留學生，但人數很少，只有十三人。五年後，八國聯軍入侵，中國被迫簽訂了賠償白銀四億五千萬兩的《辛丑和約》。清廷終於意識到，群狼爭食，瀕臨亡國，這兩年，開始著手推行新政，其中一項，便是飭令各省積極選派留學生，培養西學人才。

留學日本，有路近、不需簽證、花費省、同文同種的優點。浮槎東渡，遂成為潮流。官費生由駐日使館監督處供給公費，每月四十二日元，學習之外，還有餘錢，可維持日本中等水平的生活。也有小部分自費生。留日學費每年只需十幾兩銀子，遠比每月就需二十兩的歐美便宜，一般小康之家足可支付。今年，小小的日本竟然擊敗了強大的俄國，來日學習的中國學生更是激增。僅東京一地就有數千人，廣西籍的就有一百多人。

在這樣的形勢下，周崖洲赴日留學。臨行前，父親語重心長地對他說，"中國本來是亞洲第一，甲午之後，變成亡國在即了。你們一定要好好學！"

父言諄諄，兒不敢忘。到東京後，周崖洲苦學日文，希望早日進入法政大學。法政，正是中國最需要的專業之一。

在東京，他感受到了滿清給中國帶來的不幸。

日本國內對中國人的歧視隨處可見。剛到東京時，還未剪辮子，在街上看見一個很可愛的日本小孩，就走過去逗，不料那小孩扭頭就跑，還嚷著說，"支那人髒！支那人髒！"這句話，像一把利劍，深深地刺傷了周崖洲的心。

平心而論，有些中國人也的確是不爭氣。留學生之中，也是魚龍混雜，有些人只想在日本混個文憑，平時曠課閒逛，飲酒作樂，抽大煙，晚上還帶妓女回來。日本報紙《二六新聞》就曾連續三日報道中國學生嫖妓一事，標題竟是《妖魔出沒的清國留學生會館》。留學生群情激昂，上門要求《二六新聞》道歉，對方根本置之不理。

我中華泱泱大國，五千年文明，何以淪落至此？

上個月，在富士見樓聽到的孫文演講，如醍醐灌頂，讓他感覺，這才是真正的救國之道。他不禁覺得，與其像康有為那樣指望以塞外蠻夷入主中原、導致中國積弱落後的滿清變革，還不如像孫文那樣，起而革命，光復漢家。日本，就是集我漢家文明與西洋文化於一體，不過三十餘年，便見其功。

這時，他聽到外面有人叫門。

"請問，周桑（日語"周先生"）在家嗎？"

留學生在東京，一般有三種住宿方式，"下宿屋"，"貸間"，"貸家"。

"下宿屋"，即靠近學校的私營學生寮，比如離日本最高學府——東京帝國大學只有 200 米的本鄉館，是一棟三層木結構建築，一個學生住一個小單間，廁所和澡堂公用，提供三餐，由下女將飯菜放在小食案上，分送到各個單間。不喜下宿屋的嘈雜的留學生，則大多選擇"貸間"，即住進有空閒房間出租的日本人家中，由房東供給三餐，生活上也比較關照，頗有些家庭生活的溫暖。“貸家”則是幾個留學生合租一棟獨門獨戶的房子，必須自購鍋碗瓢盆等用品，一般還得雇一個下女做飯、看家，相對最貴。

周崖洲家境富裕，又想有個日常練習日語的環境，所以選擇了一戶日本人家的“貸間”。一間八蓆大的和室，以貼著薄薄的半透明和紙的木格拉門為窗。室內以隔扇分為裡外間，各有一個壁櫃，放置衣物和被褥枕頭。乾淨明亮的榻榻米，散發出藺草的自然清香，配以軟布坐墊，和壁龕內的掛軸、插花相映成趣，頗具日本傳統美學的空寂和幽玄。

這天，日本房東一家都出去了。於是他冒雨出去開門。

原來是比他大六歲的藤縣同鄉歐冕，也是在劉崛那裡熟識的。

歐冕今天的打扮很特別。頭戴斗笠，身披蓑衣，頗有古風，也有些像他的本名“樹奇”和號“壽松”。蓑衣之下，卻是一身日本警察的黑色制服。

周崖洲忍不住笑了。這位在明治大學經緯學校警務科就讀的老兄，骨子裡還是仙風道骨。當然，同時也是快意恩仇的性情中人，平日裡談及滿清，也是恨不能逐出關外的。

留日學生中的有志之士，在日本親眼目睹了漢家遺風之後，多少都感受到了古人所說的“華夷之辨”，體會到了漢人這兩百多年的亡國之痛。以《蘇報》案聞名的章太炎，三年前就曾在上野公園精養軒舉辦“支那亡國二百四十二週年紀念會”，號召“雪涕來會，以志亡國”，“願吾滇人，無忘李定國；願吾閩人，無忘鄭成功；願吾越人，無忘張煌言；願吾桂人，無忘瞿式耜；願吾楚人，無忘何騰蛟；願吾遼人，無忘李成梁”。留日學生當時不過兩千餘人，報名赴會者就高達數百人，震動留學界。

歐冕走上榻榻米，盤腿而坐，接過周崖洲遞上的一杯熱茶，喝了一口，然後神情有些凝重地開了腔。

“崖洲，你上個月去了富士見樓？”

“是的。聽了孫先生的演講，太震撼了！我這一陣想了好多。滿清非我華夏，這些年喪權辱國，氣數已盡。孫先生所倡導的，才是我們中國的希望！”

“沒錯。孫先生這次來日本，已經和華興會、光復會、科學補習所等團體，還有我們廣西的馬君武、鄧家彥等人都商談過，一致決定，成立中國同盟會，聯合起來以救中國。”

“馬君武？就是那個和章太炎一起辦支那亡國二百四十二週年紀念會的馬君武？”

“就是他！聽說，他前年春節就在留學生新年懇親會上登台演講，說中國的出路就在於排除滿人專制，恢復漢人主權。你看他最近寫的幾句詩：‘百年以後誰雄長，萬事當前只樂觀。欲以一身撼天下，須於平地起波瀾’，豪氣縱橫。他還公開說：‘康梁者，過去之人物也；孫公，則未來人物也。’一點沒錯，康梁過去倡導維新變法，如今到處鼓吹保皇，企圖拖著辮子過一輩子。孫先生倡導的共和，才是中國的未來！”

周崖洲有些驚異。

“壽松兄，你怎麼知道得這麼多？”

歐冕笑得燦爛。

“崖洲，不瞞你說，中國同盟會已經正式成立了，孫先生任總理，黃克強為庶務，馬君武為執行部書記長，鄧家彥為司法部判事長。已有三百多人加盟。尊權兄由鄧家彥介紹，也加盟了。我也是。如果你願意，我們介紹你也參加。尊權兄也會問民偉兄等幾位。吾藤男兒，當以鄉賢袁公崇煥為楷模，排滿興漢，革命不敢後人！”

“好！小弟當追隨諸兄，為民族革命一分子，加入同盟會！”

“太好了，崖洲！我們一起幹！”

4

三日後，周崖洲、蒙綏初，以及另外十一位藤縣籍留學生，蘇無涯、陳仙石、朱秀長、楊衢、蒙衡、蒙誕林、何聘萃、何街、蘇樹翰、蘇煒、陳延初，在劉崛主持下，在歐冕見證下，宣誓加盟，簽署盟書，並押了指模。

直到臨終，周崖洲都記得，當時那間氣氛莊嚴的靜室，那些年輕的、無所畏懼的面龐，以及，那份墨寫的盟書的每一個字。

   聯盟人，廣西省梧州府藤縣人周崖洲，當天發誓：驅除韃虜，恢復中華，創立民國，平均地權，矢信矢忠，有始有卒。如或渝此，任眾得罰。天運乙巳年某月某日，中國同盟會會員周崖洲。

那是生命的誓言，無私的勇氣。

他記得，加盟已畢，劉崛和他們逐一握手，“為諸君慶賀，自今日起，諸君已非清朝人矣！”

那一刻，每個人都是熱血沸騰。神州多難，華夏淪亡，處此蠻夷猾夏之秋，男兒當有事於大者遠者。驅除韃虜，復興中華，捨我輩其誰？雖然，這是掉腦袋的危險事業，不但自己要有隨時犧牲的準備，還可能連累家人，但，若無國，焉有家？

周崖洲相信，深明大義的父親，日後一定能理解自己的選擇。

又過了三日，在劉崛的帶領下，他們來到赤阪區葵町三番地的一所私宅，門上掛著一塊醒目的門牌：“坂本”。

劉崛告訴大家，坂本，就是國會議員坂本珍彌，一位支持中國革命的日本友人。同盟會的成立大會，就是在這裡舉行的。關內十八省，除甘肅尚未派留日學生外，其他十七省均有。今天，同盟會又藉此地進行集會，歡迎新盟員。

進入大廳，已經有一百多人，都在熱烈交談，氣氛火熱。雖然是盛夏，天氣炎熱，這樣的氣氛，卻讓周崖洲想起冬日的爐火，感覺非常溫暖。

孫文，以及初次謀面的黃興，特地過來與他們握手，"歡迎諸君加入。"

面前的孫文，面貌端正，氣度溫和，頗有些書生氣。黃興則身材敦實，看去慷慨豪邁，讓從小崇拜荊軻的周崖洲有種天然的好感。

周崖洲久聞大名的廣西同鄉馬君武，也過來和他們打招呼。他看去很年輕，大概只有二十五歲的樣子，一身黑色西服，配黑色領結，面貌和藹，眼神中卻透出廣西人固有的倔強。

在人群中，周崖洲還發現了幾位奇人，簡直像春秋戰國的人物，很有些群英會的感覺。

人稱"鑑湖女俠"的秋瑾，日式束髮，體格稍瘦，著黑色和服單衣和葡萄茶色裙褲，更顯得膚色白皙，蓮步姍姍。雖是女子，卻持一柄短刀，從頭到腳，滿身俠氣，英氣逼人。

孫文在日本的刎頸之交宮崎滔天，虎背熊腰，一臉虯髯，灰色和服背後插著兩把白鞘刀，頗有些中國古代豪俠的味道。據說，孫文和黃興相識就是他介紹的。他是同盟會的日籍會員。

國學大師章太炎，披了一領鶴氅，寬袍大袖，在一干弟子的簇擁之下到達會場，眉飛色舞，揮灑自如。那群章門弟子之中，竟然有個女學生，與秋瑾比，又是不同，竟是婉如春水。她的身旁，是一個文弱的年輕男子。周崖洲後來才知道，那文弱書生是太炎先生的大弟子劉師培，那女子是劉師培的夫人何震，也是個才女。只是後來夫婦雙雙做了革命的叛徒，差點斷送了革命。

孫文則是天然的領袖人物。眾星拱月中，他慷慨陳詞："連八國聯軍都知道合起來瓜分中國，我們革命黨為何要各自為戰？聚沙才能成塔。如今我們統一成立中國同盟會，革命必能成功！"

黃興在一旁微笑傾聽。他的謙讓、忠厚，讓周崖洲深感敬佩。據說，黃興領導的華興會，此時在人數和影響上都超過了孫文領導的興中會，但他卻甘居其下，有古君子風。

說到革命的實行，眾人議論紛紛。座中一人問道，"我們是要排滿革命，假如有滿人要加入同盟會，我們怎麼辦?"

舉座譁然。有人嘻嘻哈哈地嘲笑說，這個問題，未免太無意識。馬君武卻站了起來，直接了當地回答，"我們是反對賣國亡國的滿洲政府，如果滿人中有與我們志同道合的，我們當然歡迎"。

包括孫文和黃興在內，全體鼓掌。

和孫文、黃興、馬君武、秋瑾等人的見面，是周崖洲畢生難忘的一天。

從 1840 年鴉片戰爭以來災難深重、飽受屈辱的中國，從這一天開始，將要在他們這群人的努力下，重獲新生，走向共和。

5

同盟會發展得很快。

成立不到三月，便創立了機關報《民報》，宣傳革命，健筆雲集。

被同志們尊稱為"中山先生"的中國同盟會總理孫文，親自撰寫了發刊詞，以"民族、民主、民生"的"三民主義"為革命主張，宣示天下。陳天華、汪兆銘、胡漢民、馬君武等，皆以政論著稱，筆鋒犀利，暢快淋漓。章太炎及其弟子劉師培、黃侃、汪東等，則以深厚國學功底，引經據典，以證革命之必須。

要推翻清廷，除了以筆作劍，槍彈當然也是必需。

黃興親自運作，在橫濱設立了製造彈藥機關，聘俄國虛無黨人為教習。喻培倫、熊越山、黃樹中、柳大任、曠若谷等，包括秋瑾、方君瑛、唐群英、吳木蘭、林宗素等女同盟會員，皆加入練習。

秋瑾是女同盟會員中最引人注目的一位。

據說，她出身書香門第，嫁曾國藩表侄、湖南湘鄉富家子王廷鈞為妻，生有一子一女，卻不顧丈夫反對，變賣自己的陪嫁首飾，隻身來日本求學，就讀於東京實踐女學校，文武兼備，長於詩詞，號稱留學女界第一人，連日人都有所聞。

在東京的中國女留學生大約有數十人，官費與自費都有，大都就讀於1899年成立的實踐女學校。

實踐女學校校長下田歌子，號稱日本近代女性教育的先覺者，曾是明治天皇的昭憲皇后的宮廷女官，與首相伊藤博文關係密切。她主張培養適應國家發展需要的"完美的婦女"，專門為中國女留學生設置了學制一年的速成師範科和學制半年的速成工藝科。秋瑾就讀的速成師範科，有修身、教育、心理、理科、歷史、地理、算術、圖畫、體操、唱歌、日語、漢文共 12 門課程。周崖洲初見秋瑾時看到的和服配葡萄茶色裙褲，加西洋鞋，正是喜愛紫式部所著《源氏物語》的下田歌子為學生設計的衣著。

隨著同在同盟會的逐漸熟悉，周崖洲發現，秋瑾的內在比外表更見英氣。

常見她穿男裝，有時一身長衫，腳登皮鞋，有時全套西服，戴鴨舌帽。她愛唱歌，善豪飲，性格爽朗，熱心公益，廣受歡迎；但言辭犀利，語氣堅決，行事激烈，也頗有些人怕她。

周崖洲聽說，原《蘇報》老闆陳範，就在秋瑾手上連栽兩次。

饒有資財的陳範，攜二妾湘芬、信芳來到日本，紅袖添香讀洋書，格外得意。與湘芬、信芳為浙江同鄉且嫉惡如仇的秋瑾，看不慣他這副擁妾過市的德性，竟發動浙江籍留學生，募集學費，促成湘芬、信芳離陳而獨立。陳範欲將女兒擷芬嫁予粵商廖翼朋為妾，又是秋瑾出來攪和。面對不敢違抗父命的擷芬，秋瑾召集全體女同學開會，聲稱逼女作妾乃是亂命，事關全體女同學名譽，非取消不可。陳擷芬為之面紅耳赤，取消了婚事，而且勇氣倍增，不但和秋瑾一起練習製造彈藥，還自己做主，自由戀愛，尋得美滿婚姻。

總之，秋瑾絕對是個人物。這樣的女子，絕對是女中豪傑。

相比之下，周崖洲有時會想起家鄉那位還沒有過門的未婚妻。雖然她也是出自大戶人家，與秋瑾相比卻像是兩個世界的人。

周崖洲是十二歲時定的親。如果不是來日留學，應該已經成婚了。

他還記得，當年僅僅是定親，已是極其繁瑣，異常折騰。國內的封閉、落後，於此也可見一斑。雖然，未來岳父其實是他母親的表兄，兩家本是親戚，所有的步驟依然一步都不能含糊。

首先是"納采"。父母專門請媒人前去提親。女家答應後，行"採擇之禮"，將一些象徵吉祥的禮物送給女家，表示求婚。禮物中必須要有雁。

然後，是"問名"，即"問八字"。女家接納提親後，將寫有女兒名字、生辰八字、籍貫、祖宗三代的庚貼，鄭重送交他家。他家將庚帖置於祖先案上，請示吉凶，以確定雙方的年庚八字沒有相沖相剋。三天內，沒有發生意外不祥之事，如碰破碗、鍋等，確定為"三日好"的吉兆，才將他的庚帖送到女家。庚帖用紅紙書寫。交換庚帖時，他家派人挑著"許口酒"送到女家，酒瓶插八朵大紅花，用彩網裝飾。擔上插紅花，謂之"繳擔紅"。女家在酒瓶裡裝上水，放進三五條活魚，再插上一雙筷子，回送給他家，稱為"回魚箸"。

然後就是"納吉"，俗稱"過文定"，即定聘。以金器為定親聘禮，必須有"三金"，即一對金耳環，一枚金戒指，一條金項鏈，還有象徵甜蜜的白糖，象徵長久的麵條，象徵團圓的餅食，作為"茶禮"的茶葉，以及一些衣料。女家將聘禮中的部分餅食退還，作為回禮，並回贈鴛鴦蕉、桔和豬心。鴛鴦蕉是兩個並生的香蕉，象徵百年偕老。桔諧音"吉"，表示大吉。豬心，表示同心，留一半在女家。

定親後，兩家都將對方禮物中的餅食分贈親朋鄰里。親朋鄰里也回贈禮物，表示祝賀。至此，這門親事就公之於眾了。

秋瑾當年一定也經歷過這一切。但是，她顯然不受其約束，而是我行我素，行事有男兒之風。作為同盟會的浙江主盟人，她除了學習製造炸藥，還常去神樂坂的武術會練習射擊，以備他日之需。

日本士官學校及聯隊中的同盟會員，如方聲濤、李書城、李烈鈞、閻錫山、程潛等，也時相秘密集合，討論軍事。

聽到風聲的清政府，開始向日本政府施加壓力。

1905 年 11 月，日本文部省頒布了《清國留學生取締規則》，規定"清國學生留學日本，需要清國公使館的介紹，方能入讀日本公私學校；清國學生轉學、退學，需要徵得清國公使館的同意；清國學生到校外租的房子或住的旅館，需要所在學校監管；如果有清國學生因為'性行不良'而被學校開除，其他學校也不准錄取。"

這些帶有歧視性的規則一出台，在東京的中國留學生頓時沸騰了。他們紛紛扔下課本，衝上街頭，開始進行聲勢浩大的罷課遊行和抗議。

同盟會也因而分化為兩派。

這時，孫中山和黃興恰好都不在日本，同盟會的工作由湖南籍的宋教仁主持。他主張全體回國，正好從事革命。來自湖南的胡瑛、秋瑾，也是如此主張，而態度更為激烈。

　　遠在越南的孫中山發來電報，希望大家萬勿意氣用事，留在日本完成學業。廣東籍的汪兆銘、胡漢民，素來和孫中山比較親近，自然也是這樣的觀點。不過，他們是少數派。

　　留學生大會上，兩派辯論甚烈，誰也說服不了誰。

　　已經進入法政大學的周崖洲，比較贊成汪兆銘和胡漢民的意見。同飲西江水，梧州人和廣州人的思維方式比較相近。

　　按照中山先生的指示，汪兆銘、胡漢民組織了"維持留學界同志會"，規勸留學生不要衝動退學回國。胡瑛在激怒之下，則成立了對立的"聯合會"，與之激烈筆戰。火藥味最盛之時，"聯合會"甚至宣布汪兆銘、胡漢民死罪。

　　蔑視"清國人"的日本人，不免幸災樂禍，在報紙上大肆渲染，譏為"烏合之眾"。

　　12月8日，以著作《警世鐘》《猛回頭》聞名的陳天華，憤而留下一紙萬言的《絕命書》，在東京大森海灣蹈海自殺，以喚醒同胞。12月9日，秋瑾憤而退學。

　　包括秋瑾在內，有數千留日學生退學回國。

　　隨著這股歸國潮，從日本帶回的革命思想和革命活動，傳播到了各省、各地。

6

"克強兄！聽說競雄和徐伯蓀正在國內準備起事？"

時任留日女學生會會長唐群英，風風火火地衝進同盟會總部。

這位曾國藩的堂弟媳、湘軍舊將唐少垣之女，面貌端厚，一身和服，然步伐、言語，都透出類似秋瑾的英氣。她是華興會唯一的女會員，也是同盟會第一個女會員，曾經公開說過，"國之興亡，匹婦亦應責無旁貸。不是天下興亡，匹夫有責，而是人皆有責"。

"不愧是'鑑湖女俠'的好姐妹，消息如此靈通。"

前不久潛回國內活動、剛回到東京的黃興，一邊朗聲回答，一邊捻鬚微笑。

周崖洲等在座的同盟會員，這才知道，秋瑾回國之後，在上海辦《中國女報》，在紹興與光復會的徐錫麟一起辦明道女子學堂，並擔任大通學堂督辦，如今正與徐錫麟一起策劃發動浙、皖起義。

徐錫麟也是浙江紹興人，秋瑾的同鄉。徐父是富商，將兒子送到日本留學，希望學習新知識，開闊視野。他沒想到的是，徐錫麟到日本以後，在大阪博覽會上看到各國的新奇工業產品，體會到本國的巨大落後，在東京博物館裡看到被日本人搶走的本國文物，聽到日人嘲笑"清國人"為野蠻民族，憤懣之下，起而革命，以顛覆滿清為己任。

不久，消息傳來，以安慶巡警處會辦兼巡警學堂監督的身份潛伏在安徽巡撫恩銘身邊的徐錫麟，本擬乘巡警學堂舉行畢業典禮時發動襲擊，殺掉安徽的文武大員，佔領安慶，與秋瑾組織的浙東起義軍共同攻打南京，不料，恩銘聽到風聲，突然將畢業典禮提前。措手不及之下，徐錫麟在僅有的兩位光復會同志陳伯平、馬宗漢協助下刺殺了恩銘，不幸被捕，慘遭剖心挖腹，然神色不變，毫無懼容，依然大呼排滿不止。

　　光復會的王金發得到消息後，喬裝為老叟，趕到紹興大通學堂，勸秋瑾去上海法租界躲避。秋瑾慨然答曰："男子死於光復者不乏其人，而女子則無聞焉，亦吾女界之羞也，願與諸君勉之。"王金發涕泣以別。

　　清軍包圍了大通學堂。秋瑾讓學生和辦事人員逃生，自己攜帶一把手槍，待清軍逼近之時，開槍拒捕，彈盡被俘。面對酷刑逼供，志堅如鐵，隻字不吐，僅書"秋風秋雨愁煞人"七字，然後英勇就義。

　　在同盟會總部的公祭會上，黃興朗讀了徐錫麟的壯烈遺言：

　　"維我大漢民族，立國千年，文明首出，維古舊邦。乃自滿夷入關，中原塗炭，衣冠掃地，文獻無遺。二百餘年，偷生姑息，虐政之下，種種難堪，數不可罄。近則名為立憲，實乃集權中央，玩我股掌，禁止自由，殺戮志士，苛虐無道，暴政橫生。天下擾擾，民無所依，強鄰日逼，不可終日。推厥種種罪由，何莫非滿政府愚黔首虐漢族所致！以是予等懷抱公憤，共起義師，與我同胞，共復舊業，誓掃妖氛，重建新國，圖共和之幸福，報往日之深仇。"

　　聽得心神震盪之際，周崖洲熱淚盈眶。

　　這是真正的漢家豪傑，真正的英烈千秋。

　　唐群英則含淚朗誦了秋瑾生前的兩首述志詩詞：

　　　　萬里乘雲去複來，隻身東海挾春雷。

　　　　忍看圖畫移顏色，肯使江山付劫灰。

　　　　濁酒不銷憂國淚，救時應仗出群才。

　　　　拼將十萬頭顱血，須把乾坤力挽回。

　　　　祖國沉淪感不禁，閒來海外覓知音。

　　　　金甌已缺總須補，為國犧牲敢惜身。

　　　　嗟險阻，嘆飄零，關山萬里作雄行。

　　　　休言女子非英物，夜夜龍泉壁上鳴！

　　滿座男兒，為之動容。

雖是女流，不讓鬚眉，捨身取義，壯烈成仁。

秋瑾僅僅三十三歲的人生，就如上野公園的櫻花，雖短暫淒美，卻暗香瀰散，如落英滿地，余美猶存。這樣的生命，熱烈而永恆。

面對這樣的英魂，周崖洲覺得自己雖然年紀尚輕，資格尚淺，但也必須做點什麼了。

他霍然而起，排眾而出，直奔到黃興面前。

"克強兄！烈士在前，正待後來人。小弟不才，願繼承徐、秋兩位先烈的遺志，回國參與舉事，喚醒民眾，光復漢家！"

"崖洲！"黃興緊緊地握住了他的手。

7

“長風破浪會有時，直掛雲帆濟滄海。”

在橫濱港開往香港的輪船上，在悠揚清脆的汽笛聲中，劉崛一邊向岸上送行的同志揮手道別，一邊吟起了李白的《行路難》。

身邊的周崖洲，會心一笑。

是啊，在這蔚藍的大海中，他們正乘風破浪，奔向故鄉，準備回去籌建同盟會廣西分會，發動梧州起義。

這是 1908 年的夏天。

在中山先生確定的“兩廣首義、各省響應”的戰略方針下，同盟會這兩年接連發動了潮州黃岡起義、惠州七女湖起義、防城起義、欽廉上思之役、鎮南關起義，可惜都失敗了。

中山先生決定在梧州再行嘗試。

梧州籍的同盟會廣西主盟人劉崛受命籌劃。之前，他已經創辦了廣西第一個革命刊物——《粵西》月刊（廣西又稱“粵西”），親自擔任主筆。每期出刊，都通過往來國內的華僑商客秘密帶回廣西各地散發。

雖然兩廣並稱，廣西與廣東卻有很大的差距。

廣東有大量的稻田和村舍，且素有商業傳統，富庶發達；廣西卻遍布大山、岩石、洞穴，土地貧瘠。好處在於，民風彪悍，加之與越南接壤，經歷過中法戰爭，對外族侵凌有切膚之痛，又是“洪楊革命”的策源地，極易受反清宣傳和革命思想的感召，星星之火一旦燎原，影響不可以道里計。

省府桂林，位於廣西的東北部，鄰近湖南。而位於兩廣交界處的梧州，因得地利之便，反而是廣西最繁榮也最開放的城市。潯江、桂江在梧州交匯，形成西江。從潯江上行，可達南寧、柳州、百色；從桂江上行，可達桂林；順西江而下，可達廣州、澳門、香港。香港和澳門的輪船，可以直接開到梧州。

綜合而言，梧州是建立同盟會廣西分會的適合之地。

船到香港，已接到中山先生密電通知的同盟會香港分會會長馮自由，親自來碼頭接船。

在同盟會辦的《中國日報》報社放下行李後，馮自由就帶他們去附近一間茶樓 "嘆" 茶。

這是中環的士丹利街一帶，華洋雜處，熱鬧非凡。

一走進茶樓，周崖洲就覺得，就像回到了梧州家鄉。

雲石桌檯，雕花木椅，花磚地。空氣中，瀰漫著普洱茶、菊花茶、鐵觀音和及第粥、艇仔粥、皮蛋瘦肉粥的混合香氣。剛出爐的蝦餃、燒賣、腸粉、叉燒包，堆積在層層疊疊的蒸籠裡，放置在茶倌推著的有軲轆的木架子上，透著熱氣騰騰的新鮮味美。操粵語的茶客們，或長衫，或西裝，安坐於椅中，有滋有味地品著桌上的 "一盅兩件"，看報，聊天，悠然自在。

全然 "到家了" 的感覺。周崖洲長長地舒了一口氣。

與馮自由雖是初次見面，但因既是革命同志，又是同操粵語的兩廣同鄉，彼此一見如故。

馮自由介紹說，他祖籍廣東南海，出生於日本橫濱。祖父因結交太平天國 "紅頭賊" 而被捕下獄，死於監獄。父親馮鏡如憤然出走日本，在橫濱從事文具印刷業。甲午戰爭失敗後，馮鏡如毅然剪除辮髮，成為旅日華僑中第一個剪辮易服的人，被人叫做 "無辮仔"。

馮自由自豪地說，父親出任興中會橫濱分會會長後，自家的商舖就成了反清俱樂部。當年中山先生和陳少白等人都是在他家商舖裡剪辮易服的。中山先生那時到馮家吃飯，見他能熟讀《三國演義》，喜歡諸葛亮，就動員他加入興中會。當時他只有 14 歲，是年齡最小的革命黨。

同盟會在東京籌劃之時，馮自由也參與了，隨後奉中山先生之命來港辦香港分會，並任《中國日報》社長兼總編輯。如今香港及兩廣一帶已有一千名會員，很是欣慰。《中國日報》在粵港為革命做宣傳，與保皇黨論戰，為起義籌款，很是過癮。比如，最近舉行了一次徵聯活動，海內外應徵者極為踴躍，反清熱情令人鼓舞。初評入選者即有 2000 名，最後取錄 200 名。冠軍聯為"將到毛長又剪清"，亞軍聯為"橫掃羶腥獨立旗"，殿軍聯為"一洗辮污大革新"。

說者眉飛色舞，聽者撫掌大笑，賓主盡歡。

接下來的幾天，馮自由帶他們在香港各處觀光。維多利亞港的碧海、藍天，夜晚的燈火輝煌，長洲島的紅土地、大榕樹，新界的山野、稻田，以及香港道路之整潔，秩序之井然，管理之嚴密，都給周崖洲留下了良好的印象。這裏和日本一樣，兼具中西之長。

他希望，未來的中國，也像日本和香港一樣，生氣蓬勃、日新月異。

8

馮自由為劉崛和周崖洲買好了從香港到梧州的船票。

這晚，周崖洲正在香港普慶坊一處民居內的同盟會招待所整理行裝，忽然聞到一陣糯米的香味。到廚房一看，灶上正蒸著一碗糯米粉，劉崛正手持木杵，準備搗糜成糯米漿糊。

"尊權兄，你這是？"

"哈哈，你這個大少爺，這就不懂了吧。糯米漿糊用來黏貼最好。革命黨人回到國內，可不能沒有辮子，否則等於自投羅網。假辮子容易掉下來，黏好就不怕了。"

這位老兄，真是心細如髮。周崖洲不由喝了一聲采。

這時，門外傳來有節奏的敲門聲。應該是馮自由交代過的一位一起去梧州的同志來了。

劉崛和周崖洲同時衝到門邊。

"何處人？"

"漢人。"

"何物？"

"中國物。"

"何事？"

"天下事。"

聯絡暗號對上了。他們開了門。

門外站著的，竟然是在東京一起加入同盟會的蘇無涯。

"劍衡！快進來！"

蘇無涯警惕四望，確定無人跟蹤後，閃身入內，與劉崛、周崖洲熱烈擁抱。

蘇無涯是藤縣赤水鄉下赤村人，在東京時，協助劉崛發展廣西籍同盟會員。去年被派回香港分會工作。這一次，他們將一起回到梧州家鄉，策動起義。

次日一早登船，不過一日行程，便到梧州。

從香港到梧州的客貨輪很多，有老牌英商怡和洋行經營的“梧州”、“三水”，也有其他英商的“連灘”、“新會”，葡萄牙的“高亞”、“的利”，法國的“裡保弟”。梧州本地商人創辦的西江航業也有“廣威”、“廣泰”。

雖然，怡和在梧州有自己的碼頭下船，最為方便，劉崛還是特地要求馮自由代買了“廣威”號客輪。吾鄉吾土，吾廣威武。

沿西江而上，一路風光奇美。江流如帶，群山蒼翠。除了客輪，不時還能看到一些裝滿家禽、大米、靛青、桂皮和其他雜貨的貨船，以及一排排松木紮成的筏，順江漂流而過。

遠遠地望見梧州港，周崖洲心裡生出許多感慨。

有著兩千多年歷史、東漢時期便已成為南方的一大對外通商口岸的梧州，在滿清治下，卻是受洋人逼迫，在屈辱中開埠，喪權辱國。甲午戰敗，馬關談判，日本就要求中國增開梧州等七處通商口岸。清政府代表李鴻章以“梧州土民，向來最恨外人，萬一開口，易滋事端，地方官實難保護”為由，暫且避過。因清政府在中法戰爭後簽訂的《中法新約》中確認了法國在廣西的特殊權益，英國強迫清政府簽訂了“續議緬甸條約附款”，規定從1897年起，“將廣西的梧州府等地為通商口岸，作為領事館駐紮處所”，並享有香港、廣州到梧州的通商航行權。

如今的梧州，西江上有外輪行駛，外國人在梧州開洋行、建教堂、開醫院、辦廠、辦學校。河西三角嘴的白鶴山，矗立著西式磚木結構的英國駐梧州領事館，山腳豎著一塊“遊人不得登山”的牌子。

必須承認，開埠也促進了梧州的繁榮。江面上桅桿林立，船隻無數，小艇如梭，城內百業興旺。最繁榮的幾處商業街，九坊街、沙街、五坊街，有如廣州的上下九。九坊街在城西南，銀號集中。沙街在城南，近西江，經營米穀、木材。五坊街以布匹、百貨為主。英國的渣甸、天和、人和三大洋行，亞細亞火油公司，都在梧州開設了分行。另一方面，梧州城裡，鴉片業之繁盛，在中國東南幾省的城市裡，數一數二，據說年銷售量在一千萬兩以上。被禍害的梧州百姓，自然也不在少數，在吞雲吐霧之中，猶自渾渾噩噩，渾不知世界之大，滿清之落後。

是時候改變了。我的梧州。

帶著這種五味雜陳的心情，周崖洲回到離別三年的故鄉。遊子歸來，已非昔日少年。

9

為了掩人耳目，劉崛決定，先不進梧州城，在郊外的長洲鄉落腳。

梧州大南門外的文明書閣，是同盟會在梧州的秘密聯絡處。

兩三年前，黃興曾兩度來梧活動。之後，同盟會香港分會派韋立權、劉培嶔、譚劍英等人來梧州開設文明書閣，秘密發行《民報》《革命軍》《警世鐘》《猛回頭》《駁康有為政見書》，逐步發展了一批同盟會員，並活動於柳州等地。

和這裡的同志接上頭後，劉崛得知，柳州同盟會的負責人劉古香，參與這次行動的同盟會員黃日初、甘乃光、劉玉山、陳勉生、周仲良等，都已抵達，正等待他們的到來。梧州的同志說，已在三角嘴西醫院找好地方，以備秘密集會。

劉崛還在等一個人，兩年前在《清國留學生取締規則》後憤而歸國、回到藤縣老家的蒙綏初。

聯絡蒙綏初的任務，由周崖洲負責。

長洲鄉毗鄰藤縣，來往方便。周崖洲換了一身不引人注目的長衫，啟程歸家。

藤縣自古是嶺南之地，秦始皇三十三年，屬南海郡，郡治番禺（廣州）。漢武帝元鼎六年，屬蒼梧郡猛陵縣，縣治在蒼梧。《漢書·地理志》有載，"粵（越）地，牽牛、婺女之分野也，今蒼梧、鬱林、合浦、交趾、九真、南海、曰南皆粵分也。"隋開皇十二年，定名為藤州。明洪武十年，改名藤縣。

周崖洲的老家，藤縣南安鄉丹村，是一個盛產水果玉桂松脂的美麗山村，出產的玉桂、松脂都遠銷南洋。因此，從自然環境到氛圍都頗有些南洋風味，距離梧州城也只有五十里。

　　參加同盟會這三年，周崖洲沒有像很多留學生一樣，寒暑假回國探親，而是以學業繁忙為由，一直留在日本。幸好父母都能體諒。而今，總算是回家了。

　　三年不見，家，依然是記憶中的模樣。

　　青磚，灰瓦，磚木結構，四座五開間。門共三重，外為矮腳雙扇門，中為趟櫳門，內為大門。大門口是三個魚塘，中間有涼亭、橙子林、荔枝園，周圍是芭蕉樹和番石榴，對面山坡上是橄欖樹林。

　　周家是丹村的大戶人家，祖上曾經為官，"肅靜""迴避"的出行儀仗牌，周崖洲小時候就在閣樓上發現過。祖父去世後，父親四兄弟依然同宅共居，各住一座院落。父親生性淡泊，靠著祖傳的田產、果林，一直過著詩書為伴、笑傲煙霞的自在生涯。

　　這個時候，父親應該在書房看書，母親應該在偏廳繡花。

　　周崖洲悄無聲息地走進自家的院落。

　　整個院落佈局整齊對稱。正中是堂屋、頭房、二廳、尾房。兩旁偏間前部是書房、偏廳和客房，家中呼為"書偏"。倒朝房頂為平天台，供曬晾、賞月之用。書偏中後部為臥室、樓梯間和廚房。

　　書房正對著天井，門邊放著一塊巨型靈壁石。山牆裝飾了一扇精美的大窗，大小不一、結構繁複的方形木格，襯托著中間圓形的蝕刻彩色玻璃，玻璃上刻著盛放的梅花、蘭花、菊花。窗下牆邊是一排書架，一張書桌，一張靠背椅，桌面一硯、一筆筒、一筆架。

　　天井裡種著幾叢竹，四下擺著整齊的盆花，如東坡詩，"寧可食無肉，不可居無竹"。無論是陽光初現的清晨，細雨綿綿的午後，還是油燈影照的黃昏，在此讀書、品茶、賞花，都是一大樂事。

　　從鏤花窗格裡望到，父親，正握著一卷詩書，搖頭晃腦，自得其樂。

　　書房旁邊的偏廳，是嶺南常見的青磚牆面，階磚地板。兩邊牆上各掛四卷豎幅畫軸，分別為梅蘭竹菊，牆邊擺著一排酸枝椅，兩椅配一小幾，廳正中放一張雲石圓桌。牆角是一個齊人高的立式自鳴鐘。

　　母親，正拿著一個繡花繃子，坐在一張酸枝椅上繡花。三年前還梳著孖辮的小丫鬟阿彩，長高了不少，正給她端來凹福字的青花瓷蓋杯，裡面是清涼解暑的菊花茶。

"阿爸！阿媽！"

"阿梧！你返來啦？"

父親手裡的書，母親的繡花繃子，同時掉在桌上。

這一天，歸來的遊子，和雙親有說不完的話。

當然，為免高堂擔憂，該保密的還是要保密。他們只知道，他的學業已告一段落，先回家看看，再去廣州或梧州找事做。

父親說，聽說兩廣優級師範學堂上個月已在廣州開課，設有文學、史興、數理化、博物四個專業，學制四年，學生 200 人。公共課有國文、英語、日語、算學、倫理、經濟、體操等，或可前去謀個教職。教育，能救國也能興國。

母親催促周崖洲與未婚妻完婚。周崖洲推說等找到事做再說。父親似乎猜到了什麼，不過，兒子不提，他也不問，只說，去廣州務必小心些，兩廣總督張人駿這個月剛發過公告，懸賞通緝革命黨黃興、胡漢民、汪兆銘、田桐、劉揆一、譚人鳳，賞格分別為：黃興 5000 元，胡漢民 4000 元，汪兆銘以下各 2000 元。

周崖洲很感謝父親的體諒。這樣最好，不知者不罪，不會受牽連。

第二天，他就去鹿伏鄉簹村找蒙綏初。在村口一打聽，鄉人非常熱情，親自帶路，說是蒙先生正在給學生上堂呢。鄉人介紹說，蒙綏初從日本回來後，把自己的老屋積光堂改成了學堂，辦了全縣第一所女子學校——積光女子小學堂，招收了附近 20 多名女學生。又把離村不遠的鎮瀾廟的菩薩請了出去，改造成"鎮瀾學堂"，招收了藤縣、容縣、平南等地的 100 多名學生。

積光堂是一座磚瓦結構的四合院，正屋為五間並列的兩層樓房，中間為廳屋，兩側各有大房、二房，屋後有花園。門口貼著一幅對聯："積之也厚，光及乎遙"，筆法雄勁，一看就是蒙綏初的手筆。

還在門外，周崖洲就聽到蒙綏初正向學生高談時事，語調鏗鏘，慷慨激昂。

不敢打擾，周崖洲索性凝神靜聽，等到課間休息，方才步入。

蒙綏初一眼看到了他，立刻衝了過來。

“崖洲！”

老友相逢在故鄉，人生一喜也。蒙綏初當即讓學生們提早下學，然後拉著周崖洲回到自己家，命家人置辦了一桌酒席，說是要一醉方休。

周崖洲介紹了他們這次回梧州的起義計劃。蒙綏初大喜。

“老弟，我夢寐十餘年，早思糾合同志，以救危亡，今何幸而有此機緣也。之前，我還悶氣難消，寫了一副對聯：

　　“人人賀年宵，誰關心，日俄戰局未終，法越問題又起，只知飲幾杯戚友酒，著一件奴隸衣，恐經歷數十個春秋，世界已無駐足地；

　　家家燒炮竹，孰垂淚，祖國權利盡失，神州種族將亡，倘急擊，這個自由神，樹那面獨立幟，並拋擲萬千條生命，午台庶有出頭天。”

“民偉兄就是民偉兄！那你收拾收拾，我們一起走吧，尊權兄還在梧州等著呢。”

10

“同志們！按照中山先生的計劃，我們這次起義，會分為兩部分，在梧州、藤縣聯絡江湖會黨，組織民軍，先在梧州舉事，潯州、柳州、鬱林同時響應。”

在三角嘴西醫院的一個小房子裡，劉崛主持召開了同盟會的秘密會議。

發動會黨，一直是孫中山組織武裝起義的主要途徑。早年曾以“洪秀全第二”自居的孫中山，對於深受“洪楊革命”影響的廣西會黨一直比較重視。本身也是廣西天地會首領的柳州同盟會負責人劉古香，這次就是奉孫中山之命，特地從廣州趕來梧州策劃起義的。

對於聯絡會黨進行起義，周崖州其實不無躊躇。他生長的環境，所受的教育，都和江湖會黨沒有什麼共同語言。他也不太相信，這些大字都不識幾個的粗人，能成大事。

劉崛看出了他的心思。

和孫中山一樣，劉崛也是地道的農家仔，少時曾牧牛割草，勤耕力鋤，雖然後來走了讀書這條路，但早年的經歷，讓他們了解並同情這些底層民眾。

老大哥劉崛，為此專門找周崖洲懇切深談。

劉崛說，賢弟切莫小看江湖會黨。他們雖沒讀什麼書，卻有他們崇拜的“關二哥”（關羽）的忠義，打起仗來往往以一當十，而且善於出奇制勝。中山先生和克強兄親臨戰場，在那鎮南關要塞堅守了七天七夜，中山先生還親自開砲打擊清軍，你總聽說過吧？這鎮南關起義的主要力量，就是三合會統領黃明堂及其手下。

劉崛繪聲繪色地說起了他從親歷鎮南關起義的好友胡漢民那裡聽來的故事。

"當日，受中山先生革命大義呼召加入了同盟會的黃明堂，率領他手下的一百多會勇，身佩馬刀，攜帶四十多支快槍及炸藥，還有大繩和幾大籮筐鞭炮，抄小路，繞過鎮南關背，偷襲山頂炮台。他們披蒙茸，拔鉤藤，以繩縋於斷澗危崖間，逾牆而入，如奇兵天降，守備的清兵倉皇逃走，不戰而下鎮南關。

"捷報傳到河內，中山先生和克強兄欣喜如狂，立即趕到鎮南關，親自參與作戰。中山先生早年曾說，'我只有一個宿望，就是入中華帝國最南角的鎮南關，懸軍萬里，旌旗當當，貫通中華帝國的中部，而出中華帝國最北角的山海關。一出山海關，即可送卻愛新覺羅帝的末路了。'

"在中山先生和克強兄的親自指揮下，我革命軍居高臨下，利用砲台迎擊來犯清軍，血戰七晝夜。敵兵傷亡數百，我軍不過陣亡兩人，直到彈盡糧絕才撤退到越南。你看那胡展堂，和你一樣，書生一個，上鎮南關之前連槍都沒摸過，跟中山先生在鎮南關打了一仗下來，不但短槍馬刀應用自如，那馬上英姿，愚兄都羨慕，真是能文能武哪。"

周崖洲聽得眉飛色舞。能文能武，原是讀書人的追求。胡展堂（胡漢民字展堂）亦是在東京時見過的，的確是書生一個。胡能往，我亦能往！

"尊權兄說得好！小弟不才，也想學中山先生發動江湖會黨的口才、展堂兄能文能武的英姿，這就去家鄉藤縣那綠林出沒的深山轉一圈，對好漢們曉以大義，當一回說客罷。"

他先潛回丹村老家，向熟悉當地情況的父老鄉親打探了一番。據說，本縣的這些綠林好漢，也是盜亦有道，不殺讀書人。於是，他特地戴上一副眼鏡，穿一件竹青布長衫，裝扮成教書先生的模樣，入夜之時，到山口獨坐，仰天長嘯。

綠林好漢們聞聲而來，以為他是失心瘋，先不理睬。誰知，這瘋子竟然連續幾夜都來山口獨坐。好漢們不免有些好奇，於是找他說話，又覺他精神正常。聽他說，欲見首領，於是將他綑綁雙手，眼蒙黑布，押到山寨。見慣各種說客的首領，先來了個下馬威，拍桌怒罵。誰知，這書呆子竟昂頭挺胸，渾然不懼。首領反而另眼相看，尊稱了一聲"先生"，請問有何指教。

這時，周崖洲才溫言正色，展開說辭。

　　"各位大佬，我們都是同鄉，自然知你們的苦處。你們本是安分農民，全因這洋貨流入，官府又盤剝，你們走投無路，才不得不離家別口，上山落草，混口飯吃。講到底，都是這洋人可惡，大清無能，害苦了黎民百姓。"

　　首領和好漢們都聽得入港。上山前，都有一本這樣的傷心賬。難得這兩耳不聞窗外事的書生，竟也明白我等苦楚，是個有心人哪。

　　接下來，周崖洲又介紹自己本是留日學生，在日本受夠了小日本對我大中國的鄙視，深感這朝廷腐朽，禍國殃民，於是跟隨中山先生革命，誓要光復我大漢。

　　這首領和好漢們，原也聽過朝廷巨額懸賞的孫文的大名，聽周崖洲這一說，也慷慨激昂起來。

　　"孫先生說得是。我們弟兄，原是要反清復明的。"

　　這時，周崖洲才放下了其實緊張的心。他發現，貼身的衣服都汗濕了。

　　時機成熟之後，在周崖洲陪同下，劉崛親自上山，鄭重其事地向會黨首領頒發了"中華國民軍"的委任狀，並許以槍支彈藥，約定日期，反清起義。

11

"遺民久憤污左衽，孱虜何足煩長纓。霜風初高鷹隼擊，天河下洗煙塵清。"

初戰告捷，周崖洲很是興奮。在下山的路上，他吟起了陸游的詩句。從小，父親就教他讀詩。他最喜東坡和放翁，每讀，都能感染到詩中那份豪情。

老大哥劉崛，此刻也是喜形於色。

中山先生期待的梧州起義，終於有些眉目了。

接下來，劉崛在潯州，劉古香在柳州，蘇無涯在梧州附近，陸續收編了一些民軍。蒙綏初等人也在梧州創辦了《廣西日報》《梧江日報》，鼓吹革命。

這些革命活動引起了官府注意。劉崛於是帶周崖洲等人暫時赴港躲避。在香港，他們接到中山先生來電指示，前往馬來亞、泰國、緬甸、越南、印尼、朝鮮為同盟會籌款。

1910 年 4 月，以劉崛為會長的同盟會廣西分會正式成立，隸屬設在香港的同盟會南方支部。會址設在梧州石鼓街沈公祠。骨幹會員三十多人，蒙綏初、蘇無涯、周崖洲、歐冕等都在其中。

作為廣西分會直接領導的南方支部支部長胡漢民，當年正是在梧州國民學堂與劉崛相識。胡漢民當時講授"修身"和"國文"兩門課，口才、文采，都很了得，經常在教員和學生中宣傳革命思想。劉崛因而深受影響。

在東京，也是胡漢民介紹劉崛加入的同盟會。保皇派在東京每年舉辦一次"戊戌庚子死事諸人紀念會"，胡漢民登台演說，口若懸河，足足三小時，駁斥"保皇就是愛國，革命必至亡國"為"利用死人欺騙生人"，台下聽眾拍掌稱快，保皇派竟然沒人敢上台爭辯。

這幾年，胡漢民追隨中山先生，下南洋，回兩廣，策劃起義。在鎮南關，他以書生之身，空腹跋涉六小時，攀登砲台，到達山頂時，竟至暈倒，幸好中山先生是醫生出身，急忙將他平臥，慢慢地抬他的腳，才睜眼甦醒。然後，他不顧疲乏，登上砲台，親手開砲轟擊敵兵，一戰成名。

胡漢民之於劉崛，是良友，也是益友。他希望，在自己的家鄉梧州，也能像胡漢民在鎮南關那樣，大幹一場，得償所願。

各項準備都在進行。潯州會黨受清軍襲擊，未能如期起義，但還是可以再找有利時機。可惜活動頻密，終被梧州知府李開侁偵悉。

李開侁是個厲害的對手。好幾次，劉崛都差點被他抓捕。

有一次，在清兵追捕之時，劉崛急中生智，跑進一間學校，走進教室，拿起一本書，端正坐好，埋頭細看。清兵入校，認不出他，才逃過一劫。

又有一次，劉崛正在會上布置任務，突然尖銳哨聲響起，窗外人馬急促奔跑，原來李開侁已接到消息，全城戒備，大肆搜捕，並發榜通緝劉崛。

迫不得已，劉崛再度率周崖洲等人等逃往香港。歐冕前往廈門，混入警察局任高級警官。蒙綏初則到桂林，應好友馬君武邀請，創辦了《漓江潮》《獨秀峰》，繼續宣傳革命。

值得一說的是，1911 年 10 月 10 日，武昌起義爆發。因之前已在梧州打下了基礎，除了參加黃花崗起義受傷、留在香港養傷的周崖洲，劉崛等人又回到梧州，延續了之前未完成的起義。

藤縣赤水、仁和，蒼梧龍圩、長髮、京南、倒水、大河上下游的綠林隊伍，桂平江口以下直至梧州的大小幫會，紛紛組成武裝，由劉崛統一指揮。西江、撫河一帶的綠林隊伍、民軍和會黨，在劉崛安排下，四處放出準備攻城的風聲，製造出周圍各地會黨、民軍萬人包圍梧州之勢，嚇得梧州的清朝官吏惶惶不可終日。

1911 年 10 月 29 日，同盟會廣西分會在《梧江日報》《廣西日報》號外上發出"京陷帝崩"的假消息，梧州全城震動。10 月 31 日，同盟會的甘紹相、區笠翁等人衝入梧道署，強迫梧州道台沈林一交出印信，然後在北門外梧州府中學堂召開大會，宣布梧州正式獨立。這一天，梧州街上張燈結綵，全城爆竹震耳欲聾，市民紛紛剪去長辮，慶賀新生。梧州，成為兩廣最早脫離清王朝而獨立的城市。

隨後，劉崛、蘇無涯等廣西各地同盟會負責人雲集南寧，與雷在漢領導的南寧同盟會共同努力，爭取手上握有幾萬軍隊的廣西提督陸榮廷宣布南寧獨立。在桂林的蒙綏初，則以廣西咨議局議員的身份，與咨議局副議長黃宏憲集合各機關、學校及商會的代表 100 多人，向廣西布政使王芝祥請願，從民族大義、人心向背、時勢大局等方面進行勸說。當晚，王芝祥與廣西巡撫沈秉堃緊急蹉商，取得了共識。

11 月 7 日，在咨議局會場前的空地上，沈秉堃宣布廣西獨立。咨議局推舉沈秉堃為廣西都督，王芝祥、陸榮廷為副都督。11 月 9 日，陸榮廷也在南寧"附和共和"。

11 月 11 日，廣西都督沈秉堃通電全國，宣布廣西獨立。成立了軍政府，咨議局改為議會。軍政府設軍政、內務、財政、教育司和司法、銓敘、法制、印鑄等局，蒙綏初任銓敘局長，負責起草《廣西臨時約法》。

至此，在梧州起義的帶動下，廣西實現了全境光復。

12

逃到香港後，周崖洲得知，同盟會策劃已久的廣州新軍起義也失敗了。

河口起義失敗後，廣州的同盟會負責人朱執信、趙聲等人認為，會黨組織渙散，難以節制，轉而運動新軍。

新軍是清政府推行新政時仿效西洋模式訓練的新型軍隊，故稱新軍。廣州新軍有七千餘人，除第一、第二兩個標（團）的步兵外，還有砲兵第一、第二營，輜重兵一營，工程兵一營，學兵營一營和巡防新軍七營。每營三百餘人，每標三營。第一標砲兵營、工程營、輜重營駐紮在廣州郊外燕塘，第二標駐北校場，巡防新軍則分駐各地。還設立了兩廣督練公所，附設糧餉兼軍械局、軍醫局、財政局、測繪處等部門。

廣州新軍裝備精良，步兵配備德國新式 6.8 毫米步槍加刺刀，砲兵、馬兵、輜重兵用德國 7.9 毫米五響馬槍，軍官配白郎寧曲尺手槍和日式指揮刀。還有向德國克虜伯廠定購的過山快砲 54 尊。

新軍的管理也頗為西化。每週的肉、魚、豆、瓜、湯等菜單均由軍醫開出，鞋、襪、盆、被，衣等生活用品由公家發放。軍官春秋兩季穿厚薄絨黑呢或黃呢軍服，冬季外加黃呢外套大衣，夏季穿黃斜軍服，黑皮靴鞋。士兵夏季穿青斜軍服，冬季穿黃呢軍服。每週還有打球、遊戲、魔術等文娛活動，以備士兵調節心態。軍官每天坐馬車回到城中的西式公寓與家人團聚，房前屋後，終年鮮花盛開，滿室香氣襲人。

廣州新軍的中高層軍官大都有海外閱歷，思想開明，兼容中西。中山先生曾評論說，"新軍中不乏深明世界潮流之同志，業極端贊成吾黨之主義。在今日表面上視之，固為滿廷之軍人；若於實際察之，誠無異吾黨之勁旅。一待時機成熟，當然倒戈相向，而為吾黨效力。"

趙聲就是其中的傑出代表。他早年以第一名的成績考入南京江南陸師學堂，與友人同遊明故宮時，就曾有言：“我輩今日求學豈為官祿富貴耶？乃預備他日手拯神州，出之茫茫巨津中，使復見青天白日耳！”後來，他東渡日本考察軍政，結識了黃興，深感“中國事尚可為也”。回國後，他出任南京新軍的標統，加入同盟會。

之後，趙聲赴廣州新軍任職，先後擔任第二標和第一標的標統。因秘密策劃新軍起義，引起廣州當局懷疑，被解除了職務。不過，他在廣州新軍中的影響仍在。他的舊部大都傾向革命。由他安排為砲兵二營右隊二排排長的同盟會員倪映典，就在新軍中積極活動，散發了一萬多份小冊子如《革命先鋒》《外交問題》《立憲問題》，發展了不少人參加同盟會。

此時，同盟會已在香港成立了南方支部，作為指揮南方革命的總機關。

倪映典幾次到香港，向南方支部支部長胡漢民匯報廣州新軍的情況。

己酉年冬（1910 年 1 月底），他向南方支部報告，起義的時機已經成熟。南方支部遂決定在清吏封印休假的元宵節前後發動廣州新軍起義，電請黃興、趙聲到港，共舉大事。

然而，一件意外，卻使得起義提前了。

農曆除夕，有一個新軍士兵與廣州一店主因刻圖章名片爭論價格，警察上前干涉，竟至互毆。一些巡警逮捕了這名士兵，押往第一巡警局。中途，遇到八個新軍兵士欲搶回同袍。巡警吹響警笛招來更多巡警，扣押了八名新軍，還加以鎖鏈。後經調解，始得放回。

被押士兵回營後，新軍同袍大憤，於正月初一攜械入城，逢警察即打，並搗毀了幾處警署。兩廣總督袁樹勳聞訊，命新軍協統張哲培彈壓。張哲培率憲兵至二標，集合兵士訓話，暗中派憲兵會同官長將二標各營的槍機拆卸，子彈收檢，從後門運至城內。袁樹勳下令關閉城門，並派滿旗兵扼守各城門，又禁止新軍士兵外出。

倪映典得知事態嚴重，立即赴港，向南方支部報告，要求提前發難。趙聲、黃興、胡漢民與之討論很久，決定把起義改在正月初六。

倪映典離穗後，一標及砲營中的同盟會員得知二標的槍機、子彈被繳，十分憤怒，於初二早晨奪門而出，奔往協司令部、軍械房、講武堂等處取槍械子彈，準備起義。倪映典趕回廣州，初三上午進入第一標砲營，想勸阻同志們再等三天，眼見群情憤激，難以抑制，擔心起義消息洩露，遂當機立斷，立即發動。

　　起義軍公推倪映典為總司令，兵分三路，向廣州城進發。倪映典親率千餘人，經沙河進攻東門，抵達牛王廟橫枝崗時遇廣東水師提督李準屬下的吳宗禹部二千多名清軍攔阻。清軍派出管帶童常標、李景濂和倪映典談判。倪映典因李景濂是同盟會員，童常標是安徽同鄉，遂未加懷疑，還爭取對方一同行動。童常標等佯裝贊同，推說須請示統領。倪映典起身離開時，李景濂部突然開槍攻擊，倪映典中彈落馬，被抓獲後當場被斬首。

　　倪映典一死，起義新軍頓時群龍無首。當晚，一標放火燒營，向沙河突襲，但火力敵不過吳宗禹部，退到瘦狗嶺，已是子彈罄竭，終至潰散。延至次日夜晚，起義軍全部被鎮壓。

　　廣州的幾處同盟會機關，在初二、初三兩日曾經放火響應，都被救火隊滅了火。新軍的二標與三標，在初三當日被大批清軍監視，也動彈不得。初四早晨，清軍四出搜剿，義兵被俘百餘人。清軍隨之在城內大肆搜捕。本已來到廣州城內指揮機關的趙聲，在被通緝之下，化裝出城，逃回香港。

　　這場史稱“庚戌廣州新軍之役”的起義，遂告失敗。

13

革命陷入了低潮。

革命領袖孫中山，卻是屢敗屢戰，鬥志高昂。

此時，正是他的革命生涯中最困難的日子。前後發動的九次起義都已失敗。他的母親楊太夫人，也在香港去世了。

孫中山認為，廣州新軍起義雖然失敗了，卻證明了運動新軍參加革命是大有可為的。策反新軍，對清政府來說，等於挖去其賴以支持的梁柱，一定會加速革命形勢的發展，清廷垮台之日就不遠了。

決心已定，他將在新加坡的同盟會南洋總部機關遷移至馬來亞的檳榔嶼。

1910 年 11 月，孫中山在檳城柑仔園 404 號的寓所召集了黃興、胡漢民、趙聲、孫眉等人，以及檳城的同盟會代表吳世榮、黃金慶、熊玉珊、林世榮，怡保的代表李孝章，婆羅州坤甸的代表開會，史稱 "庇能會議"。

面對大多數與會者在一連串起義失敗後的士氣低落，甚至心灰意冷，孫中山在會上呼籲諸同志傾力支援，破釜沉舟，在已有一定基礎的廣州發動第十次起義，也是同盟會成立起來的最大規模起義。

要準備起義，首先要籌集巨款，購買軍械，召集同志。

籌款的方式，一般都是到華僑多的地方進行演講會。愛國的僑胞常常會傾盡所有，將身上的銅元、銀元、毫洋、票子拿出來捐獻。

孫中山親自出馬，向華僑籌款。翌日，他在位於打銅街 120 號的檳城閱書報社，也是光華日報的報館所在地，向僑胞們發表了感人肺腑的演說。

"革命不是沒有辦法，只怕沒有勇氣"。

"海外同志捐錢，國內人士捐命，共肩救國之責任也"。

他聲淚俱下，謂若再遭失敗，他將隱姓埋名，匿跡空山。在場人士無不動容，有的甚至淚流滿面。大家當場捐出八千多叻幣。

隨後，胡漢民、黃興和主持同盟會南洋支部工作的華僑實業家鄧澤如，分別在安南和馬來亞到處奔走籌款。孫中山則從檳城發函同盟會各分會，共募得十八萬六千餘元，其中南洋華僑捐款八萬元，美洲華僑捐款七萬七千元。

本身也是華僑的孫中山後來說過一句話，華僑是革命之母。

檳城同盟會會長吳世榮，本是馬來亞華僑富商，為革命散盡家財，甚至將妻子的陪嫁、檳城最高也最豪華的一棟五層洋樓都賣掉了，晚年窮途潦倒，去世後連塊墓碑都沒有，僅僅以一石塊作記號。

庇能會議後的兩個月，為了籌集廣州起義的經費，鄧澤如馬不停蹄地跑遍馬來亞大小城市，如太平、金寶、龍邦、怡保、霹靂、文明閣、吉隆坡、芙蓉、馬六甲、新加坡，到 12 月 29 日才回到瓜拉庇勞自己家中。次日，其長子鄧光夏出生。而四十二歲才得子的鄧澤如，翌日又隨黃興前往芙蓉繼續籌款，頗有大禹治水過家門而不入的風範。

起義經費到位之後，黃興於 1911 年 2 月抵達香港，在跑馬地黃泥涌道 35 號——一座兩層高的公館式房屋裡，設立了起義統籌部。

這一次，黃興決心集合同盟會精英，拼力一搏。

從海外到內地，很多同盟會成員趕來香港參加起義的籌備工作。

作為南方支部轄下的廣西分會骨幹的劉崛、蘇無涯、周崖洲，也在其中。

黃興的長子，年僅十八的黃一歐，也被父親從東京召來。他化名宮崎龍介，以一身和服、一口流利日語為掩護，冒著巨大的危險，隨身攜帶四個裝著五十支駁殼槍、二十支勃朗寧、一萬多發子彈的大行李箱到港。

1911 年 4 月 8 日，起義統籌部召開了準備會議。

周崖洲到達會場的時候，碰到了在東京見過的福州籍同志，林覺民。

林覺民 1908 年在東京加入同盟會不久，周崖洲就隨劉崛回國，只有幾面之緣，卻是印象很深。他記得，林覺民性格剛直，善於言談，演講時拍案捶胸，聲淚俱下，每每令四座動容。

“意洞兄！久違了！”

周崖洲急走幾步上前，緊緊握住林覺民的雙手。

“哈哈，崖洲兄，故國重逢，共驅胡虜，快哉快哉！當浮一大白！”

進入會場，各地趕來的同志們都已在座。

連月來日夜籌劃、很少合眼的黃興，看去雖滿面疲憊，目中仍然精光四射。

“諸君！這將是我們同盟會的第八次起義（注：“十次起義”包括興中會發動的乙未廣州之役和庚子惠州之役）！下面，請伯先兄介紹一下具體布置。”

在黃興謙讓之下，在廣州和南京新軍中都有影響的趙聲，被推為這次起義的總指揮。

根據中山先生在檳城的建議，這次起義還是以新軍為主幹，兼及巡防營和警察。革命黨人組建選鋒（敢死隊），負責首先在城內發難，破壞重要行政機關，占領軍械庫，打開城門，迎接軍隊和民軍進城。

趙聲介紹說，起義預定在 4 月 13 日發動，共有十路選鋒，大約八百人，在廣州城內同時發動攻擊。

第一路，由趙聲率領蘇皖同志百人，攻打最難應付的廣東水師提督李準所在的水師行台。第二路，由黃興帶領南洋、安南和主要為留日學生的四川、福建同志百人，攻打兩廣總督張鳴岐所在的總督署。其餘八路，由廣東同志擔任。徐維揚、莫紀彭領北江同志百人，進攻督練公所；黃俠毅、梁起領東莞同志百人，攻打巡警道，兼守大南門；姚雨平率嘉應同志百人，攻佔飛來廟軍械局，兼攻小北門；陳炯明領東江同志百人，防截旗兵，並占領大北門和歸德門；李文甫率五十人攻旗界之石馬槽軍械局；張醁村率五十人占龍王廟高地；洪承點率五十人破西槐二巷炮營；羅仲霍率五十人破壞電話局。

趙聲認為，擒賊先擒王。如果收拾掉李準和張鳴岐，把握就大了。水師行台的人不多，總督署的衛隊最多不超過兩百人。新軍有一個營在廉州，是他的舊部，只要聽到起事，就會來接應。三江一帶的新軍，軍官大多是革命黨人，也將起義。

除了選鋒隊，另設放火委員九人，先入旗界，租屋九處，在起義發生時縱火擾亂敵軍。

胡毅生（胡漢民的堂弟）、黎仲實負責運輸軍械。女同盟會員徐宗漢和陳淑子（胡漢民夫人）負責運送軍火。喻培倫、李應生（徐宗漢的外甥）負責製造炸彈。

劉崛、劉古香、李德山回梧州組織廣西會黨、綠林武裝，趕來廣州參加進攻。

胡漢民留在香港，主持後援，與中山先生、南洋支部、同盟會各分會保持聯絡。

趙聲以洪亮聲音作了最後總結：

"按計劃，拿下廣州後，克強兄率一軍入湖南，我率一軍出江西，譚人鳳、焦達峰在長江流域舉兵響應，會師南京，飲馬長江，挺進北伐，直搗北京，廢除專制，締造共和！"

14

　　會議結束之後，平日各自奔忙的同志們，三五成群，把酒暢談。劉崛帶著一位四十五歲上下、戴眼鏡的中年人，朝周崖洲和蘇無涯走來。

　　"崖洲！劍衡！你們看，這是誰？"

　　"哎呀，是錫藩兄！陸大醫生，您沒被西沙的鯊魚吃掉呀！"

　　"哈哈哈！鯊魚嫌我人老皮厚，放我回來啦！"

　　陸愛唐沉穩地微笑著。鏡片後的一雙眼睛，射出他們熟悉的堅毅目光。

　　梧州起事失敗後，劉崛帶著他們逃到香港，和陸愛唐打過交道。劉崛曾任教的梧州國民學堂創辦人陸寵廷就是陸愛唐的堂兄。陸家是容縣望族，世居石寨鄉龍膽村，地處水運驛道的北流河中段繡江邊，藉此地利經營竹材和木材生意，以"竹排陸"馳名。

　　陸愛唐原名飴筵，字錫藩，號愛唐，曾是國子監生，後來進入廣東軍醫學堂學習，以優異成績畢業後，在兩廣一帶行醫。1907 年，他到香港行醫，經同盟會香港分會會長馮自由介紹，加入了同盟會。

　　1909 年 5 月，廣東水師提督李準計劃出巡西沙群島。馮自由得到消息，令他以陸錫藩之名，以軍醫的身份參加巡視團。馮自由轉達中山先生的指示說，這是為日後成立中華民國做好海防情報工作，同時爭取策反李準。

　　"說笑歸說笑，講真，雖然沒能策反李準，此行還是很有意義的。"

　　陸愛唐說起隨李準巡視西沙的經歷。

　　1840 年，英國侵略者用炮艦打開中國大門後，於 1844 年竄入西沙群島進行非法測量。德國和日本也覬覦西沙，多次派員前往。這幾年，各國侵略者多次竄入南海進行非法測量。法國駐安南總督茹爾內向清政府發出照會，稱那些島上早在百餘年前就有安南嘉隆王朝派員立下的界碑，是安南領土。而事實上，早在宋代就有中國人在西沙南沙捕魚、種菜、植樹，明朝初年明軍水師就在這些島上勒石刻碑，比所謂"安南界碑"早五六百年。

李准出任廣東水師提督後，對此非常關注。他向兩廣總督張人駿請示巡閱西沙，得到批准後，於1909年5月率官兵170多人，乘伏波號、琛航號和廣金號三艘軍艦，從海南島榆林港出發，前往西沙。

每到一島，李準皆令隨行工匠刻字於珊瑚石上，"大清宣統元年廣東水師提督李準巡閱至此"，還在島上建了椰子樹屋，屋前立了桅桿，鳴砲升旗，宣示中國對西沙的主權。

李準一共探明島嶼15個，逐一命名，以艦名、物產名及隨行官員的籍貫命名。如"伏波"、"甘泉"、"珊瑚"、"寧波"、"番禺"，還在一些島上留下隨船帶來的牛羊。巡視團中的測繪委員和海軍測繪學堂學生還繪製了西沙群島總圖和西沙各島分圖。回到廣州後，李準以親身經歷寫成《廣東水師國防要塞圖說》一書，得到清廷嘉獎。

"如此說來，李準倒也是條漢子，很有遠見嘛。"

周崖洲聽得高興，衝口而出。

老練的劉崛把話岔開了。畢竟，李準在廣東積極抓捕革命黨，是同盟會的死對頭。

"錫藩兄！你這次從南洋運款回來，可還順利？"

這幾年，陸愛唐也多次去南洋籌款，在南洋各地奔走，一邊為華僑治病，一邊宣傳革命。容縣籍的南洋華僑積極響應。很多人每月捐出三天的工錢來資助革命。陸愛唐以醫生的職業作掩護，負責運送從南洋募捐到的現金和物資，以購買這次起義所需的槍支、彈藥和軍需品。

"還算順利。不過，這次倒是餓了兩天。"

原來，途中遇上颱風，船隻靠港避風，陸愛唐隨身帶的錢用完了，沒錢吃飯，餓得發昏，但他不願動用籌捐到的軍餉，而是如數交回起義統籌部。

"你老兄為了革命，真是不惜'餓其體膚，空乏其身'……書蕉近來好嗎？"

陸愛唐的女兒陸書蕉，是廣西第一位女留學生，也在日本參加了同盟會。她畢業於東京實踐女學校速成師範科，是秋瑾的師妹。

"挺好！女孩兒家適合做聯絡，我們在梧州塘基街由義巷開了一間名利客棧作為秘密機關，書蕉去那裡做聯絡了。”

“太好了！這樣，你、我和劍衡一起回梧州聯絡隊伍。崖洲就留在香港幫忙招呼從日本回來的選鋒，他們一般都不會說粵語。回頭都在廣州會合。”

“沒問題！”陸愛唐點頭。

周崖洲的“衝口而出”，為後來的歷史所證明。李準巡閱西沙，刻石，繪圖，宣示了中國的主權，從此，各國的航海書都稱西沙群島為中國領土。李準所著《廣東水師國防要塞圖說》，至今仍是中國用以證明對東沙、西沙等海島擁有主權的重要文獻。

15

四月的香港，已經是初夏了。

藍天白雲之下，是青山環抱、一望無垠的大片田園，種植著瓜類、水果、蔬菜，間雜著一些竹籬茅舍，雞鳴犬吠。

這是位於新界屯田的青山農場，屬香港首富李升第三子、興中會會員李紀堂所有，由同盟會會員鄧蔭南負責經營。因佔地廣闊，地點隱蔽，來往香港的革命黨人經常在這裡躲避。這一次，喻培倫和周崖洲等人都被安排到了這裡。農場的後半部，藏有不為人知的軍械和炸藥密庫。

在東京就以自發研究製造炸彈聞名同盟會、有"炸彈大王"之稱的喻培倫，在此為這次起義秘密製造炸彈。昨天，他得意地告訴同住的周崖洲，他這次想出了用安全火柴作炸彈導火線頭的方法，克服了過去不易燃著的大缺點，保證個個炸彈都能派上用場。

青山農場的西北面，是瀕海的下白泥浪濯村。鄧蔭南在此用鐵枝和青磚建了一座兩層高的碉堡，可俯視后海灣和對岸清兵，便於瞭望。在碉堡旁還設了一小型工廠，以榨糖和舂米為掩護。碉堡前不遠處有一小碼頭，有小火輪可出入交通。

下白泥浪濯村有大片綠油油的水田。戴斗笠的農夫，綁著藍花布頭巾的農婦，用毛巾遮著面龐，紮起褲腿，彎腰插秧。青嫩的秧苗，呈一字形排開，勻稱而整齊。不遠處，水牛一邊耕種，一邊發出"哞哞"的長叫。水田一旁，是一棵古老的大榕樹，樹下有張斑駁的木桌，桌上擺著一套粗瓷的茶壺、茶杯，桌子四周，一溜排開幾張小竹椅，供農人們間或歇息。

好一派南國風光，令人心曠神怡。這些年四處奔走，幾乎無一日閒暇的周崖洲，感到了暫時的寧靜。

這幾年，發生了太多事。

　　慈禧太后、光緒皇帝相繼去世，清廷立了三歲小兒溥儀為帝，由其父醇親王載灃攝政。而同盟會內部，因起義接連失敗，暗殺之風興起。去年，秀才出身的同盟會文膽汪兆銘，就不顧孫中山和黃興的勸阻，前往北京行刺載灃，未遂被捕，被判終身監禁。

　　這一次，同盟會吸取了之前起義失敗的教訓，即將在廣州向清廷發起前所未有的攻擊。

　　這天，周崖洲等人收到通知，搭小火輪前往港島，到跑馬地的起義統籌部開會。

　　黃興這幾個月一直住在這裡，日夜忙碌。每天都有很多人來找他，有從各地趕來參加發難的選鋒，有運送槍支彈藥的，領捐冊送捐款的，還有不在此居住的統籌部所屬調度、儲備、交通、秘書、編輯、出納、調查、總務八課的一些人員，前來研究解決各種問題。

　　數日不見，周崖洲發現，原本面貌豐腴的黃興，累得瘦了一圈，黑髭也長了很多。不過，看去還是那麼剛毅倔強、強健有力。

　　大家一落座，統籌部儲備課課長胡毅生就衝了進來。

　　"廣州將軍孚琦被刺了！"

　　胡毅生本身是廣州人，加之負責運送槍械上廣州，常有廣州的消息。他打聽到，刺殺孚琦的，是位四十二歲的南洋華僑，名叫溫生才，據說原籍廣東梅縣，因家貧，賣身往南洋做工。在南洋，聽到孫中山的演講，深受感動，加入了同盟會，立志刺殺清廷高官。

　　前兩天，華僑飛行技師馮如在廣州燕塘軍營試飛飛機，大部分廣州官吏都前往觀看。溫生才就埋伏在大東門外咨議局前面的麒麟閣茶樓裡，相機行事。他看到一頂有衛兵護衛的官轎經過，以為是廣東水師提督李準，就衝出去連開幾槍，結果擊斃的是廣州將軍孚琦。溫生才當日就被官兵抓獲，4 月 17 日（農曆三月十九）在咨議局前被斬首示眾。

　　黃興頓足。

　　"這不等於提醒張鳴岐、李準，我們要動手了嗎？"

　　胡毅生嘆了口氣。

　　"是啊，張鳴岐和李准反應很快。聽說廣州現在全城戒嚴，各處警兵都嚴密站崗布防，各城門一律關閉，到處搜查革命黨。現在武器運不進去了。”

　　黃興長嘆一聲。

　　“看來，起義得改期了。幸好我們之前已經運了一些武器到廣州，分別藏在不同的地點。伯先兄，廣州很多人都認識你，而且還在官府通緝中，你還是在香港主持策應，我去廣州看看形勢，再定起義日期，可好？”

　　“也只能這樣了！”

　　趙聲點頭。

　　兩人抱拳而別。

16

黃興是抱著此去成仁的決心離開香港的。

臨行前，他給南洋的同志鄧澤如和李源水等寫了絕筆信。

"事冗，未獲時通音問，罪甚罪甚。本日親赴陣地，誓身先士卒，努力殺賊，不敢有負諸賢之期望……書此以當絕筆。"

他出生在湖南長沙一個富裕的書香之家，已考中秀才，本可以走科舉之路，但他卻選擇了毀家紓難。因為，三千年未有之局面的中國，數千年錦繡河山，已淪為列強共有的半殖民地，而滿清政府，依然專制、賣國。因此，他立志革命，推翻滿清，建立一個民主、富強的中華共和國。

為了革命，他始終顧全大局，不計名位，處處以孫中山為先。

為了革命，他無懼出生入死，經常三餐不繼。

同盟會成立六年來，絕大多數起義都是他親自領導的。

親冒矢石，以身犯難，對他而言，是家常便飯。

三年前的欽廉上思起義，他率兩百人跟兩萬多清軍苦戰四十餘日，至彈盡而援不至，才被迫撤退。

屢敗屢戰，他仍然苦幹硬幹。

這一次，是最後的孤注一擲。他沒想過生還。

同樣沒想過生還的，還有那些即將和他一起冒險犯難的選鋒。

周崖洲，正是其中之一。

接到起義定於 4 月 27 日（農曆三月二十九）發動的通知後，他和一些留日同志搬到香港濱江樓，準備搭船上廣州。

這晚，周崖洲怎麼也睡不著。

想提筆給遠在故鄉的父母寫信，以為訣別，剛鋪開紙，"不孝兒維梧跪稟父母親大人膝下"，就寫不下去了。

自從梧州起義失敗，他逃到香港，為免連累父母，一直沒和他們通信。此次如果不測，可抵千金的家書，頓成遺書，二老情何以堪？

他想起留日同學林文今日對同志們說的那番慷慨豪言。

「過去起義，死者多是鄉民。許多人以為我們這些留日學子膽怯怕死。我實覺得慚愧和羞恥。此次如果舉事無成，我能與諸同志共葬，亦無遺憾。如果舉事成功，當為先鋒，掃蕩清廷，一報祖宗仇恨。」

林文是福建侯官人，號時爽。據說，其祖父是狀元出身，曾任雲南巡撫。此次起義，在東京臥病了幾個月的林文，接到黃興的電報通知：「事大有可為，請偕同志來」，不顧大病初癒，立即啟程到港。

林文這一番話，也正是包括周崖洲在內的留日學子的心聲。

為國捐軀，捨身取義，本是熱血男兒分內之事。忠孝難以兩全，也顧不得這許多了。

周崖洲索性披衣出門，準備去外面走走，沉靜一下紛亂的思緒，卻看到隔壁房裡燈光微弱，一個高大英挺的背影正在一塊潔白的絲帕上奮筆疾書。

「意洞兄！你……？」

林覺民坦然一笑。

「崖洲兄，我在給我妻子寫絕筆書。吾輩此舉，事必敗，身必死，然吾輩身死之日，距光復期必不遠矣。」

周崖洲頓時眼中有淚。

「意洞兄！我還未成家，家中有兄弟，可代我侍父母，為四萬萬同胞，死便死耳，何惜此身。你可是有妻，有子，有高堂，還有未出生的第二個孩子啊！」

「崖洲兄！今日同胞非不知革命為救國唯一之手段，特畏首畏尾，未能斷絕家庭情愛耳。今試以余論，家非有龍鍾老父、庶母、幼弟、少婦稚兒者耶，顧肯從容就死，心之摧，割腸之寸斷，木石有知，亦當為我墜淚，況人乎。……故謂吾輩死而同胞不醒者，吾絕不信也。」

「意洞兄！」

周崖洲心神震撼，再也說不出話來。

17

　　船到廣州，已是 4 月 27 日（農曆三月二十九）的清晨。在 4 月 24 日已隨黃興上來過廣州的林覺民的帶領下，他們從碼頭直接前往位於越華街小東營五號的起義總指揮部。

　　這是一所被稱為"朝議第"的青磚大屋，院牆高深，但門並不大，從外面看很是普通。四進三開間，兩面坡頂素瓦局的格局，可容納百多人。趟櫳門內有木雕隔扇的"擋中"，每進院落之間以天井相隔，南邊還毗鄰一間城隍廟，便於聚集和隱蔽。最有利的是，這裡距離兩廣總督署只有大約四百五十米遠。

　　一進門，就見身穿雪青色紡綢短衣、紮著褲腳的黃興，正忙得團團轉。

　　黃興簡要介紹說，自孚琦被刺，吳鏡和另外五位同志運送的一批軍火在廣州碼頭被清吏截獲，近日又有數處機關暴露，風聲已露。而此次起義依靠的主要力量新軍二標，將在 5 月 3 日（農曆四月初五）退伍，必須儘快舉事。幸好剛調來布防的巡防營三營有不少同志，已經聯絡好，到時響應。

　　之前因起義一再改期，趙聲的蘇皖舊部是外省人，容易暴露，已遣回香港。劉崛帶領的部分廣西同志住在城外，現城門已關閉，無法入城增援，目前在廣州的選鋒人數不足，原定的十路選鋒，只好改為四路。在"朝議第"集合的同志，由黃興率領，攻打總督署。姚雨平率一路攻小北門。陳炯明帶一路攻巡警教練所。胡毅生帶一路守大南門。起義，將在今天下午五點半正式發動。

　　周崖洲等人都興奮起來。

　　上午，"朝議第"張燈結綵，偽裝成辦喜事的樣子。賀客盈門，都是留在廣州城內的選鋒。最早到達的是從舊倉巷福榕里 5 號和雙門底粵興隆棧過來的 20 名廣西同志，由劉古香、李德山帶領。福建及南洋同志也隨後抵達。

為免賀客過多，引起懷疑，也有一些同志從附近香火鼎盛的城隍廟陸續潛入。

十時左右，扮成陪嫁女侍的徐宗漢及扮成吹鼓手、轎夫和送親親友的同志，伴著花轎抵達。扮成新郎的劉梅卿出來迎接扮成新娘的卓國華，吸引了一些居民圍觀。鞭炮燃放時，乘看熱鬧的人躲閃，同志們一擁而上，把藏在轎裡用紅布包裹的槍械子彈運進"朝議第"。

下午四點，按照黃興的指示，全體選鋒都穿上便於行動的黑面樹膠鞋，用白毛巾纏在手臂上作為識別記號，攜帶一把七響無菸手槍和兩百顆子彈。每個領隊都發給一個象牙印黑鐵計時錶，以掌握時間。

黃興說，進攻總督署，本來預計二百人，現有一百二十餘人，也大致夠了。

本來在香港的譚人鳳，這時突然出現。他是同盟會中年紀較大的，比較受大家尊敬。

"克強！伯先、展堂要我上來通知你，務必延後一日。之前遣回香港的選鋒分散在港九各處，很難一下子召集起來。香港還有三百餘支槍，待準備停當，一起帶上來。陳競存也說，城內加緊戒嚴，需要的槍支還未運到，毅生、雨平均無備，他亦僅有七八十人，不如改期。"

黃興大怒。

"不行！已經一推再推，不能再等了！改期無異於解散，無以對捐獻血汗錢的廣大海外僑胞！為了這次起義，我們動員了這麼多的人力、物力、財力，連一聲炮都不響？革命，總要有犧牲。如果能喚起四萬萬同胞覺醒，我們死而無憾！"

喻培倫也怒不可遏。為研製炸彈，他在日本時就已落下殘疾，廢了一臂。為了這次起義，他在香港日夜辛苦，造了幾百顆炸彈，好不容易才分批偷運到廣州。

"現在緩期，巡警就要搜查戶口，人和槍械怎麼辦？難道束手待擒？

革命總是要冒險的。即使失敗，也有我們的犧牲做宣傳，振奮人心。現在形勢緊急，有進無退，萬無緩期之理！生死成敗，在所不計！""今日之事是革命！革命沒有萬全之策！"

公開身份為書塾教員的朱執信，也斬釘截鐵地發表了他的看法。他是穿著長衫來的。黃興為了保存他這個同盟會著名的筆桿子，不想讓他參加敢死隊，說"你穿著長衫，怎麼參加戰鬥？"他二話不說，操起剪刀就剪了長衫下擺。

林文、林覺民、周崖洲等人也紛紛表示，事到如今，當冒險一搏，以謝國人。

一些南洋華僑和廣西同志也說："我們來廣州就是為了今天。我們每人帶兩顆炸彈去總督衙門，也要和張鳴岐同歸於盡！"

眼看在座同志無一言退，黃興宣布維持原計劃。譚人鳳於是整裝，也要求參加戰鬥。

黃興嚇了一跳。"先生年老，後事尚須人辦。這是敢死隊，你就不要去了。"

"你們敢死，我怕死嗎？"

黃興只好給了他兩支槍。譚人鳳心急，誤觸槍機，砰然一響，幸未傷人。黃興急忙將槍奪去，連聲說："先生不行，先生不行！"

譚人鳳不得不怏怏離開。

18

出發前，黃興在"朝議第"的天井裡發表了簡短的講話：

"滿清入關之後，對漢人的殺戮、壓迫是很殘酷的。到現在已經兩百多年了。從鴉片戰爭以來，滿清對外喪權辱國，對內欺壓老百姓，弄得中國暗無天日。如果不將這個腐敗的政府推翻，亡國之禍，即在眼前。

"革命是救國的惟一良方。革命要靠我們這些富有熱血的男兒。要不顧一切，抱著犧牲的精神。只要我們肯為國捐軀，革命是一定會成功的。革命一成功，人們就會知道革命的價值。不僅是推翻滿清，還要建立民國，平均地權，人人有田種。

"我們這次起義，各方面都有聯絡。一拿下廣東，我們就分一軍進湖南，一軍出江西，各省的同志都回到本省，比如廣西的同志就打頭陣回廣西去。同志們努力吧！革命一成功，我們就不再受外國人的欺負和滿清政府的壓迫，大家都可以過自由幸福的生活了。"

選鋒們聽得熱血沸騰。

為了爭當先鋒，花縣領隊徐維揚，廣西領隊李德山、湖南領隊陳志、李海書，個個摩拳擦掌。

"我們花縣同志是本地人，各方面都有天然優勢，適合當先鋒。"

"我們廣西同志很多都在廣西五十二峒幫陸阿發打龍濟光，有戰鬥經驗。我們之前也到總督署四週看過地形，最適合打頭陣。"

"張鳴岐衛隊的湖南人多，我們湖南同志比較容易和他們說上話，號召他們倒戈反正，還是我們先上吧。"

最後由黃興一錘定音。由他和朱執信、林覺民、林尹民四位通曉日語的同志開路，分乘四轎，偽稱日本朋友拜候兩廣總督張鳴岐，諒總督署衛兵不敢阻攔。

　　下午五點半，四頂轎子在扮成侍從的選鋒們的簇擁下從小東營五號走向兩廣總督署。

　　總督署門口有衛兵數十人駐守。黃興下轎後，按照事先和內應衛兵約定的訊號，揮動白毛巾，示意"自己人"舉手。結果，十餘人剛舉起手，其他衛兵就對他們開了槍。

　　黃興大怒，立即發起攻擊。喻培倫左手持號筒，右手持短槍，胸前掛著從轎中取出的滿滿一筐炸彈，奮勇當先。林覺民一手執槍，一手拿彈，緊隨其後。

　　一陣混戰之後，守衛東西兩個轅門的值班排長和八名士兵都被炸死，連石獅子都身中多彈。後牆被喻培倫炸出一個大洞。內大堂和二堂之間的兩扇漆成黑色的木質大門則被黃興和林覺民等人攻破。

　　四下搜尋，卻不見兩廣總督張鳴岐的蹤影。

　　張鳴岐的老父和一妻一妾來不及逃走，分別匿藏於樓上和床下，被搜出時，還在瑟瑟發抖。黃興大手一揮，"不干你們的事。不必害怕。"

　　從張鳴岐家人口中得知，張鳴岐得到革命黨來攻的消息後，往甬道指揮衛隊作戰，當革命黨人攻到二門前時，一眾幕僚見情勢危急，強拉他到東北角，換上差官的衣服，翻牆逃出，前往位於天平街的水師行台。

　　黃興於是下令放火焚燒總督署，準備殺出去與按計劃將趕來響應的新軍和巡防營會合。這時，他還不知道，胡毅生私下和陳炯明說好，由陳炯明攻打本來由胡毅生負責的大南門。陳、胡以為譚人鳳能說服他將起義改期，都已出城。而負責攻打小北門的姚雨平，聲稱沒有領到槍彈，率部藏匿於嘉屬會館不出。

　　只剩他這一路孤軍奮戰。

　　火光沖天中，他率領選鋒們又衝殺了出來，在東轅門附近遇上前來救援的李準衛隊。

　　"同胞！同胞！我們都是漢人，當同心協力，共除異族，恢復漢疆！"

　　林文以為其中可能有若干革命黨人，奮不顧身，趨前到華寧里口高喊。話音未落，已被一槍擊中。

　　黃興被打斷右手的兩根手指，鮮血直流。他不顧傷勢，將總督署內幸運逃出的隊伍分為三路，第一路進攻督練公所，第二路出小北門接應起義的新軍進城，第三路出大南門接應反正的巡防營士兵。

第一路是四川，福建，南洋，安南同志，有七十餘人，領隊喻培倫。戰至半夜，他已多處受傷，被俘。林覺民也在這一路，力竭被俘。

第二路是徐維揚率領的四十名花縣同志。他們很快被清軍包圍，激戰一夜，大半犧牲。

第三路由黃興親自率領，只有十人。留日的方聲洞也在這一路。欲出大南門時，與一隊巡防營相遇。一見這隊人馬沒有佩戴起義信號白毛巾，方聲洞立即投擲炸彈，帶頭軍官應聲而斃。方聲洞也被對方還擊，當即身亡。後來才知道，這軍官正是巡防營裡的革命黨人溫帶雄，本計劃趁機起義，打算前去活捉李準而沒有佩戴白毛巾，結果造成彼此誤傷。

在溫帶雄被打中，溫部混亂之際，黃興等人乘亂衝出大南門。且戰且散，最後只剩他一人，逃到位於廣州河南溪峽的秘密機關，躲避數日，在徐宗漢掩護之下，搭船逃港。

周崖洲是在總督署和黃興等人失散的。

水師提督李準獲得消息後，火速調來巡防營，在總督署的東西轅門架起機關槍，等待革命黨人從裡面衝出來時掃射，一連打死二三十人。

黃興等人衝出去了，沒能衝出去的，只得退回督署，有的跳牆逃脫，有的被捕。

周崖洲就是跳牆逃脫的幸運兒之一。

從小生長在山村、兒時便練就的爬樹攀林的本事，在關鍵時刻救了他一命。不過，右手還是被樹枝刮傷了。顧不得理會，拼死跑出總督署後，已經只剩他一人。欲哭無淚，他只得扯掉臂上的白毛巾，扔掉手槍，憑藉一口地道的粵語，假裝成廣州百姓，混跡于人群之中。經過海珠劇院時，他靈機一動，買了票進去看戲，避過外面的搜捕，直到次日清晨才離開。他徒步走到長堤，希望搭船逃港。在碼頭，竟然遇到了從香港坐晚班船趕上來的趙聲、胡漢民、宋教仁、黎仲實等人。

"崖洲！你如何在這裡？克強呢？"

死裡逃生的周崖洲，乍見同志，悲喜交集。

　　起義既已失敗，無法挽回，官兵又正四處抓捕革命黨人，大家只得又坐船返回香港。

　　壯志未酬，精英盡喪，悲憤交加之下，趙聲回到香港後就病倒了，口吐紫血。半月後，便與世長辭。臨終前，他沉痛道，"吾負死難諸友矣，雪恥唯君等"，然後反復吟誦"出師未捷身先死，長使英雄淚滿襟"，在場同志無不悲聲痛哭。

　　同船回到香港的周崖洲，因右手未能及時包紮，傷勢轉重，被送進醫院治療。喻培倫、林覺民等人被捕後英勇就義的消息接連傳來，讓他痛不欲生，大病了一場。

　　在病榻之上，極目北望，緬懷那些已經長眠在黃花崗上的戰友，他有無限感傷。那份心情，一如林文烈士的遺詩《秋聲》。

落葉聞歸雁，江帆起暮鴉。

秋風千萬戶，不見漢人家。

我亦傷心者，登臨夕照斜。

何堪更著血，墮作自由花。

19

半年後，武昌起義爆發。

1912 年 1 月 1 日，黃花崗烈士為之獻出了生命的理想——亞洲第一個共和國，中華民國，在南京成立。

孫中山就任中華民國臨時大總統。黃興出任陸軍總長兼參謀總長。

1912 年 5 月 15 日，廣東省軍政府舉行了各界十餘萬人參加的"三二九之役"（即發生在農曆三月二十九的黃花崗起義）烈士公祭。

已辭去臨時大總統的孫中山和被新任臨時大總統袁世凱改任為南京留守的黃興，皆親臨主持。

墓園，仍未成形。黃花崗上一抔土，猶湮沒於荒煙蔓草間。

孫中山為之親書"浩然正氣"，並親手種植了四棵松樹。

一身黑衣的周崖洲，佇立在觀禮人群之中，熱淚盈眶。

他看到台上的黃興，也是虎目含淚，最後號啕痛哭，口中還喃喃念著他哭黃花崗諸烈士的《蝶戀花》，"迴首羊城三月暮，血肉紛飛，氣直吞狂虜"，和那些逝去的英名……

廣東籍的徐珮旒，徐禮明，徐日培，徐廣滔，徐臨端，徐茂燎，徐松根，徐滿凌，徐昭良，徐培添，徐保生，徐廉輝，徐容九，徐進照，徐褶成，徐應安，李柄輝，李晚，李文楷，李文甫，李雁南，陳春，陳潮，陳文褒，羅仲霍，羅坤，龐雄，周華，游壽，江繼復，郭繼枚，勞培，杜鳳書，余東雄，馬侶，黃鶴鳴，饒輔廷，張學銓，周增，林修明……福建籍的方聲洞，馮超驤，羅乃琳，卓秋元，黃忠炳，王燦登，胡應升，林覺民，林西惠，林尹民，林文，林時爽，劉六符，劉元棟，魏金龍，陳可鈞，陳更新，陳與燊，陳清疇，陳發炎……廣西籍的韋樹模，韋榮初，韋統淮，韋統鈴，李德山，林盛初……四川籍的秦炳，喻培倫，饒國樑……安徽籍的程良，宋玉琳，石德寬……

而實際犧牲的烈士，並不止長眠於此的這七十二人。

風雨無情，落花滿地驚春夢。江山如故，何日重生此霸才？

這些在夢想和奮鬥中為國族獻出了生命的仁人志士，是自崖山之後沉寂數百年的漢家精神的回歸，是傳承自先秦兩漢的國士之風，是近代中國百年漫漫長夜的閃耀群星，更是必定永垂青史的英烈千秋。

他們的犧牲和奉獻，終於成就了今日的中華民國。

滄海桑田，家國巨變。

英靈有知，魂兮歸來。

隨人群上前瞻仰七十二烈士墓時，周崖洲將手捧的一叢黃菊，敬獻在烈士墓前。黃菊的高潔、傲霜，正如烈士的節操。

白雲一片去悠悠，黃花崗上不勝愁。荒草斜陽裡，故人安在？

在晶瑩的淚光中，他好像又看到了那個面貌如玉、肝腸如鐵、心地光明如雪的奇男子，和那些已經慷慨赴死的犧牲同志……

而今，他終於知道，起義前在香港的那一夜，意洞兄寫了些什麼了。

"語云，仁者'老吾老以及人之老，幼吾幼以及人之幼'。吾充吾愛汝之心，助天下人愛其所愛，所以敢先汝而死，不顧汝也。汝體吾此心，於悲啼之餘，亦以天下人為念，當亦樂犧牲吾身與汝身之福利，為天下人謀永福也。"

四年後的 1916 年 10 月，為革命奔走半生、積勞成疾的黃興在上海病逝，年僅 42 歲。

1917 年 4 月，在長沙岳麓山為黃興舉行了國葬。

正是暮春季節，杜鵑花盛開，漫山紅遍。

目睹上覆五色國旗及陸軍旗的黃興靈柩終於歸葬故鄉，入土為安時，人群中的周崖洲，再度熱淚盈眶。

克強兄的一生，正如他的自述，"名不必自我成，功不必自我立，其次亦功成而不居"，"無我篤實"，真正的大境界。身後之評，也必如章太炎所送輓聯：“無公則無民國，有史必有斯人！”

　　那一天，周崖洲覺得像是告別了一個時代。

　　同盟會，黃花崗，黃興，林覺民，在他生命中留下的，是永不磨滅的記憶。

第二部曲

革命的黃埔

1

“三哥！三哥！黃埔軍校要招收第四期學員了！”

19 歲的周維藎，拿著一張報紙，興沖沖地來到三哥周維棓（周崖洲）在縣城的家。

自從來到縣城讀中學，三哥家就成了周維藎常來之地。早年留學日本，參加過同盟會和黃花崗起義的三哥，是他從小崇拜的楷模。

周崖洲正在書房裡讀《史記——孫子吳起列傳》。

辛亥之後，他回到了家鄉藤縣，一心想為桑梓盡力。

藤縣雖然隸屬梧州，卻沒有梧州的富庶，大多數民眾還居於篾壁茅屋，常年以木薯、芋頭、紅薯為食。晚清之際，出了太平天國英王陳玉成、忠王李秀成、侍王李世賢這幾個清廷聞之變色的“大逆”，也是民不聊生的必然吧。

正因此，周崖洲選擇在革命勝利後回鄉服務。作為孫中山“民族、民權、民生”三大主義的忠實信徒，民族革命既已成功，《臨時約法》也奠定了民權，家鄉的民生自然就成為他的關注點。

如今，十餘年過去，已近不惑的他，看去是一位典型的士紳型人物了。一件拷綢長衫，一副金絲眼鏡，書生氣質之中，透出一份曾經滄海的淡定從容。

沒有人知道，他的內心卻時時翻江倒海般不能平靜，只能以讀史來紓解積鬱。

當年參加黃花崗起義時不惜為之拋頭顱、灑熱血的亞洲第一個共和國——中華民國，成立至今，已有 14 年了，但有其名而無其實。在清廷和革命黨之間坐收漁人之利的袁世凱出任臨時大總統之後，辛亥革命的成果逐漸被蠶食。宋教仁被暗殺，《臨時約法》被廢棄，同盟會改組的國民黨被宣布為非法，袁世凱和滿清遜帝溥儀先後復辟帝制。然後，就是大大小小的軍閥，各自為政，混戰不休。這大好河山，依然是豺狼遍地，滿目瘡痍。

周崖洲心中的憤懣，正如老同盟會員、武昌起義功臣之一的蔡濟民《書憤》詩中所歎，"風雲變幻感滄桑，拒虎誰知又進狼。無量頭顱無量血，可憐購得假共和。"

依舊不屈不撓、四處為共和奔走的孫中山先生，積勞成疾，三個月前也在北京病逝了。

孫先生在經歷了二次革命失敗、西南軍閥擅權、永豐艦蒙難的一連串打擊後，痛感沒有軍事力量的不利，在蘇聯的幫助下，去年夏天在廣州市郊的黃埔島上建立了一所陸軍軍官學校，人稱"黃埔軍校"，面向全國招收具有高中或同等學歷的青年學生。廣州，因而成為全國熱血青年的嚮往之地。

和他當年一樣熱血的維蓋，去年就想去報考，因高中尚未畢業，不合資格。今年應該可以前往了。不過，父母已過世，作為兄長，必須把利害得失對他講清楚。畢竟，這個同胞幼弟自幼過繼給了三叔，從名分上來說，是三叔的兒子了。

"六弟，你想好了？不讀大學，考黃埔軍校？"

讀大學還是上軍校，意味著兩條完全不同的人生道路，影響一生。"萬般皆下品，唯有讀書高"，"好男不當兵，好鐵不打釘"的傳統觀念，仍然深入人心。而且，以周家的財力，維蓋完全可以去北京或上海讀大學，甚至直接出洋留學。

"想好了！醉臥沙場，馬革裹屍，方是男兒本色。何況，今日之中國，軍閥混戰，民不聊生。要救國，革命青年就得從軍。孫中山先生不就是因此才辦黃埔軍校嗎？"

望著周維蓋尚有些稚氣的面龐，周崖洲不禁擊節。

"難得你小小年紀竟有此見識。"

周維蓋高興得跳了起來。

這個三哥，因為比他大二十歲，一向拿他當小孩子看。

「不過，三哥，我估計阿爸阿媽不會同意我去廣州。你知道，他們一心想早點抱孫子，上次回家，還逼我成親，幸好我說還未畢業，擋了回去。」

周崖洲苦笑了一下。

三叔三嬸的觀念確實舊了一些。不過也可理解，他們如今已近花甲，自然希望兒子早日成家。

「三哥，我想和你商量一下。聽說，黃埔軍校招生必須由各地國民黨黨部介紹。劉崛大哥不是國民黨廣西省黨部指導委員嗎？你再借我一些錢。也別告訴我阿爸阿媽。」

周崖洲沉吟了一下。幫著維蓋瞞著家裡，無疑有些不妥。但，這份志氣可嘉。他自己當年參加同盟會，投身革命時，又何嘗知會過父母？

「好吧！但，你得答應我，一旦考上，立即寫信給你阿爸阿媽。」

「我就知道三哥會幫我。放心，我一定寫信。」

2

手提一個簡易的清漆藤箱，懷揣三哥給的 50 元大洋，周維蓋從藤縣碼頭買棹東下。

從藤縣到廣州，一般都乘坐富於廣東特色的花尾渡。這種始於晚清的航船，造型巨大，狀如畫舫，裝飾華麗，畫棟雕欄，船頭用拖船拖，船尾裝有彩燈，夜晚格外奪目，故名花尾。船高三層，上層為一等艙，中層為二等艙，下層與船頭為貨艙，一般可運載一兩百或三四百人和幾十噸貨物。

花尾渡在西江上航行一天一夜，便到廣州。

廣州不愧為嶺南名城。清澈的珠江從青鬱蒼翠的白雲山下緩緩流過。珠江邊的沙面島上，有大片歐陸風情的洋樓，與上下九、西關一帶的商舖、食肆，以及華南特有的騎樓，各具特色。繁華的街道上，黃包車、四輪馬車、大大小小的汽車，來往不斷。道旁一株株高大筆直的棕櫚，一叢叢闊葉的芭蕉，一樹樹火紅的木棉花，相映成趣。

時值六月，已是盛暑的感覺。正午的驕陽，烤得人汗漬漬的，夜晚卻也有涼風習習，夾帶著荔灣湖、流花湖、麓湖畔芭蕉林、荔枝林、椰子林、木瓜林的清香。街頭巷尾的大榕樹下，一些穿著香雲紗衫褲、拖著木屐的粵人，三五成群，吹拉彈唱《雨打芭蕉》《賽龍奪錦》《步步高》，一片濃濃的南國風情。

根據三哥的叮囑，周維蓋先到華寧里的客棧落腳，等待黃埔軍校的考試日期。

華寧里位於廣州中心地段，交通便利，有十幾家客棧。每家都有七、八間房，有單人房、雙人房、四人房。他選擇了單人房，便於學習備考，每日食宿費為廣東毫洋八角。

與語言、風俗、氣候都相似的家鄉梧州不同的是，此時的廣州，是一座革命的城市。大街上到處飄著鮮豔的紅旗。小巷裡也貼著紅字書寫的革命標語，如“打倒帝國主義”，民氣昂揚。常有來自學生會、商會、店員工會、攤販工會、人力車夫工會、海員工會、農民協會的革命群眾上街遊行，揮舞標語，高呼“打倒軍閥”、“打倒帝國主義”。

對於這一切，周維藎甚感興奮，同時也有些緊張，覺得自己相對落後。畢竟，他來自一個比較封閉的小縣城。

不久之後，他就趕上了一場革命洪流。

這天，他經過原是清代廣州城閱兵演武之地的東較場，看到一片人山人海，旗幟、標語飛舞，樂聲響徹雲霄。出於好奇，他停下腳步，擠了進去。讓他興奮的是，看到了黃埔軍校的隊伍和旗幟，軍容整齊，威武雄壯。

“全體肅立！向國旗、黨旗及中山先生遺像行三鞠躬禮！”

會場裡不下十萬的民眾，在台上主持人的指揮下，一起躬身行禮。然後宣讀“總理遺囑”，大家隨聲朗誦。“余致力於國民革命凡四十年，其目的在求中國之自由、平等……現在革命尚未成功，凡我同志……繼續努力，以求貫徹。最近主張開國民會議及廢除不平等條約，尤須於最短期間，促其實現……”

接下來，台上兩人輪流發表演說。聽身旁的人小聲議論，一個是代理大元帥兼廣東省長胡漢民，一個是財政部長兼黃埔軍校黨代表廖仲愷。胡漢民的名字，是周維藎熟悉的，劉崛大哥來看三哥時總會提起。沒想到，在這裡碰上了，頗感親切。

最後，全場高呼口號，唱國民革命歌曲，各個都情緒激昂。

會後開始示威遊行。遊行隊伍按照香港罷工工人、廣州工人、市郊農民、青年學生、黃埔軍校學生、粵軍警衛軍、黨軍第一旅教導團的順序，離開東較場，四人為一列，一面行進，一面高呼“打倒帝國主義！”“廢除不平等條約！”“收回租界！”，經惠愛東路、永漢中路直出長堤，一路浩浩蕩蕩。

周維藎加入了青年學生隊。周圍都是和他年齡相仿的廣州學生，來自嶺南學校、執信學校、廣東大學等校。還有不少女生，坤維女學、聖心書院、女子師範都有。清一色的白衣、白帽，和他所穿的一身明顯來自外地的學生裝很是不同。不過，不但沒有人排斥他，還熱情招呼，讓他心裡熱乎乎的。聽他們說，才知這次遊行是為聲援上月底發生的五卅慘案、在港參加省港大罷工後返回廣州的部分香港工人，聯同廣州各界一起發動的。

行進到西堤沙基口時，突然槍聲大作。對面沙面島上一些洋樓內和沙袋工事後的英、法水兵，竟然向一河之隔的遊行隊伍掃射。停泊在白鵝潭上的英、法軍艦，也向遊行隊伍開砲。當場血肉橫飛，有死有傷。

包括周維蓋在內，絕大多數學生從未見過如此陣仗。尖叫，呼喊，亂成一團。

正在沙面做工的中國工人，聽到學生的慘痛呼喊之聲，立刻群起阻撓，甚至搶奪英、法水兵的武器，與之搏鬥。遊行隊伍中的黃埔教導團，則奮不顧身地衝到東濠口橋上，想衝進沙面，殲滅英、法強盜。一個軍官模樣的人，大聲喊叫著傳達廖黨代表的命令，稱革命政府對英、法帝國主義的暴行已提出嚴重抗議，將採取其他有效方式制裁，要大家避免犧牲，撤出沙基。

這一天，史稱"沙基慘案"。

隨人群四散、跑回華寧裡客棧的周維蓋，驚魂初定後，才知道，曾讀過、聽過無數次的"革命"，真正意味著什麼——國家的貧弱，列強的欺壓，死難烈士的鮮血，更是大時代中的青年人需要負起的責任。

後來，他才知道，沙基慘案中共有五十餘人死亡，包括二十餘位黃埔學生。其中有兩位，當時與軍校政治部主任周恩來並排前進，當場犧牲。新改組的國民政府，兩次照會英法政府，提出懲凶、謝罪、收回沙面租界等要求，都被駐粵英、法領事蠻橫地加以拒絕。

國民政府為沙基死難烈士舉行了連續兩天的公祭。"在沙基被帝國主義者慘殺的諸烈士，已經為爭我們中華民族之生存自由獨立而犧牲了……我們為要繼續死難諸烈士未竟的壯志、我們為要貫徹死難諸烈士革命的精神……"

自鴉片戰爭以來屢受的帝國主義侵略，積壓已久的屈辱和憤怒，在人們心頭燃燒。廣州街頭，出現了大量自發的市民演講團，到處演說英國人的罪惡。在廣州著名的"王老吉"涼茶舖前，一位從香港罷工回穗的工人，揮舞雙手，痛說華人受英人虐待的慘狀。圍觀的聽眾，竟達上千人。又有路過的盲人學校某教授及盲人學生加入演講，神色激昂，痛快淋漓。還有市民帶病登台演講，聲嘶力竭，幾至暈倒。聽眾不斷鼓掌，群情激奮。

廣州第一公園的大榕樹下，搭著一張大方桌，有一個年輕的女學生站在上面演說。她剪著齊眉短髮，穿一件圓襟素白布衫，繫一條黑色百褶長裙，手持一面紅色小紙旗，一邊演講，一邊揮動，聲音清脆，說來娓娓動聽。

"各位阿叔阿嬸，兄弟姐妹！自從辛亥革命推翻滿清，成立民國，已有十四年了，我們的中國，還是軍閥割據，國弱民窮，任人欺凌！我們只有打倒軍閥，完成國民革命，統一中國，才能不受外國人欺負！……"

她越講越慷慨激昂，烏黑的眼睛越發明亮，白嫩的臉漲得通紅。這個看來文弱的女學生，在大庭廣眾下竟有這樣的氣魄。圍聽的人越來越多，都被她感動了，一起高呼口號。

很多年後，已經人到中年的周維藎，還記得當時那些令人熱血沸騰的口號，"以犧牲博自由""以赤血洗國恥""不流血必不能生存""自由之花是以鮮血灑出來的""以鮮血實現國民革命"。他回憶說，"那真是一個火熱的、大革命的時代！"

在這個大革命的時代中，沙基慘案發生一年半後，國民政府收回了被英國霸佔了六十六年之久的漢口、九江英租界。

號稱"國中之國"的租界，建於清末列強以不平等條約迫使中國開放的各通商口岸，是當時的中國國力衰微、主權受辱的象徵。國內的有志之士雖然一直力圖收復，在清末和北洋時期幾無可能，除了在一戰後收回了戰敗國德國的租界。國民革命軍發動北伐，克復武漢、九江、南京、鎮江等地後，中國陸續收回了這些地方的租界。周維藎的家鄉梧州，也收回了被英國強佔為領事署三十多年的白鶴山，闢為公園，豎立了"還我河山"的石碑，由市長黃同仇撰寫碑文，記述這段被侵佔的歷史和收回的過程。

上海、天津等地的租界，則在抗戰時期及戰後全部收回，其過程亦頗曲折，此處不贅。

3

　　在華寧裡客棧住了大半個月，周維蓋終於等到了黃埔軍校在廣東大學舉行的招生考試。

　　懷著興奮而又惴惴的心情，他一大早便來到考場。

　　廣東大學位於廣州市中心的文明路，古樹參天，相當幽靜。據說，這裡原是廣東貢院，後來成為兩廣優級師範、廣東高等師範學校的校址。孫中山先生於 1924 年在此創立廣東大學，由廣東高等師範學校、廣東公立法科學校和廣東公立農業專門學校合併而成。國民黨第一次全國代表大會就是在這裡召開的。

　　一進門，就看到一座仿西洋古典風格的黃色磚木結構樓房。正門為拱形圓柱廊，廊上有平台，廊下是門廳，四周有柱廊走道，上層的拱形窗之間有雙柱聯立式壁柱。樓頂四面都裝有時鐘。樓前是寬闊的廣場，廣場中間是大草坪，東西兩端各有一個大講台，周圍綠樹成蔭。

　　順著指示牌，周維蓋很容易就找到了位於樓內禮堂的考場。主席台正中的牆上懸掛著孫中山著大元帥服的畫像，兩邊分別是青天白日滿地紅旗和青天白日旗。禮堂中間，則掛著萬國旗。台下擺著眾多長方形的考桌，以白布蒙面，簡單而蕭穆。

　　從考場門口的守衛士兵到台上的考官，都是一樣的打扮——灰布軍裝，戴大沿軍帽，繫一條紅帶，看去毫無官兵之分。不過，仔細一看，還是有點區別——士兵打綁腿，穿草鞋，考官則是長統馬靴。

　　考試一連進行了三天。考試的課目有國文、政治、歷史、地理、英語、理化、算術、代數、三角、幾何，對於剛剛高中畢業的周維蓋來說，還算容易；而作文考題《論中國貧弱的原因和挽救之道》，他卻頗費了些心思，將備考時熟讀的孫中山《三民主義》《建國大綱》《建國方略》和國民黨一大宣言，結合自己的感悟，揮灑了半天。

正值酷暑，熱氣蒸騰，汗流如雨，但出了考場，考生們卻不願立即離去，而是在校園裡議論紛紛。周維藎驚奇地發現，除了遙遠的陝西、山西，居然還有來自越南和朝鮮的同學。大部分人都在十八歲到二十五歲之間，也有小部分年過三十的。

一位自稱名叫劉志丹的考生說，他們陝西的青年人中流行兩句話，"到廣州去，到廣州去"，"要革命，投黃埔！"

周維藎頗為感動。原來，投考孫中山先生創立的黃埔軍校，是這一代青年人的嚮往。這麼多的人懷抱一腔熱血，不遠千里而來，只為進黃埔參加革命，救國救民。

來廣州之前，他們都或多或少地聽說過黃埔軍校的創建歷史。

袁世凱小站練兵，操練出十鎮精銳的北洋軍，從此扶搖直上，以至竊取了辛亥革命的成果。北洋軍閥則依靠三千個保定軍校畢業生，統治了大半個中國。

革命先行者孫中山先生在經歷了討袁、反段、護法的接連失敗，尤其是陳炯明的叛變後，深感沒有槍桿子的切膚之痛。孫中山信任的軍事人才——畢業於保定陸軍速成學堂和日本振武學校的蔣中正，奉命率團赴蘇聯考察。然後，孫中山集合了國共兩黨的精英，依靠蘇聯提供的資金、武器、教官，創辦了全稱為"中國國民黨陸軍軍官軍校"的黃埔軍校，自任校總理，任命蔣中正為校長，廖仲愷為黨代表，希望培養具有革命精神的軍事幹部，揮師北伐，統一中國。

據說，一年前，在黃埔軍校的開學典禮上，孫中山親臨主持，對著來自全國、通過嚴格選拔錄取的第一期350名學生，作了如下講話：

"我們為什麼有了這個學校呢？為什麼一定要開這個學校呢？諸君要知道，中國的革命有了十三年，現在得到的結果，只有民國之年號，沒有民國之事實。像這樣看來，中國革命十三年，一直到今天，只得到一個空名。"

"這個原因，簡單的說，就是由於我們的革命，只有革命黨的奮鬥，沒有革命軍的奮鬥；因為沒有革命軍的奮鬥，所以一般官僚軍閥便把持民國，我們的革命便不能完全成功。我們今天要開這個學校，是有什麼希望呢？就是要從今天起，把革命的事業重新來創造，要用這個學校內的學生做根本，成立革命軍。諸位學生就是將來革命軍的骨幹。有了這種好骨幹，成了革命軍，我們的革命事業便可以成功。如果沒有好革命軍，中國的革命永遠還是要失敗。所以，今天在這地開這個軍官學校，獨一無二的希望，就是創造革命軍，來挽救中國的危亡。”

“當革命軍的資格，是要用甚麼人做標準呢？簡單的說，就是要用先烈做標準。要學先烈的行為，像他們一樣捨身成仁犧牲一切的權利，專心去救國。”

“要從今天起，立一個志願，一生一世，都不存在升官發財的心理，只知道做救國救民的事業。”

“有了這種理想上的革命軍，我們的革命便可以大告成功，中國便可以挽救，四萬萬人便不至滅亡。所以革命事業，就是救國救民。我一生革命，便是擔負這種責任。諸君都到這個學校內來求學，我要求諸君，便從今天起，共同擔負這種責任。”

雖然，孫先生已經“出師未捷身先死”，但他的這些話依然激勵著這些奉他為革命導師的青年學生。天下興亡，匹夫有責，國家危亡，男兒自強。一種深沉的使命感，一種軒昂的獻身精神，在他們心中奔流、激盪。

半個月後，黃埔軍校公布了第四期入伍生的錄取名單。周維藎如願以償。

4

黃埔軍校位於離廣州四十華里的長洲島。

長洲島又名黃埔島，是珠江口的江心島，南連虎門，位置險要，易守難攻，是海上通往廣州的要衝。1885 年，清政府在此興建校舍，籌辦廣東水師學堂和廣東陸軍小學堂。清朝滅亡之後，校舍一直擱置。去年略加修葺之後，便成為黃埔軍校的所在。廣州的門戶——長洲要塞，也設在島上。

上午九點，周維蓋和一些被錄取的考生，在廣州南堤碼頭集合，登上黃埔軍校租用的民船。由小火輪拖著，航行約一小時，即到黃埔。

船行珠江，潮平兩岸闊，風正一帆懸。

遠遠望去，黃埔島四面環水，林木蔥蘢，山巒起伏。周維蓋的心情，也是異常興奮。

前幾天，他已經去過南堤二號的黃埔廣州辦事處。據辦事處的工作人員說，入學後要先接受三個月的入伍生教育，經過考試合格，才能轉為正式學生，也就是軍官生。第四期錄取的入伍生有兩千多人，會編成三個團。到黃埔後，入伍生隊會安排人在碼頭迎接。

果然，一到黃埔碼頭，就有一些穿著灰布軍裝的同學等在那裡。

雖然互不相識，但因志同道合，大家一見面就熱情暢談起來。帶頭的自我介紹說，他叫陳賡，黃埔一期畢業，現在是入伍生隊的連長。

周維蓋有些意外的是，這位看去只比他大三四歲的連長，外表文弱。

"小夥子！帽子歪了！"

一見面，陳賡就伸手替他理了理軍帽——船上風大，帽子被吹歪了一些。然後還摸了摸他的頭髮，就像哥哥對弟弟一樣。

這個動作，讓周維藎的心裡暖暖的。

讓他吃驚的是，自稱來自湖南的陳賡，卻能說一口粵語。一路上，他一直說個不停，用粵人的話來說，「口水多過茶」。

下了碼頭，沿江而行，就看到一座木製大牌坊，兩邊掛著一副對聯。

「小夥子們！注意了！這副對聯，可要看仔細了！」

一路嘻嘻哈哈的陳賡，突然變得很嚴肅。

大家不禁仰頭細看，然後讀了出來：「升官發財請往他處，貪生怕死勿入斯門。」橫批則是，「革命者來」。

周維藎感覺心頭一震，胸口有熱血上湧。

從小在三哥口中聽到的同盟會、黃花崗、黃興、林覺民，就是這樣的革命精神。

黃埔，看來正是這種精神的延續。

牌坊後面就是軍校的大門，正對著波光粼粼的珠江。潔白的粉牆連著兩柱加歐陸式尖頂的校門，風格樸素，方正中透出大氣。門楣上簡簡單單地掛著一塊白底黑字的木匾——「陸軍軍官學校」，筆法雄渾凝練，鋒藏力透，清卓之中頗見從容之氣。陳賡介紹說，這幾個字是以書法著稱的黨國元老譚延闓所寫。

踏進校門，只見一座日字形的嶺南風格祠堂式樓房，佈局為坐南朝北的四合院架構，上下兩層，磚木結構，雕窗坡頂，青磚素瓦。

細看之下，此樓分為左中右三路，四周迴廊相圍，各層廊內相通，走廊相連，木質樓梯。深四進，每進之間以天井相隔。四方形的院子，和校門一樣樸素。陳賡說，這是校本部，因為騎著馬可從樓下穿堂而過，又稱「走馬樓」。

二門門口也掛著一副對聯：「殺盡敵人方罷手，完成革命始回頭」。

言簡而意深，令人油然而生征戰沙場的豪情。

二門右側的牆壁上，則掛著四字校訓：「親愛精誠」。陳賡說，這是蔣校長的親筆。

　　陳賡邊走邊介紹說，在這幢走馬樓裡，除了大花廳、教室、學生宿舍、飯堂、閱覽室，還有校總理中山先生、蔣校長和廖黨代表的辦公室和政治、教授、教練、管理、軍需、軍醫六部辦公室。因走馬樓裡的學生宿舍不足，大部分學生住的是搭建的茅草棚宿舍。四期錄取的入伍生數量超過預期，故臨時又搭建了一些，每間可住二三十人，都是竹子搭的上下舖。

　　辦了入伍生編隊手續後，周維藎領到一套灰色單軍裝、一雙黑襪、一雙草鞋，還有一包軍事和政治書籍。

　　推開宿舍門，軍營的氣息撲面而來——白布單、軍毯疊得方方正正，木搭板上的制服、臉盆、口盅、草鞋，紋絲不亂。

5

周維藎分到的宿舍，正是臨時建的茅草棚，全部用毛竹和葵葉搭蓋而成，看去很簡陋。

剎時間，他有些愣神。這樣的茅草棚，熬得過廣東的梅雨季節嗎？

一些新兵也露出了類似的神情。陳賡看出了他們的心思。

他笑嘻嘻地說：「小夥子們，都知道三顧茅廬的故事吧？這茅草棚，就是諸葛亮當年住的茅廬麼。廣東天氣熱，這茅草棚，既通風又透氣，住起來其實舒服。」

三兩句話，就將大家心上的疑雲一掃而空。

新的生活開始了。

早晨五點，天還未亮，起床號一響，就必須起床。從穿衣服、疊被子到集合點名，前後限時三分鐘。大家一起做日式柔軟體操、跑步。每次跑步一小時。如無病，絕不許落伍，一定要跑完。

上午下午各出操兩小時，接受新兵訓練。從立正、敬禮、集合隊伍，到正步、跑步，學習作為一個軍人的基本動作。學科各一個小時。晚上自習。九點半熄燈睡覺。

每日三餐，早晨吃大米稀飯，配兩個小饅頭，還有油炸花生米、白糖、蘿蔔乾、油炸豆腐四色小菜。午飯和晚飯則是大米飯、大饅頭配青菜、魚、豬、牛肉四大盤菜，還有一大碗湯。

每餐限十分鐘吃完。吃飯時，值星官在飯堂吹哨，大聲喊「開動」，才能開始吃。值星官看著錶，到十分鐘了，就吹哨，無論有沒有吃完，必須立即站隊集合，然後解散。

在家裡習慣了細嚼慢嚥，一下子做不到快吃猛趕，區區十分鐘，周維藎連半碗飯都吃不完。餓了好些天後，終於鼓起勇氣，跟著一兩個調皮的同學偷偷地去吃"回頭飯"。哨音一響，便放下碗筷，離開飯桌，排隊集合。等隊伍一解散，值日官一走，又溜回飯桌，風捲殘雲。

每天的生活都非常緊湊，沒有片刻是虛度的，就連上廁所也有時間限制。

每個入伍生都要擔任守衛、放哨等勤務，還要輪流採買。

從學生到軍人，從富家子到士兵，環境轉變之大，對十九歲的周維蓋來說殊為不易。

好在，他遇上了陳賡這個新兵連長。

接受新兵訓練時，他才知道，外表文弱的陳賡其實是非常優秀的軍人。從教他們"立正"、"稍息"，到徒手教練和持槍教練，都親自示範，以身作則。從架上瞄準到實彈射擊，從臥射、跪射、立射、仰射、臥倒到投擲手榴彈、匍伏前進、劈刺、散開、疏開，陳賡樣樣都做得漂亮規範，不愧是經歷過東征的老兵。還給他們講解《步兵操典》《內務條例》《衛兵守則》《步哨守則》，連比帶劃，滔滔不絕。

曾在軍閥部隊當過兵的同學胡璉、關漢騫都說，在舊軍隊裡，長官用皮鞭抽打，也不敢吭氣，革命軍就是不一樣。

訓練之外，陳賡對他們這些新兵關懷備至。

知道他們不習慣，吃不飽，陳賡忙了一天之後，晚上還專門到他們的宿舍，聲稱表演一個"飢不擇食的矮子吃長麵"，供大家一樂。

只見頑皮的他臉上做出各種表情——先是餓得愁眉苦臉；看見麵條則喜上眉梢，伸長脖子，直嚥口水；接著用手比劃，端出一個並不存在的大碗，哧溜哧溜地吸著麵條；麵條越吸越長，越長越吸帶勁；整個身子隨著麵條不住地向上延伸，可麵條太長了，總是吸不到頭，乾脆嘴含長面，站到板凳上；看看還是不行，又站到桌面上，使足勁吸。似乎麵條進入喉頭並不順利……突然間，不住地打嗝，像是麵條卡住了喉嚨，然後兩眼瞪得溜圓，挺直身子，往後倒下。

這時，叫"絕"聲和歡笑聲匯作一片。周維蓋等人被逗得前仰後合，笑出了眼淚。

陳賡還帶他們去大花廳看戲。

　　這晚，上演的是諷刺袁世凱的《皇帝夢》。

　　當袁世凱的五姨太出現在舞台上時，台下響起一片哄笑聲和掌聲。只見這五姨太，不胖不瘦，中等個頭，臉施粉黛，頭上插花，雙手小心地捧著袁世凱的皇冠，一面邁著金蓮碎步，一面將腰扭得如水蛇一般，走來轉去，還時不時向台下擠眉弄眼，暗送秋波……

　　全場大笑，喝彩不絕。

　　等到演出結束，大家才發現，“五姨太”竟是陳賡男扮女裝的。原來，他是校內著名的“血花劇社”的台柱子。

　　在黃埔，陳賡絕對是個人物，而且為人仗義，就像他們這些入伍生的大哥一樣。

6

天還未破曉，清新的空氣中還瀰漫著三分微寒，淡青色的天際還鑲嵌著幾顆殘星，黃埔島的公路上，已經響起了齊刷刷的跑步聲和整齊的口令聲。

自從週維蓋進入黃埔軍校，只要不是雨天，全校同學都會一起圍繞黃埔島上的公路晨跑。環島一周，大約十五公里。大家按照各自的班級依次前行，跑得又快又齊。

正跑著跑著，在他身邊的同桌同學、來自湖北黃岡的林彪，"撲通"一聲倒在地上。他和另一個同學連忙上前攙扶。這林彪，出操沒幾天，在同學中已有"林妹妹"之稱——他身體瘦弱，最怕長時間的跑步和操練。

整齊的隊形一下子被打亂了。整個隊伍，也停了下來。

"怎麼回事？"

隊伍中走出了一個人，身材挺拔，氣宇軒昂。雖然在行進中，也保持著立正的姿勢，肩膀挺得筆直，一看就是受過嚴格軍事訓練的標準軍人。

"鄧教育長！"

二期三期的軍官生們認出了他，一齊敬禮。周維蓋這些入校不久的四期入伍生也跟著敬禮。

真沒想到，軍校教育長鄧演達竟然也和學生們一起晨跑。

鄧教育長操著濃重的廣東客家口音，大聲地問倒地的林彪："你叫什麼名字？怎麼啦？"

已經被周維蓋和另一個同學一左一右攙扶起來的林彪，在眾目睽睽之下顯得滿臉羞色："報告教育長，我叫林彪，剛才吃不消了。"

鄧教育長立即下令，"停止跑步！便步走！"

在隊伍前列的值星官，這時也趕了過來。鄧教育長對他交代："跑步要兼顧學生的體力，逐漸增加路程，不可硬來。體弱多病的，應視情況，分別對待。"

林彪怯生生的面龐，悄悄地露出了一絲微笑。旁邊的周維蓋也笑了。

過了幾天，周維蓋和林彪得到通知，下課後去走馬樓二樓西邊的校長辦公室。他們之前已聽說，校長每週都要找十個學生談話。

周維蓋很緊張。從二期三期的師兄們口中他已經聽過"蔣校長"的威嚴。辛亥革命時，蔣校長擔任杭州光復敢死隊總指揮，進攻浙江巡撫衙門；中山先生永豐艦蒙難之時，蔣校長從上海趕來，休戚與共，生死相依；黃埔草創之初，蔣校長日理萬機，殫精竭畫，鉅細躬親，平時還和學生一起出操，一起用餐；東征之時，蔣校長身上掛滿手榴彈，在前線指揮，甚至帶頭衝鋒。其表弟孫良，身為連長，在淡水之役中臨陣逃脫，他大義滅親，親自槍斃，全軍震懾，上下凜然。

林彪卻是不動聲色。這是周維蓋很佩服他的一點。同樣是十八歲，林彪比他老成得多，惜語如金，說出來的每個字都像是經過深思熟慮。他也沒有像一般同學見校長之前那樣著意整裝一番，衣服顯得有些寬鬆，帽子也沒戴正。

他倆一起來到校長辦公室。先是林彪被叫進去。結果沒一分鐘就出來了，前所未見的生氣樣子，口中還小聲嘀咕著："哼！二十年後見！"

原來，注重外表的蔣校長，很不滿意林彪這樣的軍容，叫他回去，說不想見他。

周維蓋不由手心冒汗。還沒來得及多想，就輪到他了。

校長辦公室不大，入門就是一張風琴形的辦公桌配木圈椅。靠牆擺著一張白布罩的三人沙發，對面牆上貼著一張第一期學生名錄。木地板上鋪著紅色織花地毯，上有一張圓木桌，鋪著白色的汕頭抽紗台布，環以三張靠背椅。

蔣校長正坐在辦公桌前，身體挺直，神情嚴肅，眼神凌厲。看到他進來，以手示意，讓他坐到沙發上。然後開始詢問。

"什麼地方人？"

"廣西藤縣。"

"在家做什麼？"

"中學畢業。"

"為什麼要來軍校學習？"

"為革命而來，為打倒列強，打倒軍閥，實現中山先生的三民主義。"

周維藎一邊回答，一邊冒汗。蔣中正本來嚴肅的面容卻顯出了幾分慈祥，似乎很滿意，連聲說："好、好、好，以後要多多研讀三民主義。"

結束的時候，他遞給周維藎一張油印紙，抬頭為《選讀各書目錄》，列有傳統經書、歷史、中外戰史、歷代英雄文集，近代科學等上百本書。排在最前面的，是《三民主義》《曾國藩家書》《俾斯麥傳》。

7

周維蓋很快就發現，外表嚴肅的蔣校長，其實很喜歡演說。

每個星期一的"總理紀念週"，蔣校長都要對全校師生訓話。正在盛年的他，總是一身戎裝，有時還披著一件黑色大氅，看去很是威風凜凜。演講之時，一改平時的沉默寡言，長篇大論，滔滔不絕。

他怒憶當年在保定軍校學習時上衛生課，日本軍醫教官抓起一塊泥土放在桌上，輕蔑地對台下的中國學生說："這塊泥土中有四億個微生物，就像中國有四億人口一樣。"他深受刺激，急步上台，把那泥土分成八塊，指著其中一塊大聲問道，"日本有五千萬人，是否亦像五千萬個微生蟲，寄生在這八分之一立方英寸的泥土中？"

他再三強調："先總理彌留之際，仍在呼喚，'和平、奮鬥、救中國！'我國受各帝國主義者的侵略、壓迫、欺凌，已極貧弱，在國際上被外國人瞧不起，加以軍閥各據一方，爭奪地盤，橫徵暴斂，戰亂頻仍，民不聊生，陷於水深火熱之中！我們革命的目的，就是要打倒帝國主義，打倒軍閥，救國救民。"

軍校的另一個核心人物，黨代表廖仲愷，也常在會上訓話，勉勵大家立志革命，刻苦耐勞，努力學習軍事技術和知識，為打倒列強、帝國主義及其走狗軍閥，掃清一切反革命勢力，統一大同。

總是穿一身整潔軍裝的軍校政治部主任周恩來，也在會上作關於國內外形勢的政治報告，見解卓越，一針見血。他說：

"英帝國主義雖然有殖民地遍佈全世界，從表面看，好像很大，但內外矛盾重重，實很脆弱，並不足畏。由於蘇俄革命成功的影響，世界各弱小國家和民族，紛紛起來革命，這就動搖了帝國主義統治的基礎。英帝國主義的本國人口與物產，都很有限，全靠掠奪其殖民地的物產，殘酷奴役和剝削其殖民地的人民，以養活自己。而今其殖民地人民已覺醒了，紛紛起來反抗，要革命，很顯然它的日子已是很不好過了。只要我們同胞都能團結一致，齊心協力地起來革命，任何帝國主義都是可以打倒的！"

黃埔軍校的愛國情懷，感染了包括周維蓋在內的每一個學子。很多年後，他都記得，當年黃埔的師長們是如何諄諄教誨他們這些學生以國家民族為重，壯志凌雲，勇往直前。

校園裡，四處可見"黃埔精神"、"繼往開來"、"先烈之血，主義之花"等題字，"打倒帝國主義"、"準備流血犧牲"等標語。

學生每天唱的《跑步歌》，又叫《軍人爭氣歌》，歌詞是，"軍人軍人要爭氣，咱們中國被人欺，熱血要灑發奮起，不能受制做奴隸……"還有《黃族歌》："黃族應享黃族權，亞人應種亞洲田。青年青年，切莫同種自相殘，坐教歐美著先鞭。不怕死不愛錢，丈夫決不受人憐。洪水縱滔天，隻手挽狂瀾……"

在這樣充滿男兒氣概的豪邁歌聲中，血氣方剛的學子們，只覺胸中熱血澎湃，立志一生奉行黃埔人人皆知的"兩不"（不要錢、不要命）、"兩愛"（愛國家、愛百姓）。

在近代中國的百年歷史風雲中，以愛國、奮鬥、犧牲為核心的黃埔精神，如一聲霹靂的驚雷，一場蕩滌六合八荒的疾風驟雨，一輪光芒萬丈的朝陽，深刻地影響了中國近代史。

在艱苦卓絕的抗日戰爭中，200 多名黃埔出身的高級將領（師長以上），指揮了全國半數以上的抗日之師。抗戰中 261 位以身殉國的將軍中，97 位都畢業於黃埔軍校。在抗戰期間入校受訓的 20 萬黃埔生，一畢業就直接開赴抗日前線，前仆後繼地為國捐軀，犧牲率高達 95%。

在長城抗戰中，黃杰、關麟征、劉戡三位黃埔一期出身的師長率領所部在古北口與日軍進行了近三個月艱苦卓絕的戰鬥，表現出抵禦外侮、視死如歸的黃埔精神和民族氣概。時有報紙評論："古北口之戰是黃埔軍魂再現，是中華民族一曲氣壯山河的英雄頌歌"。

抗戰中規模最大、戰鬥最慘烈、打破了日軍"三個月滅亡中國"的狂言的淞滬會戰，參戰將領大多出身黃埔。十五位為國捐軀的將領中，七位是黃埔人。黃埔建軍的核心部隊—國民革命軍第一軍，在三個月的淞滬血戰中幾乎打光，四萬人只剩下一千二百人。

被譽為"東方的莫斯科保衛戰"的衡陽保衛戰，黃埔三期畢業的第十軍軍長方先覺，以兩萬人的兵力抵禦日軍悍將橫山勇率領的九萬虎狼之師，堅守衡陽 47 天，以傷亡 1.7 萬人的代價造成日軍六萬多人傷亡，被日軍戰史稱為"中日八年作戰中唯一苦難而值得紀念的攻城之戰"。

黃埔出身的前線指揮官，也以身先士卒、英勇頑強著稱。

抗戰中最廣為傳唱的"中國不會亡！中國不會亡！你看那民族英雄謝團長……四面都是砲火，四面都是豺狼，寧願死，不退讓，寧願死，不投降"！曾經激勵了千千萬萬中國軍民的"民族英雄謝團長"，就是黃埔四期畢業、率八百孤軍守四行倉庫、成為上海淪陷區抗日精神象徵的五二四團團副謝晉元。

淞滬會戰中，黃埔一期畢業、時任第一軍軍長的胡宗南，日夜在戰場指揮巡視，從未離去。黃埔四期畢業的預備第十師師長葛先才，在第三次長沙保衛戰中擔任 28 團團長，率領本團黃埔出身的軍官，身捆手榴彈，唱著校歌往前衝。

黃埔培育的二十餘萬學子，以熱血和生命捍衛了國家尊嚴和民族獨立，為黃埔鑄就了不朽的光榮。他們為國家民族立下的不朽功勳，彪炳千秋，青史永銘。

8

　　莘莘學子，親愛精誠，三民主義，是我革命先聲。革命英雄，國民先鋒，再接再厲，繼續先烈成功。同學同道，樂遵教導，始終生死，毋忘今日本校。以血灑花，以校為家，臥薪嘗膽，努力建設中華。

　　操練，總是伴隨著這首校歌開始。不管刮風下雨，從不間斷。

　　周維蓋和他的同學們，身穿一式的灰布軍服、綁腿、草鞋，背負笨重的步槍，半身扎滿子彈帶，腰間掛著刺刀、鐵水壺、洋磁碗，背後還背著一把小鐵鍬，一個圓鼓形的小斗笠，在黃埔島的公路上、樹林中，快步穿行，練習急行軍。

　　南國的燦爛陽光，穿過樹梢，投射在林間小徑，形成一條金色的地毯，也炙烤著他那略顯消瘦的臉龐。脖子上繫著的那條紅帶，也是汗津津的了。

　　入伍後僅僅半個月，他就瘦了好幾斤。

　　軍校的生活，緊張而艱苦。每天有九小時的正課，一個半小時的自修，七個半小時的睡眠時間。即使是週日的休假，也只有三分之一的學生可去廣州市區，時間不超過四個小時；三分之一的學生在黃埔島遊散，聞警回校；三分之一的學生留校看守，以防敵人突然襲擊。

　　課堂之外，是各種操練，一環緊扣一環，就像一根嚴密的鏈條。在操場上，全副武裝地操練半天，尤其是最重單人獨面的肉搏劈刺，十來斤重的步槍加刺刀，練上兩個回合，就是一身大汗，消耗完了早餐的那點饅頭稀飯。有好幾回，他都感覺又累又餓，心發慌，冒虛汗，眼前金花亂冒，但還是挺住了，沒在操場上暈倒下來。

白天操課，晚上還要輪流放哨。如果遇到下雨，儘管身披雨衣，放完兩個鐘頭哨，渾身也濕透了。

同桌的林彪，在這方面比他還要辛苦。

自從上次見蔣校長，周維蓋對這位"林妹妹"骨子裡的爭強好勝也有所了解了。學習上，更是如此。

有一次，上射擊訓練課。打了一天靶，大家都很疲憊，吃完晚飯，洗完澡，就都上床休息了。突然，傳出一聲槍響，宿舍所有人都驚呆了。值星官拿著手電筒，急沖沖地跑進來，一邊走，一邊喊："怎麼回事？誰開的槍？"

與林彪鄰鋪、來自湖南長沙的班長文強說："我沒看見誰開的槍，但我看到林彪的手老在枕頭下摸來摸去"。

值星官立即走到林彪床前，發現枕頭下藏著訓練用的槍。他拿起來聞了聞，火藥還很嗆人，再用手電筒照了照地板，發現了一枚子彈殼。上鋪的枕頭，則被打了個大洞。

林彪知道自己闖了大禍，老實承認，因白天打靶沒打好，想利用晚上休息的時間好好琢磨射擊技術，反思白天打靶的失誤，沒料到槍不慎走火了。

值星官火冒三丈："胡鬧！訓練後槍械要收回統一保管，難道你不知道嗎？幸好你上鋪的人出去了，要是你把他打死了，那就不是關幾天禁閉可以了事，你的黃埔生涯也該結束了。"

在林彪上鋪的同學，是來自廣東台山的林偉儔。因為口渴，他正巧出去喝水，端著一個杯子回來，看到這情景，才知自己差點沒命，不由目瞪口呆，半晌說不出話來。

值星官宣布，第二天對林彪執行禁閉。

林彪非常生氣。

他一邊罵文強"湖南騾子"、"告密者"，一邊一個拳頭打了過去。個子高大的文強，沒想到瘦小的林彪居然敢打他，挨打後也火了，啪地一下把林彪掀倒在地。倆人打得不可開交。

在一旁的周維蓋等同學，怕事情鬧大了，趕緊勸架，將倆人拉開。

　　有意思的是，差點被林彪打死的林偉儔，後來又在戰場上和林彪交火。成為國軍 62 軍中將軍長的林偉儔，在平津戰役中守天津，被林彪率領的解放軍四野包圍。林彪給老同學寫了勸降信，林偉儔沒有接受，兵敗被俘，1961 年獲得特赦。

　　和林彪打架的文強，後來也成了國軍中將，擔任杜聿明的代參謀長，在淮海戰役中被俘，鬧著要求送他去四野找林彪。這位林彪口中的"湖南騾子"，與黃埔一期畢業的黃維並列為功德林最頑固的兩個戰犯，1975 年最後一批才特赦。

　　因故提早離校的周維蓋，後來在報上讀到這一切，難免百感交集。

　　沒有經歷"中山艦事件"、記憶定格在"親愛精誠"的黃埔時期的他，始終不明白，當年每天一起共進早餐的蔣校長和周主任，當年一起在大雨泥濘中匍匐前進的四期同學：林彪，劉志丹，段德昌，伍中豪，袁國平，張鍾麟（張靈甫），胡璉，李彌，楊傑，邱維達，劉玉章，闕漢騫，潘裕昆，文強……後來為何會刀槍相見，勢不兩立，相互展開綿延 22 年的生死搏鬥？

　　他很想知道，在萬籟俱寂之時，想起當年"怒潮澎湃，黨旗飛舞，這是革命的黃埔"，他們的心中，會是怎樣的感受？"親愛精誠，繼續永守，發揚吾校精神"，在波詭雲譎的政治風雲中，真的只能存在於當年的黃埔？

9

“老周！周主任叫我們去領提綱！”

周維藎正在學生閱覽室讀蔣校長開書單推薦的《曾國藩家書》時，文強闖了進來。

也在靜讀的林彪，微微地皺了皺眉。自從上次打架，他就不和文強說話了。

閱覽室不大，只有十二張拼到一起的木課桌，配以十二張可坐雙人的長板凳。桌上以簡陋的閱讀板隔開。靠牆的書架上，陳設著各種書刊，有《三民主義》《曾國藩家書》《俾斯麥傳》，也有《嚮導》《覺悟》《中國青年》。

周維藎站起身，隨文強一起去政治部辦公室。

同學之中，除了幾個廣西同鄉，他和文強比較接近。文強的父親文振之和他的三哥周崖洲一樣，曾留學日本，加入同盟會，與黃興有舊。

文強常邀周維藎週末一起去廣州市內做宣傳。每次去之前，他們都要去政治部周主任那裡領取所需的宣傳提綱和畫刊。

政治部辦公室很簡樸。入門一張木質長椅，八張漆成棕紅色和棕黃色的木質辦公桌，分成兩行排開。

周主任正伏案寫著什麼，抬頭時看到他們進來，便高興地說，“你們來了？”

文強和周維藎舉手敬禮，然後接過周主任遞過來的提綱和畫刊。細心的周主任還特意給了八角毫洋，說是他們的茶飯費。

和很多同學一樣，周維藎對劍眉朗目、英氣逼人的周主任有種發自內心的好感。他覺得，周主任待人總是那麼親切、那麼周到細緻，就像春風一樣的溫暖人心，與蔣校長的令人敬畏相比，更容易親近。

"老周！我給你介紹一下，這是我老表，毛澤覃，剛來政治部工作。"

正在另一張辦公桌上刻鋼板的毛澤覃，起身和周維蓋握手。

"啊，久仰！常聽老文說起你。"

周維蓋聽文強說過，毛澤覃是和他一起從長沙來廣州的。他的母親是文強的遠房姑母。毛澤覃的大哥毛澤東也在廣州，正擔任國民黨中央宣傳部代理部長。

不久以前，毛澤東也應蔣校長之邀來過黃埔軍校給師生們做報告。

周維蓋記得，那天一早，蔣校長便來學生宿舍和教室檢查，戴著一雙白手套，四處抹拭，發現不合意之處即命令"立即改正"。後來聽說，這是蔣校長當年在日本軍隊實習時養成的習慣，非常嚴格，力求一塵不染。

上午九點，全校師生在大花廳集合。毛澤東乘坐汽艇從廣州渡江而來，蔣校長親自到大門外的碼頭迎接。把杯稍酌，休息片刻後，蔣校長陪同毛澤東進入大花廳，以東道主身份登台介紹這位貴賓，然後在台下第一排正中端坐聆聽。

毛澤東穿一件深灰布長衫、青布剪口鞋，面容清瘦，聲音洪亮。他說話斬釘截鐵，有條不紊，一口氣講了兩個多小時。

"國共合作意義深遠，影響巨大，目的就是為了改變中國人受洋人欺負的局面。目前，國內外革命形勢於我有利，各省工農及學生熱烈擁護我們革命政府，正是北伐打倒帝國主義及軍閥的良好實際，只要團結奮鬥，必能獲得勝利，實現獨立、民主、富強的新中國……"

毛澤東給周維蓋留下了深刻的印象。他覺得，湖南真是一個出人才的地方。從陳天華到宋教仁到毛澤東，都是天然的革命宣傳家。包括文強，說起來也是一套一套的。

周日上午，文強、周維蓋和其他進城的軍校同學一起，乘坐校方事先安排好的花艇，由帶隊的值星官率領，動身上廣州。

大的花艇可乘坐兩百多人，小的花艇也可容納百餘人。到達天字碼頭時，值星官宣布："午後四時前歸隊原艇，集合返校，不得有誤"。

上岸後，同學們即各自分頭活動。通常是兩三個要好的同學一起活動。劉志丹，張鍾麟，胡璉，這三位當年一起來廣州報考黃埔的陝西同鄉，便自然而然地結伴而行。

劉志丹拍著文強的肩膀說，"老文！回頭革命俱樂部見！A！"

文強一笑。

這是同學間流行的暗語。"革命俱樂部"，是指集合地。A、B、C，則是指三處集合點。A 是農民運動講習所，B 是省港罷工委員會，C 是國光書店。

同學中，劉志丹、李鳴珂、伍中豪、王世英、陳毅安、林彪、文強、霍步青、陸更夫、袁國平、李運昌等共產黨員，每週都會去位於東皋大道的農民運動講習所（簡稱"農講所"）開會，有時還是晚上，從黃埔乘坐安排好的電船前往，當夜再坐電船回來。

農講所也有不少講演會和報告會，很多黃埔學生也去聽。由於農講所學生和來此的黃埔學生都是湖南籍最多，許多人又稱農講所為"湖南同鄉會"。

位於東堤的省港罷工委員會，是省港罷工工人的領導機關，設立在清末廣東水師提督李準的別墅"東園"內。一些同學在等待報考期間，曾在此做過一些臨時工作。文強初到廣州時，就曾在文書部做過收發摘由、繕寫、刻鋼版、油印等工作。據他說，每幹一天，發給毫洋六角，足夠食宿。

位於財政廳前的國光書店，也是文強介紹給周維藎的，總是人山人海，書刊供不應求。

和常在這三地出沒、熟門熟路的文強相比，周維藎覺得，自己比較孤陋寡聞，沒有文強身上那種敢想敢幹的氣質。因此，他對文強是很服氣的，進城宣傳也都聽文強的安排。

一般都是去茶樓宣傳。

廣州有四百多家茶樓，是市民日常消遣的首選場所。廣州人喝茶成癮，很多人兩三天不到茶樓，便心癢癢，有些人甚至整天都泡在茶樓。

茶樓大都有固定的茶客群。比如樂善戲院的又來茶樓，茶客多為長衫馬褂之人，商團事件付之一炬後重建，附近肆夥及肩挑小販也開始來了；一德路茶樓多為莊口商人和海味行夥伴；長壽新街的朱冠蘭，品茗者一邊與茶堂倌談笑，一邊打聽商業行情，互通消息，高談闊論；大北門附近的義全茶居，光顧者多為附近的種植農夫和磐石工人；惠如茶樓則多學界中人，常常自居一房，開茶一盅，挾冊觀書，久坐不去，以為休息之所。

這天，文強決定去永漢路的涎香樓。

進去之後，他們先入座飲茶，將"黃埔軍校宣傳隊"的旗幟放在桌旁，等待茶客到來。鄰座的兩名客人，一位穿黑膠綢襟衫，一位穿白斜民裝衫褲，襟際都掛白布章，上書"打倒帝國主義罷工工友"，一看就是省港大罷工回來的香港工人，引起了他們的注意。

周維蓋聽到其中一人說："我打算再過兩三日，就回香港。"另一人說："對。我們愛國，回廣州是愛國，回香港也是愛國。"

他悄聲告訴了也在豎著耳朵聽、卻聽不大懂的文強。文強立即拉著他一起走到鄰台，和這兩位愛國工人熱烈握手，表示敬意。

此時，茶客已經頗多。文強和周維蓋便分發宣傳畫刊，然後站在凳上高聲演講。文強用湖南口音的官話說一句，周維蓋用粵語翻譯一句。

文強演講的時候，不同於平時的嬉笑顏開，而是慷慨激昂，"國民革命"，"統一中國"，說得口沫橫飛。聽眾越來越多，不肯離去，效果頗佳。

宣傳完畢，便分頭行事。共產黨員的文強，去農講所和一些黨內同志開會。逍遙派的周維蓋，則自己自由活動，約定三點半在天字碼頭會合，一起搭船返校。

10

　　文強在農講所開會的時候，周維藎一般會去永漢北路和文德路的書店。他像他崇拜的三哥周崖洲一樣，也喜歡看書。

　　永漢北路從清末開始就是書店雲集，有三四十家書店，包括文強推薦的國光書店。

　　國光書店門面不大，兩側是木框玻璃書櫃，依照房間的高度打製而成。靠牆的角落擺著《嚮導》《前鋒》《新青年》《中國青年》《政治週報》《廣東農民》《犁頭》《工人之路》等刊物，以及《共產黨宣言》《資本論入門》《列寧傳》等書籍。鋪面的玻璃下陳設著新文化書社、民智書局、亞東圖書館、商務印書館的出版物，同時兼售一些文具。

　　從永漢北路行半里路，就是文德路。

　　早在唐宋時期，文德路就已是廣州的文人雅集之地，明清時期正式形成書市——東為貢院，西為學政衙門，來省城應考的讀書人一般都在周圍的書院落腳，都會來此買書。

　　近代史上有名的萬木草堂便在這一帶。萬木草堂原為邱氏書室，是邱姓族人來省城應考的寄宿地。後來，康有為租邱氏書室以辦學，歷時七年，培養出很多弟子，其中梁啟超、徐勤、麥孟華等人都成為戊戌變法的骨幹。戊戌變法失敗後，萬木草堂被取締，歸還邱家為書室。甲午保台後從台灣歸來的邱氏族人邱逢甲，被兩廣總督岑春煊聘為兩廣學務處視學、廣州府中學堂監督期間，曾長時間在此居住。

　　文德路在清末達到鼎盛，除了幾十家書院，還有幾十家裱字畫、賣古董、書籍和文房四寶的商舖，鱗次櫛比，成行成市。這裡的書店以賣舊書為主。芸香閣、翰香樓、研經閣、萃經堂，是其中的佼佼者。

　　在專賣經史子集的萃經堂門口，周維藎碰到了張鍾麟和胡璉。這兩位同學平時課餘就喜愛讀史。聽說，張鍾麟原是北京大學歷史系學生。

「老張，老胡！咦，你們這陝西三劍客，老劉已經單刀赴會了？」周維藎開著玩笑。

「是的！喝完午茶就各奔東西了。老劉去農講所開會，我們就奔這兒來了。」

這一說，周維藎才想起，逛書店逛了半天，再不吃午飯，就沒時間了。於是，他和張胡二位匆匆作別。

「食在廣州」，絕對是名不虛傳。遍佈街頭的小食店，哪一間都是物美價廉。周維藎喜歡去的「同記」小食店就位於文德路一條巷子的中部。厚重的舊木門，方格的地磚，矮矮的木桌凳，角落裡一尊手持青龍偃月刀的「關老爺」神像，透出濃濃的廣州氣息。

「同記」由一對中年的廣州夫妻經營。

講粵語的人，因為「同聲同氣」，天生就容易親近。來過幾次後，周維藎和老闆同叔夫婦都比較熟了。

一坐下來，同嬸就給他端來一碗老火靚湯，牛骨加川芎、白芷、當歸、紅棗等多味藥材熬成，最是滋補。然後是一碗瀨粉，有濃濃的米香味，芡糊不稀也不稠，混著蝦米、油渣碎一起吃，香氣逼人，伴以一碗蘿蔔牛雜，蘿蔔甜美多汁，水水嫩嫩的。最後是一小碗雙皮奶和一小碗冰糖燉梨子，奶皮厚厚的一層，綿密醇厚，表面的紅豆也煮得粉糯，梨子則燉得綿綿軟軟的，滋潤且降燥。

周維藎一邊吃，一邊和老闆夫妻閒聊。

同嬸是個典型的廣東女人，勤勞、肯幹。早上五點起身，七點開舖，一直做到深夜十一點，跑前跑後，招呼客人，端碗收碟，洗碗，收錢，忙個不停。同叔則負責廚房，煲粥，擼粉，下面，煮食。小小的「同記」能在這租金不菲的市中心立足，全靠他這一手好廚藝。

而今日，同叔同嬸卻有些特別，有些面帶愁容。

周維藎忍不住問了一句，「同叔，同嬸，系麥有咩事？（粵語：是否有什麼事？）」

同嬸立刻憤憤地說了起來。

「阿藎，你們後生仔不知世道艱難哪。又要加稅了。我們兩公婆開這間舖頭，好辛苦的，起早貪黑。本來辛苦點也不要緊，只要每年能存一點錢，供幾個仔女讀書，便知足了。誰知，自從換了宋子文做財政廳長，這樣稅，那樣稅，我們真係搵不到食。比起來，還是陳炯明的時候比較好過。」

平時話不如同嬸多的同叔，也忍不住發牢騷。

「財政廳隔壁的市政廳，就是陳炯明建的，幾靚啊。他還修馬路，馬路上都裝了電燈，還建了公園、圖書館、兒童遊戲場、體育場，廣州人誰不說他好啊。」

周維藎沉默了。

在軍校裡，陳炯明的名字，是被人鄙視的，一提便是「野心家」、「中山先生的叛徒」。想不到，在民間，觀感卻是如此不同。

對於陳炯明和孫中山的衝突，一般都以「叛變」責之，但大學者胡適也在報上發表過這樣的看法：「孫文與陳炯明的衝突是一種主張上的衝突。陳氏主張廣東自治，造成一個模範的新廣東；孫氏主張用廣東做根據，做到統一的中華民國。」

或許，陳炯明和中山先生，只是政見不同，意氣之下，才反目成敵？或許，如果雙方能好好坐下來談，可能是另一番局面？

11

回到軍校，已差不多是晚飯時間。周維蓋又被林彪拉去吃黃埔蛋。

林彪雖然不愛講話，和同桌的周維蓋還是有私下的交往，週末有時一起去吃小食攤。

小食攤位於校外那株參天的古榕樹下。兩張矮矮的木方桌，各配四張木凳子。人稱"嚴大媽"的攤主，身穿一套藍色粗布衫褲，用藍花布方巾紮起頭髮，在一旁支起的灶台上，麻利地翻弄著柴鍋。據說，她原是珠江遊艇的船娘，煮得一手好菜。

多少年後還令黃埔學生們念念不忘的黃埔蛋，是黃埔船家的一道特色菜，將家養的籠中雞所生的雞蛋加入鹽、糖、胡椒粉、蔥花、料酒，用力打勻，燒紅柴鍋，澆上花生油，油滾時澆上一匙雞漿，猛火快炒，再澆上花生油和蛋漿，炒出來的雞蛋如千層糕一般，金黃油潤，嫩滑甘香。

廣州傳統小吃沙河粉也是嚴大媽拿手的。將米漿放在鍋裡，用猛火蒸，待米漿熟了，成為薄薄一片粉皮，再快刀切成條，加上油鹽香蔥等佐料，就是一碗美味的沙河粉了。

一碗沙河粉，再加一碟香噴噴的黃埔蛋，不過兩毫而已。黃埔軍校除了食宿全包，每月還發給每個學生十個毫子零用，可以來此吃好幾次了。

"老周，我想介紹你參加青年軍人會。"

吃沙河粉和黃埔蛋的時候，林彪如是說。

軍校裡有兩個學生組織，一個是中國青年軍人聯合會，一個是孫文主義學會，都在同學中積極發展新成員。陳賡、林彪，還有全校知名的一期老大哥蔣先雲、李之龍，都是青年軍人會的。他們主張，中國革命要為廣大的工人農民謀福利，將來實現共產主義。胡璉，還有一期同學中和蔣先雲、陳賡並稱"黃埔三傑"的賀衷寒，及與賀衷寒並稱"文有賀衷寒，武有胡宗南"的胡宗南，則是孫文學會的。他們受軍校原政治部主任戴季陶的思想影響，認為共產主義不適合中國的國情，行不通，只有三民主義最好。

雙方經常公開爭辯，常常在同學中也爭得臉紅脖子粗，逐漸發展為兩派打擂台。

青年軍人會辦《青年軍人》和《中國軍人》，孫文學會就辦《國民革命》和《革命導報》。青軍軍人會又辦《兵友必讀》和《三月刊》，孫文學會就又辦《革命青年》和《獨立旬刊》。孫文學會根據戴季陶的《孫文主義之哲學基礎》，宣揚三民主義是孔孟之道的正統，把孫中山的牌位背到孔廟去。青年軍人會由李之龍出手，畫了一幅漫畫，上有一人，貌似戴季陶，身穿長袍馬褂，頭戴瓜皮小帽，吃力地背著孫中山的塑像奔孔廟而去，諷刺戴季陶曲解孫中山的思想。此畫貼遍全校，來往師生無不絕倒。

在集會上，青年軍人會和孫文學會也經常爭鬥。前不久，在廣東大學的一次集會，雙方辯著辯著，就開始上演"全武行"。校園裡的樹枝、會場的凳子，都成為雙方的武器。陳賡操起凳子追趕胡宗南，胡宗南四處逃跑，路上還丟了帽子。

最好玩的是，青年軍人會組織了"血花劇社"，孫文學會就組織"白花劇社"，各自在大花廳或操場演話劇、京劇、雜耍，各唱各的戲。

學生的才華、精力、血性，以這樣多元化的方式各自展現，也是黃埔的一大特色。

周維蓋在黃埔同學中，屬於比較溫和的類型。他覺得，無論是青年軍人會還是孫文學會，都是同學，何必壁壘分明。他來黃埔就是想從軍，不想得罪任何一方。他沒想到，林彪會來發展他，可能覺得他還仗義，沒有對人提及自己見蔣校長後的私罵，但也只能婉言謝絕了。

"老林，謝謝你的好意。大家都是同學，其實不用分這個會那個會的。我還是都不參加吧。"

林彪那濃黑的眉毛抖動了一下。這個看去隨和的周維蓋，居然拒絕參加。他有些不高興了。

"你想做中立派？中立派是要打倒的。"

這以後，林彪就和周維蓋有些疏遠了。

周維蓋也有些不高興。他知道林彪是好意，但不能強加於人，不參加就疏遠，也未免有些小氣。在重視"和氣生財"的粵文化中長大，他習慣於你好我好大家好，覺得爭鬥歸爭鬥，同學歸同學。包括師長們，雖也各自有派，還不是一團和睦，也都受學生愛戴。

在黃埔的師長中，除了蔣校長、廖黨代表、周主任，周維蓋對幾位分屬國共兩黨的老師也是印象深刻。

教育長鄧演達，平日不苟言笑，態度嚴肅。他對學生的學科、術科、生活都很關心，每天起床號一響就進寢室查看，看見誰動作慢，就厲聲催促。也常到寢室檢查內務清潔。學生對他又敬又怕。他常穿一雙擦得鋥亮的長筒皮馬靴，靴底著地的聲音加上馬刺的金音雄健而鏗鏘，隔得老遠，同學們便知是鄧教育長來了，哪怕鬧得正歡，也立刻鴉雀無聲。

學生總隊長嚴重，是鄧教育長在保定軍校的同窗好友，也和鄧教育長一樣令同學們敬佩。他對步兵操典了如指掌，不用翻書就能講出某頁某行，人人佩服。對同學的管教，如嚴父，又似慈母。有同學說，"被總隊長罵一頓，心裡也感到舒服。"

總教官何應欽，待人謙和，工作勤勉，比一般師生早起晚睡，與學生吃一樣的伙食，有時指揮訓練也穿草鞋。他經常到課堂、操場視察，有時還親自給學生做示範動作，射擊技術準確嫻熟，對各項軍事訓練要領運用自如，也是同學們普遍敬重的老師。

總教官錢大鈞，能文能武，善寫鐵線文碑帖，也長於步槍射擊及器械體操等技藝。

四期入伍生團長張治中，和藹可親，平易近人。

政治大隊副隊長熊雄，刻苦耐勞，與學生打成一片。每天清晨起床號一響，同學們來到操場，總可看到穿戴齊整的熊教官在此等候，馬靴馬褲，皮帶綁腿，乾淨利索。

政治教官惲代英，總是穿一件舊竹布長衫，戴一副眼鏡，像個教書先生。他教《青年運動》《社會進化史》，講反帝鬥爭和他在上海做學生運動，生動活潑；講革命形勢，引人入勝，所舉事例，往往含有很深的哲理，耐人尋味。還推薦同學們讀刊物《嚮導》。

政治教官高語罕，講授《政治學概論》，也很受同學們歡迎。

對於周維藎來說，黃埔就像一個溫暖的大家庭。晚飯後，同學們三三兩兩在黃埔島上散步，經過政治教官們所住的“海關洋房子”時，常會進去坐坐。這所黃埔人稱“海關洋房子”的小洋房，本是粵海關的產業，建於南國熱帶植物的萬綠叢中，紅樓一角，面臨珠江，背枕叢山，環境優美。

教官們會在“海關洋房子”的客廳裡請同學們吃香蕉、洋桃、花生、牛奶糖，有時還邀他們一起去幾步路外的平崗鎮上的小酒店小酌。在他們的諄諄教誨下，周維藎逐漸明白，帝國主義的侵略和軍閥統治，是導致國家衰弱、社會腐敗、民不聊生的根源。要使國家富強、民族獨立，必須北伐統一全國，實行反帝反侵略的新三民主義，使中國真正地振興起來，成為一個強國，屹立於世界。

除了距離“海關洋房子“咫尺之遙的黃埔公園，黃埔島上還有不少地方可遊。省港大罷工的工人為軍校在山上開了許多馬路，行路方便。幾個古墓前有翁仲、石凳、石桌，教官們有時也帶學生們來這裡坐。“不知道我們這些人中，將來誰會埋葬在黃埔？”閒談中，常有人這樣說。對黃埔的感情，溢於言表。

親如一家，如兄如弟，是周維藎記憶中的黃埔。他記得，周主任結婚，從教官到學生，從國到共，大家都歡天喜地，視為共同的喜事。

12

周主任是 1925 年 8 月 8 日結的婚。

之前，文強、周維蓋等人就已得到了消息。

據同為四期同學的周主任胞弟周恩壽說，他的嫂子 15 歲就參加了天津覺悟社，和他哥哥志同道合，自他哥哥去法國留學，已經四年不見，這次從天津來廣州結婚。

作為周主任的學生，自然要去拜見"師母"。於是，他們跟著周恩壽，興沖沖地從黃埔搭船去廣州祝賀。

走進周主任所住的文德東路文德里，就看到兩扇鐵閘，上有"文德樓"橫匾。裡面是一個十餘米長的小院子，五間同一風格的三層樓房連成一幢，鋼筋混凝土結構，黃色外牆，二樓三樓都有法國式的陽台。

周恩壽熟門熟路地帶他們進到三號二樓。

滿面笑容的周主任，親自來給他們開門。平時一身戎裝的周主任，今天換了一件黑色長衫，看去頗有些教書先生的氣質。來自天津的新娘，也像一位女教師，白衫，黑裙。

這是一間東西向的房子，花階磚地面，用木板間隔成小小的兩房一廳。客廳的陳設很簡單，兩張普通沙發，一張茶几和茶台，一張方形飯桌。新房，除了床和幾把椅子、辦公桌外，就是兩箱衣服，兩箱書籍。

新房都如此簡樸，正是周主任的風格。他在軍校政治部的辦公室，除了一張辦公桌，就只有工作簿、文件筐、水杯等物。

周恩壽、文強、周維蓋等一起送上賀禮，是他們合資買的一幅條幅，上書"花好月圓人壽"。

客廳裡大都是黃埔的師友。鄧演達、何應欽、錢大鈞、張治中、惲代英、熊雄、高語罕、陳賡、蔣先雲等都在座，還有幾位和周主任一起留學法國的老朋友，一片歡聲笑語。

「諸位諸位！聽說，我們周主任和新娘子相識於五四運動中，新娘子當年還是演講隊長。大家說，請新娘子報告一下他們的戀愛經過好不好？」

素來老成練達的張治中，今天表現得特別興奮。

客廳裡立刻響起了熱烈的掌聲。

調皮的陳賡，還馬上搬過一隻矮凳，請「師母」上台演講。

只見那新娘，臉色雖有些緋紅，卻全無忸怩之態，而是落落大方地踏上凳子，從容不迫地述說起來。

她口齒清楚，聲音宏亮，將他們從相識到戀愛的過程講得繪聲繪色，不時引起客人們一陣又一陣的掌聲。她以深情的語調朗聲背誦周主任留法時用明信片寫給她的那首詩，「奔向自由自在的春天！打破一向的束縛！勇敢地奔啊奔！」，更贏得了大家的熱烈喝彩。

張治中連聲誇獎，「周夫人名不虛傳，和周主任一樣都是極其出色的演說家。」

「不要稱周夫人，請叫我的名字，鄧穎超。」

在場的人都一愣。這位看去不過 21 歲的鄧女士，原來如此不讓鬚眉。

在這之前，他們多少覺得，她從相貌來說，配不上英姿勃發的周主任。而今始知，才堪匹配，周主任確具慧眼。

隨後，由張治中提議，大家前往附近永漢北路的太平館，席開兩桌，為一對新人祝福。

太平館是廣州第一間西餐廳。創始人徐老高，原在沙面旗昌洋行做廚，煮得一手好西餐。離開洋行後，於光緒十一年開設了太平館，吸引了大批食客。

走進太平館，舉目所見，是或金色花鳥或棗紅碎花的牆紙，五彩玻璃裝飾的窗櫺和天花，別緻的拼花地板，頗具歐陸風情。

大家在排列成馬蹄形的座位各自就座。張治中特別點了太平館的招牌菜紅燒乳鴿，還點了牛尾湯、豬扒蛋撻。

平日持重的張治中，平日愛鬧的陳賡，輪番勸酒、敬酒。其他人當然跟著一擁而上。

周恩來心情極好，來者不拒，一口一杯。最後一數，他竟然喝了整整三瓶白蘭地。

這一晚，他不得不由張治中令兩位衛兵送回家，直到第二天才醒。

作為當時座上的小人物，周維薑很多年後回想起這一幕，不勝感慨。誰能想到，僅僅兩年以後，這座上的不少人，就從舉杯祝賀變成刀槍相見？

他們，都想要救中國。但是，因為是兩種意識形態，兩種主義，兩種信仰，終於從精誠合作走向矛盾衝突，乃至反目成仇。

對於一個本來崇尚"中庸之道""和為貴"的民族而言，這不能不說是一種悲哀。

誰之過？誰之錯？

13

　　讀者諸君如果回顧二十世紀上半葉的中國歷史，難免會一聲嘆息。從 1911 年辛亥革命成功到 1949 年中華人民共和國成立，除了民國初年的和平氣象和抗日戰爭時的共禦外侮，中華大地幾乎一直處於連綿不斷的內戰中，你爭我奪，城頭變幻大王旗，導致民不聊生，生靈塗炭，外敵乘虛而入。而國共兩度攜手時期，則是國族最生氣勃勃的時候，尤其是精誠合作的黃埔時期，兩黨人才薈萃，共同為打倒帝國主義、救國救民的理想而奮鬥，令人感動，也令人神往。

　　稽之往史，不勝唏噓。誰為為之？孰令致之？

　　無須諱言，一統天下、成王敗寇的理念，深埋在中國人的血脈深處。我們的文化傳統裡，從來沒有妥協二字。從春秋戰國，到三國，到民國，兄弟如公子糾和公子小白，郎舅如劉備和孫權，叔侄如劉湘和劉文輝，都無法共存。現代中國革命的兩兄弟，國共兩黨，也走不出這個怪圈，在戮力同心地北伐和抗戰之後，演變為兵戎相見、兄弟鬩牆。

　　1925 年 8 月 20 日發生的廖仲愷被刺事件，則是周維藎黃埔生涯中的最大震撼。

　　“同學們！我們敬愛的廖黨代表，今天早上被反革命分子刺殺了！大家立即到操場集合！”

　　正在課堂聽講之際，校園裡的大喇叭突然傳來新任學生總隊長張治中的聲音。平日老練沉著的張治中，此刻聲音都帶著顫抖。

　　周維藎一把抓起放在課桌左上方的軍帽，急急地往外衝。

　　平時井然有序的校園，此刻一片騷動。主席台上的蔣校長，失去了平時的鎮定自若，眼睛紅腫，聲音嘶啞地宣布，在長洲島實行戒嚴，由三期學生擔任沿海岸警戒，二期學生為全島總預備隊。他將立即趕赴廣州，出席關於廖案的特別委員會會議。

接下來的一周，黃埔人人臂纏黑紗。“為廖黨代表報仇”的呼聲，響徹校園。黃埔學生，莫不感覺驟失至親。

對於周維藎來說，廖黨代表是令他由衷尊敬的慈祥長者。

初入黃埔，廖黨代表就來學生隊看望，問寒問暖，關懷備至。之後，每到週六，都能看到家住東山百子路的廖黨代表，冒著烈日坐船送錢來黃埔。錢都裝在一堆小小的布袋裡，一袋只有一百元，可見籌集之艱辛。

據說，軍校之初條件非常艱苦。一期生訓練用的槍都是木頭的，伙食也只有米飯白菜。有一次，實在揭不開鍋了，廖黨代表只好去找當時把持廣東財政的軍閥楊希閔。楊希閔正在抽大煙，立馬猜到了來意，卻不接茬，反而調侃他，要他說洋笑話。廖黨代表在美國出生，又在日本留學，能講很多海外的奇聞軼事，無奈之下，只好應付，直到把楊希閔逗笑，才借了三千大洋，緩解了軍校的燃眉之急。又有一次，廖黨代表借了五六處地方，直到凌晨三點，都無一文，不得不讓出自香港富豪之家的夫人何香凝拿出陪嫁首飾去典當。首飾不夠，還得加上字畫，軍校才不至於斷炊，得以慘淡維持。

據說，遇刺的前一天晚上，廖黨代表還在為軍校籌款而奔忙，很晚才回家。次日一大早，即趕赴設在惠州會館的國民黨中央黨部開會。不料，才到門口，就被躲在門前騎樓石柱後面的幾個兇手瘋狂掃射，中了四槍。因傷勢嚴重，在送往醫院的途中便與世長辭。

讓周維藎震驚的是，經常從三哥和劉崛大哥口裡聽到的胡漢民，竟然被指為幕後主謀。他的堂弟胡毅生，被鎖定為廖案的重要追查目標。

五天後，五十多名黃埔學生軍奉命搜查胡漢民住宅。是夜，胡漢民剛剛就寢，聽到門外嘈雜的聲音，匆忙從後門逃出，直奔國民政府主席汪兆銘家中，向汪妻陳璧君訴說原委。當年曾經和他一起設法營救汪兆銘的陳璧君，聽後怒不可遏，立即打電話質問丈夫為何要緝捕胡漢民。事後，胡漢民被移居於黃埔軍校，形同軟禁。對於自己所蒙受的懷疑，他斷然否認，說“這是以‘莫須有’三個字，置我於死地”。

消息傳到黃埔，不免議論紛紛。

"老周，你覺得會不會是胡先生？"

文強悄悄地問周維藎。

"這個……我很難相信。我聽我三哥說過，胡先生當年是黃花崗起義的統籌部秘書長，在最危險的時候，他和夫人曾將獨生女託付給一位老人照料，在一塊布上寫下夫妻兩人的名字和籍貫，縫在女兒衣服上，以準備隨時犧牲。這樣的人，怎麼會謀殺同生死共患難二十多年的戰友廖先生？"

周維藎本能地為胡漢民辯解。

隨後，胡漢民被要求出洋。逃走的胡毅生，則發表《告海內外同志書》，堅決否認殺廖，"一面公然罵廖，一面秘密殺廖，同人雖愚，寧至於此！"，並斥責汪兆銘"據耳食之談，以為信讞，枉法弄權"。

汪兆銘在廖案後繼任黃埔軍校黨代表。十六年後，已成為漢奸的汪兆銘，還在南京建立了一所偽中央軍校，自任校長，與已遷到成都的中央軍校爭奪正統權，還將校訓改為"智深勇沉"，落人恥笑，此處不贅。

14

黃埔軍校為廖黨代表舉行了追悼大會。

平時不苟言笑的蔣校長，在台上痛哭失聲。

"嗚呼！總理逝世未半載，而先生突死於凶徒之狙擊，是猶慈父見背，而盜又殺其長兄，國民革命之大打擊，中華民族之損失，豈只三千學子，全軍將士痛失師承。

"嗚呼！先生追隨總理革命二十餘年，臨大節而不奪，屹然為吾黨之長城……一年以來，學子成業，黨軍成師，皆賴先生之殷勤訓誨，辛苦經營……國民政府成立，先生為其中堅，禁菸絕賭，統一軍政、財政，援助罷工工人，皆以促國民革命之進行。庸詎知道高一尺，魔高一丈，先生為群小所側目，竟作主義之犧牲。

"嗚呼！我本黨同志，何以慰先生在天之靈，亦唯奉行遺訓，徹底革命。人孰不死，為革命而死，為主義而死，為擁護人民、黨國利益而死，則其死何如泰山之重輕。嗚呼！成敗利鈍，非所逆睹，鞠躬盡瘁，死而後已。中正曩以昭告於總理者，今有敢以昭告於先生，九原有知，來格來歆。嗚呼，尚饗。"

主席台一帶，籠罩在一片愁雲慘霧裡。白幡低垂，花圈似海，輓聯如雲。其中，有幾副特別引人注目。

為打倒帝國主義而犧牲，精神不死；是實行全民政治之柱石，功業長存。"（國民政府委員會）

畢生事革命，推翻帝國，扶植工農，萬姓謳歌思眾母；群小逞陰謀，起害蕭牆，殲摧梁棟，六軍悲憤失元勳。（黨軍第一師）

哭總理未半載，又哭吾兄，念革命前途，欲制傷心唯努力；值

外患正紛乘，更值內變，願同志奮起，要從徹底致澄清。（汪兆銘）

其好學深思可及，其獻身奮鬥難能，革命尚未成，盜憎主人公竟死；是帝國主義之仇，是無產階級之友，民眾方喚起，世無賢者我安歸？（胡漢民）

革命奮精神，血染珠江，薄海同悲惟我最；犧牲為黨國，魂招黃埔，大仇未報負公多。（蔣中正）

黨軍第一師師長何應欽和黨代表周恩來率全體官兵致祭詞。念到一半，已泣不成聲。

國民政府主席汪兆銘作了題為《廖先生精神不死》的演講。

廖夫人何香凝和一子一女也在台上。母子三人，都是一身素白麻衣，神情悲愴。

廖黨代表生前，常偕夫人來軍校看望學生。當日伉儷雙雙，而今孤兒寡母，望之悽涼。

廖夫人以未亡人的身份致答謝詞，提到廖先生遇刺前一天，已經有人警告過他，一些人正在計劃謀殺他，他慨然答曰：“際茲黨國多難之秋，個人生死早置之度外。終日所不能忘懷者，唯罷工運動（省港大罷工）和統一廣東運動而已”，然後念出她在丈夫被刺後寫的兩句詩，“哀思惟奮酬君願，報國何時盡此心”，並引用廖先生生前的詩句，“人生最重是精神，精神日新德日新”，勉勵黃埔學生繼承他的遺志。

周維藎不禁肅然起敬。

廖黨代表有這樣志同道合的革命伴侶為他傳承精神，雖死猶生。

第二天，在黃埔師生淚目護送下，廖黨代表的靈柩由身穿一式鑲白邊背心的儀仗人員抬上一輛圍以素色帷幔的大汽車，前往廣州駟馬崗，安葬在他的親密戰友朱執信墓旁。

禮炮齊鳴，哀樂陣陣。廣州城萬人空巷，沿途人山人海。二十萬廣州市民，還有一些來自中山、番禺、三水的，自發地前來送仲愷先生最後一程，很多人淚流滿面。

身穿深青色西服、左臂戴黑紗的廖承志，捧著父親的遺像走在最前、面。鏡框裡的仲愷先生，雙目炯炯，直視著前方。

此時的周維蓋，只是送葬人群中的一個迷茫少年。他還不知道，黃埔人人敬愛的仲愷先生被刺身亡，在很大程度上改變了後來由黃埔人主導的中國的命運。

身為國民黨元老，時任國民黨中央常委的廖仲愷，是一位不可多得的集愛國情懷、治理才幹與剛毅意志於一身的傑出人物。

廖仲愷和蔣中正一起籌建黃埔軍校，篳路藍縷，共同奮鬥，彼此關係很好。六十年後，蔣中正夫人宋美齡還回憶說，蔣中正"言及仲愷先生對黃埔之貢獻時，熱淚盈眶。其真摯慟心，形於詞色，聞之者莫不動容"。

廖仲愷個性沉厚，對各方面而言也是一個很好的平衡。如果他還活著，以他在國民黨內的資歷，以他與共產黨的良好關係，國共兩黨未必會從"親密無間"走到"反目成仇"，最後兩岸分治，骨肉天各一方，對國家、民族都是莫大的悲劇。

可惜，歷史從來沒有如果。而近代中國之命運，卻總是在一個又一個的意想不到中，偏離了從黃花崗到黃埔的熱血青年們孜孜以求的軌道。

15

　　從廖黨代表的墓地出來，步行一公里，就是廖黨代表生前以廣東省長的名義公告劃定的黃花崗七十二烈士墓園的範圍。

　　踽踽獨行中，遠遠望見墓園大門上中山先生親題的"浩氣長存"四個大字，周維蘯就有些震撼。

　　正是薄暮時分，墓園空無一人。落日秋風中，靜寂無聲，唯有那種英靈環繞的莊嚴氣氛，撲面而來。

　　入門，是一條約兩百米長的主墓道，兩旁皆是蒼松翠柏。

　　沿著主墓道前行，是拜祭先烈所必經的拱橋和默池。因著斜坡的作用，行於橋上，會不由自主地低頭默念，肅然致敬。

　　烈士墓構築在崗陵之上。墓後是紀功坊，由前後各七十二塊青石疊成崇山形，象徵七十二烈士。坊頂是一尊美洲華僑捐獻的仿美國自由女神像，約有兩米高，頭戴七束光芒冠冕，左手挾著《中華民國臨時約法》，右手舉槌，正對著前方墓塘碑亭頂部的自由鐘，身邊各有一隻自由鳥。

　　國家民族的自由，正是黃花崗先烈們為之付出了生命的崇高理想。

　　十四年前的農曆三月二十九日，長眠於此的這些英烈，和包括三哥在內的倖存者一起，在黃興的率領下，攻入兩廣總督署，準備活捉總督張鳴岐。

　　這是一場實力對比懸殊、消息事先走漏、註定會失敗的戰鬥。然而，一百二十多人中，沒有一個退卻。

　　他們大多出自富家，留學日本，本來可以有大好的前程，卻在堅定的共和信念和理想光芒的照耀下，如飛蛾撲火，義無反顧。

　　這些仁人志士，為了祖國的富強，決志捐軀於沙場，不惜碧血染黃花。就如方聲洞烈士的絕筆書所言，"夫男兒在世，不能建功立業，以強祖國，使同胞享幸福，雖奮鬥而死，亦大樂也。且為祖國而死，亦義所應爾也。"

讓周維蓋自豪的是，他的三哥，也是其中之一。

他從小就想成為這樣的人。正因如此，他才不惜瞞著父母，前來投考黃埔軍校。

在黃埔，他的確感受到和黃花崗一脈相承的精神。

校園裡到處張貼著"碧血千秋"、"奮鬥犧牲"的標語，校區內專門建有在東征中犧牲的烈士墓園。

為革命而不惜犧牲生命，為國家而奉獻犧牲，成為黃埔人所推崇的價值觀，視為軍人生命的最高歸宿。

在課堂上，師長們推崇的軍人精神，是視戰死為歸途、慷慨赴死、雖死猶生。

比如蔣校長訓話，必講三民主義，且聲聲言死，要求軍人為三民主義捨生取義，殺身成仁，不可背義而生。他說："一個人果真明白做人的意義，對於自己生活的目的、生命的意義徹底了解，那不管是在槍林彈雨、人山血海之中，決無畏懦恐怖的心思。我們軍人的職分只有一個死字，軍人的目的也只有一個死字。反面說，就是偷生怕死。如果投生怕死，不單是不能做軍人，而且就不能算是人……如果我們的死，有價值，死得其所，如為主義，為救國，救黨而死，那麼死又何足惜呢？"

這些，深深地影響了一代又一代的黃埔學生。

正因此，他們能夠不畏犧牲，東征淡水，血戰棉湖，以少勝多，以弱勝強，橫掃東江，平定楊劉，統一廣東。

正因此，他們能夠揮師北伐，數月之間，席捲東南，克醴陵、湘潭，占長沙、岳陽，克汀泗橋、賀勝橋，取武漢、九江，收復福建、浙江、滬寧、京津，勢如破竹，統一中國。

正因此，他們能夠在挽救民族危亡的對日抗戰中，在上海閘北，在古北口，在察哈爾，在盧溝橋，在淞滬，在台兒莊，在平型關，在崑崙關，在萬家嶺，在長沙，在常德，在衡陽，在龍陵，在騰衝，在仁安羌，在密支那，以血肉之軀築起鋼鐵長城，捍衛了民族的獨立和國家的尊嚴，功在華夏，彪炳千秋。

也因此，在國共內戰中，有杜聿明、鄭洞國的企圖自殺；有張鍾麟（張靈甫）、戴之奇、邱清泉的"殺身成仁"；有胡宗南在台抱憾終天的"海峽偷生"。

這一切，周維蓋此時不會知道，也根本想不到，日後這些決定中國歷史走向的風雲激盪，他完全沒機會參與，而是在天南一隅，守著田產、老親、妻兒，讀著報上那些當年同窗們的英雄故事，在無盡的嚮往和遺憾中，平凡一生。

對於周維蓋來說，黃埔讓他一生難忘的，是那份"親愛精誠"。在他的黃埔記憶中，有兩個很溫馨的畫面。

某夜，他睡得半熟，忽然驚醒。原來，是蔣校長正手持手電筒巡視寢室，見他沒蓋好被子，就過來親自蓋上。出門時，還細心地把門關緊。

某日，他們這些學生沿著黃埔島晨跑，回到集合地的時候，天仍然沒亮。朦朧中，隱約可見一大一小兩個人等在那裡。近前一看，原來是蔣校長牽著他九歲的兒子，活潑可愛的蔣緯國，在晨霧中迎接弟子們歸來。

外表嚴肅、不苟言笑的蔣校長，於無聲中，以行動表達出對這些他寄予厚望的弟子們的愛。在一次"總理紀念週"的訓話中，他曾說："作為老師、校長，對待學生，和父母愛護子女，是沒有什麼兩樣的"。

"一日為師，終身是父"。在儒家傳統文化薰陶中長大的蔣校長和弟子們之間，的確有些父子般的感情。很多年後，已成為戰區司令長官、集團軍總司令、軍長、師長的黃埔學生們，仍如當年一樣，對這位敬如嚴父一般的"校長"，無條件地服從。雖然，他們也知道，"校長"也有其自身的侷限，位居中樞，卻不顧"將在外，君命有所不受"的古訓，經常干預作戰，有時甚至打電話到前線連一級指揮官，直接越俎代庖，貽誤軍機。

　　黃埔一期畢業的杜聿明，曾率國軍最精銳的第五軍遠征緬甸，在英軍遠走印度，日軍集中攻擊第五軍時，他不顧新 38 師師長孫立人主張去印度的正確意見，堅持遵從“校長”的命令回國，在有“魔鬼河谷”之稱的野人山葬送了四萬精兵，遺恨終身。徐蚌會戰（即淮海戰役）中，時任第二兵團司令的杜聿明，本已率部向西突圍，接到“校長”回援黃維兵團的命令後，明知是死路，仍然含淚服從，結果全軍覆沒，他本人也被俘。

　　實際上，杜聿明是個以頭腦精明、行事果斷著稱的優秀將領，曾經取得擊敗日軍王牌第五師團的崑崙關大捷。這兩次“走麥城”，都與“蔣校長”有關。

　　類似的例子還有，曾被周恩來評價為“蔣介石手下最有才幹的指揮官”的胡宗南，1949 年在明知入川是死局的情況下，流著眼淚遵從了“校長”之命，將第一軍調到重慶，而不是他認為更合適的新津，經力爭無效後，他忍無可忍地指出，“鈞座既固執己見”，“若以此等精銳有用部隊，毫無計劃，分散割裂，投置於無用毀滅之途，如此用兵實為戰略上之大忌”，果然全軍被殲，在台灣鬱鬱終老。

　　黃埔四期畢業、曾被“蔣校長”譽為“當代韓信”的林彪，後來則成為對“校長”打擊最大的一位共方戰將。

　　因故沒能完成黃埔學業的周維藎，保留的其實是最美好的記憶。他記得的是全盛時期的黃埔，也就是他在黃埔的那段時間。

　　就在他離開黃埔的前夕，原屬大元帥府統轄的各軍正式改稱為“國民革命軍”。蔣校長兼任第一軍軍長。

　　包括周維藎在內的四期入伍生，將作為黃埔學生軍，參加即將來臨的第二次東征。

16

蓋兒如晤：

　　汝父患病，常念汝名。見信速歸。

母字

接到撫養他成人的嗣母寄來的這封信，周維蓋握著信紙的手有些發抖。行文如此簡短，不是母親一向的風格。可以想見，上個月已屆花甲之年的嗣父，這一次病得不輕。

既是"見信速歸"，他不敢耽誤，立即跑去向學生總隊長張治中請假。根據軍校的請假令，一週以上的請假，應該先報區隊長，再由區隊長上報總隊長批准。而今，顧不得這麼多了。他知道，曾是他們四期入伍生團長的張總隊長，素來體恤學生，當能體諒。

軍校的高級官佐都在走馬樓二樓辦公，以迴廊相連，互聯互通。這也是經過苦心安排的。整個軍校就像一個軍事要塞，防守起來可相互支援。

周維蓋三步併成一步地衝上樓。他跑得是那樣的快，以至於一頭撞到了一位正在樓梯間掃地的"女夫子"，趕忙道歉。

這也是黃埔的一大特色，校內排水掃地做雜役的工人都是勤勞樸實的廣東大孀，學生們對她們頗為尊敬，稱為"女夫子"。

張治中正在辦公室裡檢查預備在二期生畢業典禮上頒發的頭十名優等生獎品。第一名是一架金望遠鏡，第二名是一隻金錶，第三名是一隻銀表，第四到第十名是一根皮帶和兩部名人著作。

周維蓋敲門。

"報告！"

“進來！”

周維蓋進門立正，舉手敬禮，遞上家書，說明緣由，要求回鄉探父。

張治中沉吟了一下。這種情況當然應該准假，但現在有些特別，黃埔學生軍馬上就要參加東征了，在這個關口請假，很可能趕不上參加。

“周維蓋，你可能會錯過東征。”

周維蓋當然也知道這一點。

黃埔軍校非常重視實戰鍛鍊。一期生參加了平定商團之戰，二期生參加了第一次東征，三期生參加了平定楊、劉叛亂，他們四期生就是第二次東征了。

黃埔的師長們，上自蔣校長和軍事總顧問加崙將軍，下至各科教官和顧問，在這些實戰中都親自參加，披掛上陣。比如蔣校長，在第一次東征時擔任東征軍總指揮，張總隊長則任東征軍總部上校參謀。在指揮作戰或襄贊軍務之餘，黃埔師長們還以戰場為課堂，利用戰鬥間隙進行教學。軍校術科的許多項目，如距離測量、地形識別、偵探勤務、行軍警戒、行軍宿營等，都在實戰中得以應用，在戰場上提高加強。

是故，只接受了不過半年的軍事訓練的黃埔學生，走出校門就能帶兵，擔任排長甚至連長，直接指揮作戰，升遷得也很快。比如一期老大哥胡宗南，今年二月畢業後被任命為中尉排長，參加了第一次東征和平定楊、劉叛亂，如今已是第一師第一團第二營營副了。

在操場上和野營演習中滾爬摔打了三個多月，周維蓋自然也希望能夠真刀真槍地幹上一場。但是，百善孝為先，老父患病，再怎麼都應該回去看看。

“報告總隊長，我是獨子，父親已過花甲，於情於理都必須回去。請總隊長成全。”

“好，准假十天。希望你趕得及回來參加東征。”

拿到張治中簽名的請假條後，他馬上回到宿舍收拾行李。同學們都圍了過來。

“老周！你一路平安！儘快歸來！”

　　幾位平日交好的同學，一路送他到軍校大門外的碼頭。文強還執意要幫他提那隻當初從藤縣帶來的藤箱。林彪則是默默地看著他離開，揮了揮手。

　　靠珠江口，便是平日操練的大操場，可以望到青翠的白雲山，還有經過山下的廣九鐵路。兩千多名四期入伍生，經常在這裡出操，周維藎在此流了不少的汗。有時漲潮，水都漫過了腳，也照樣出操。蔣校長兼任司令的長洲要塞司令部和兩個船塢，則在島的西邊。右邊是蝴蝶崗砲台，和隔江的魚珠炮台遙遙相對。

　　這一切，朝夕相對了三個多月，雖是小別，仍覺不捨。

　　再見了，黃埔。我會盡快回來。

　　他坐上南洋華僑贈給軍校的小汽船南洋號，駛向廣州天字碼頭。

17

“阿爸！阿媽！我返來了！”

周維藎幾乎是衝進瀰漫著草藥味道的父親臥房的。在他記憶中，父親從來篤信中醫，生病只服草藥。

一看到躺在床上的老父，他就有些想哭。慈祥的父親，自小視他如珠如寶，百般疼愛。而他這次不告而別，竟然讓父親憂思成疾，看去面容憔悴，顯老了不少。

母親在一旁拭淚。

“你這孩子，真是不懂事。明知阿爸都六十了，就你一個仔，還非要去當兵。”

“對不住，阿爸。我不應該不打招呼就偷跑去廣州。”

父親嘆了口氣，示意他上前來。

“阿藎，我知你是有抱負，想學你三哥。不過，我們家的情況不同。我都六十歲的人了，還指望你繼承香火。聽說，你們黃埔軍校又要討伐陳炯明了，砲火無情，隨時可能沒命。一旦你有個三長兩短，我和你阿媽，就沒法活了，死後也無顏見把你過繼給我們的大哥大嫂。你如果孝順，就答應阿爸，不要再去了，趕緊成家立室，再接手你阿爺留下的這份產業和梧州的鋪子，我死也能閉上眼了。”

“阿爸！”周維藎的眼淚簌簌地掉了下來。

這個時候，對著父親蒼老的面龐，微弱的聲音，他實在沒法再堅持自己的想法。

和那個時代的同齡人，比如黃埔同學文強一樣，他七歲時就由父母做主定了親，上學後經受了五四運動的洗禮，不滿意包辦婚姻。但他沒有文強這個湖南人的勇氣，堅持三年，終獲父母同意，討回了生辰八字，聘禮則不必歸還，與女家退了婚。

與經歷了幾百年"五胡亂華"的北方各省相比，遠在天南的兩廣地區，保留了更多的漢文化傳統和舊習俗。

同宿舍的兩廣同鄉林偉儔，在進入黃埔軍校前，已在家鄉台山結了婚，當時才 17 歲。周維蓋雖然只是定親，也鄭重其事地行了"納采"、"問名"、"納吉"之禮，親戚鄰里也都知道了。一旦貿然退婚，女家顏面無存，親家就變仇家了。

在兩廣濃厚的傳統文化氛圍中長大，周維蓋實在做不出這樣的事。作為獨子，他也不忍傷父母的心。他暗想，或許可先答應成親，安慰一下父親，再回黃埔。東征可能趕不上了。本來，聽過同叔同嬸那一番議論後，他也有些困惑，"叛徒"陳炯明，看來還挺得民心。張總隊長給了十天假，晚兩天回去，想也無妨，錯過東征，還可以參加北伐。

十天後，周家張燈結綵，為周維蓋辦了喜事。

成親這日，一大早，周維蓋便遵照母親的囑咐，用綠柚葉沐浴，換了全新內衣，表示新的開始。

吉時一到，便由家族中家庭美滿、父母健在、有兒子的好命人，一位年長的堂嫂，手持尖梳、子孫尺、紅頭繩、龍鳳剪刀，為他"上頭"（梳頭），"一梳梳到尾（婚姻能到頭），二梳白髮齊眉，三梳兒孫滿地"。"上頭"完畢，他再按照習俗，誠心向天地參拜，然後與家人同吃準備好的三碗湯圓，每碗九粒，表示長長久久，圓滿幸福。

然後，他穿上黑綢禮服，胸佩紅花，騎著高頭大馬，在一個舉著紅底金字"迎親"喜牌的迎親隊、一個吹鼓隊、一個舞龍隊的簇擁下，帶著一頂花轎，去女家迎親。女家一大早也煮好了面，一人一碗，加有香菇絲，寓意"舉案齊眉"。來迎親的人，都發給一個利是封（紅包）。

身穿紅緞禮服、頭罩繡花紅蓋頭的新娘，由大妗姐帶出來，行夫妻見面禮。新郎新娘一起向新娘的雙親奉茶跪拜。岳父母當場給女兒戴上金飾，是為嫁妝。其他的陪嫁物品，如梳子、衣架、小孩洗臉盆、喜慶床褥等，則直接運到周家。然後，大妗姐摻扶著新娘出門，一路打著紅傘，護送新娘上了花轎。紅傘寓意開枝散葉。送行的姊妹，則撒米及紅、綠豆、金紙碎，俗稱"餵金雞"。

到達周家，新娘由大妗姐攙扶下轎，跨過大門外已預先放好一個燃木炭的銅質火盆，稱為"過火盆"，寓意發旺、驅邪。然後就是拜堂。一拜天地，二拜祖先，三拜高堂。拜過天地、祖先神位後，周維藎攜新娘向父母叩拜敬茶。掙扎著下了床的父親，人逢喜事精神爽，氣色明顯好了很多，笑得合不攏口地接受了新娘奉上的香茶。母親喝了這杯"新抱（媳婦）茶"後，便以婆婆的身份，送金手鐲、玉器給新娘作為見面禮，表示正式接納新娘成為周家媳婦。然後新人夫妻對拜，送入新房。

新房裡的新床，已由新娘家中派人來安好。安床時，由一個新娘家中的活潑可愛小男孩，使勁地在床上蹦過，以期子息繁盛。這是一張精緻的大床，有四根帷柱，頂上雕花，四周垂著大紅緞子的床帷。床上鋪著一床華麗的紅色絲綢被面，配一對紅色緞子的枕頭，都繡著龍鳳呈祥的圖案。床和梳妝台都是西式的，都貼著紅色雙喜字，設有一對龍鳳燭。枕頭底和床的四角都放了花生、紅棗、核桃，寓意"早生貴子"。

折騰了一天，當周維藎終於坐下來，揭開新娘的蓋頭時，他發現，她長得還挺美，正羞澀地對著他微笑。

18

一年後。

已為人父的周維薑，正式接管了梧州的鋪子。榮升祖父的父親，則含飴弄孫了。

成家之後，周維薑最大的感受，是肩上多了一份無奈的責任，不敢也不能如從前一樣一走了之。上有老，下有小，更是不同了。

在父親的指點下，他將梧州的鋪子經營得很好。

梧州，這幾年日益繁榮。

五年前，孫中山在廣州就任非常大總統後，懷著統一全國的理想，揮師北伐。孫中山認為，北伐應以兩廣為根據地，於是下令討伐桂系軍閥陸榮廷，希望將之逐出廣西。擁護孫中山的粵軍，水陸並進，長驅直入，攻進梧州。桂軍全線潰退，陸榮廷被迫在南寧通電下野。

孫中山隨即委派馬君武為廣西省長。馬君武在梧州試行市政制，在蒼梧縣城設置梧州市政廳。孫中山的女婿戴恩賽，被任命為梧州市政廳長。一年後，馬君武電令裁撤市政廳，設立梧州市政工程處。

前年，梧州市政工程處被撤銷，成立了梧州商埠局，劃蒼梧縣之城區、三角嘴、對河火山至下高旺村一帶為市區，歸商埠局管轄。不久，梧州北門外珠投嶺 24 號商鋪不慎失火，火勢蔓延入城，燒毀了商鋪 4709 間，全城主要房屋燒掉 70%。

災後，梧州商埠局總辦李衡宙決定，將五座城門及城牆拆掉，用牆磚築地下水渠及鋪設、拓寬市區馬路，並參照廣州街道的式樣建造騎樓。時任梧州善後處處長的李濟深，也鼎力支持梧州修建粵式騎樓，倡議將臨街建築統一建為商鋪騎樓。商埠局還在河堤建築碼頭，凡通向河邊的街口都設，從龍母廟至關底，不過五公里的距離，設了三十多個大小碼頭，是廣西各市之冠。

拆城牆，築馬路，設碼頭，大大促進了梧州的商業發展。酒樓、商號都增加了很多。銀錢業、鹽業、百貨、旅宿等行業也相應發展。碼頭來往的商船也日益增多，成為廣西最大的口岸。

在這樣的商業氛圍中，年輕的周維蓋，在梧州完成了從學生到商人的轉身。

黃埔，好像已經恍如隔世了。

在這一年中，他從報上讀到，蔣校長為總指揮、周主任為總指揮部政治部主任、四期入伍生全體參與的東征軍，攻克了惠州，再收復了潮汕，完成了廣東的統一。

之後，廣西主動加入了本來只有廣東一省的國民政府，實現了兩廣統一。

國民政府隨後宣布北伐。以黃埔師生為中堅的國民革命軍，摧鋒折銳，很快就北定武漢，飲馬長江，東逼蘇杭寧滬，如日中天。

自然，周維蓋覺得很惆悵。

本來，他也應該置身其中。結果，卻是如此意想不到。按照軍校的規定，請假逾期多日未歸，視同自動退學。也就是說，他已經失去了黃埔的學籍。說不定，同學們還以為他膽小，富家子怕打仗，藉機開了小差。文強還未必，林彪恐怕就會這麼想。

命也運也，夫復何言？

離開廣州整整一年後，他經人介紹，來到廣州東郊的沙河，和一個在此開有分號的南洋商家會面，洽談將丹村的玉桂松脂銷售到南洋的事宜。

剛坐下來，就聽到外面樂聲喧天。分號的伙計說，附近的燕塘軍營訓練場，正舉行黃埔軍校四期軍官生的畢業典禮。他瘋也似的衝了出去。

躲在前來觀禮的萬餘賓客中，他默默注視著那個讓他餘生為之刻骨銘心的畫面。

那些他已經無顏前去相見的昔日同學，軍容整齊，精神抖擻，以學員方隊列隊經過檢閱台，手捧誓詞，莊嚴宣誓：

“不愛錢，不偷生。統一意志，親愛精誠。遵守遺囑，立定腳跟。為主義奮鬥，為主義而犧牲。繼承先烈生命，發揚黃埔精神。以達國民革命之目的，以求世界革命之完成。謹誓。”

他頓時淚流滿面。本來，他也應該是那個隊伍中的一員。徒有從軍報國之志，卻在孝順和責任的雙重壓力下，不敢反抗，半途而廢，只能遺恨終生。

這一天，他把“周維薑”的名字改成了“周本謹”。

“周本謹”，是“本分謹慎”的商人。“周維薑”，則永遠留在了黃埔島上的激情歲月。

北伐

1

“縣長！翻過這個峽谷，就是陳飛鼠的老巢了！”

聽得向導此言，周崖洲勒住了馬，精神一振。

這是 1926 年的冬天。不久前被任命為藤縣縣長的周崖洲，正率領縣保安隊，準備攻打藤縣有名的匪巢——大桂山。

作為此次剿匪行動的總指揮，周崖洲一改平日的謙謙君子形象，頭戴大簷帽，身穿黑色制服，紮著武裝帶，打著綁腿，手裡還緊握著一把勃朗寧手槍。和他同樣打扮的縣保安隊，緊隨其後，個個屏息靜氣，如臨大敵。

雖是夜晚，也能看到峽谷兩邊是陡立的石壁，谷底有清泉涓涓流淌。仰望崖壁，可見綠藤怪樹，野花奇草，還可聽到幾聲清脆鳥鳴。銀白的瀑布從山巖飛流而下，匯入谷底清泉。不遠處，還有一處木橋，曲徑通幽。

好一處世外桃源，令人心曠神怡。誰也想不到，這竟是陳飛鼠的老巢。

陳飛鼠，又名陳天和，是大桂山的大匪首，人稱藤縣一害。一年前，他率匪眾二百餘人，搶劫了太平圩，從中午十二時肆虐至下午五時，打死民眾四人，打傷數十人，焚燒了天利號商舖，劫去價值兩萬五千銀元的布匹、蠶絲、金銀細軟，還擄去二十餘名男女，索要贖身錢二萬餘銀元。

消息傳出，從地方士紳到普通鄉民，無不為之憤慨，強烈要求縣政府平定此匪，為民除害。省主席黃紹竑，也正在全省積極推行剿匪。因此，周崖洲甫一上任，便厲兵秣馬，周密調查，準備徹底解決這一匪患。

　　據報，陳飛鼠在大桂山經營多年，匪巢立於山頂，門前溝壑縱橫，星羅棋布，天然工事固若金湯，易守難攻，只能智取。

　　於是，周崖洲決定親自帶隊，由熟悉地形的當地鄉民帶路，走小路夜襲後山。

　　率隊行進中，周崖洲不禁回想起十八年前那個雙手被綑、雙眼蒙黑布、被押解上山的夜晚。雖然，並非同一股綠林，同一座山。

　　從冒險犯難的革命者到保境安民的父母官，此一時也，彼一時也。

　　不過一個時辰，周崖洲率領的縣保安隊已穿山越林，從隱密小路繞到後山。在後山口的哨卡守夜的兩個土匪，在黑夜之中，還沒看到這群穿著黑色“老虎皮”的隊伍，已被悄無聲息地從後擊倒。

　　站在山頂，周崖洲觀察了一下四周的地形。山高林密，岩下溝邊是一條狹長的石巷，土匪盤踞其間，外人難見，槍砲難打，放火難燒，確實是個天然的匪巢。此刻，土匪們都已熄燈入睡，一片靜悄悄的。

　　此時不攻，更待何時？他右手一揮，保安隊一起開火。啪啪啪，頓時槍聲大作。

　　匪巢大亂。奇襲果然見效。熟睡中的土匪們根本沒想到官軍會在夜晚從天而降。在官兵的包圍和喊話中，群匪知道大勢已去，乖乖地雙手高舉，走出來投降。大匪首陳飛鼠，則在一小股親信拼死掩護下，仗著路熟，從前山逃離。

　　連夜審訊時，周崖洲才知道，除了前山後山的哨卡，狡猾的陳飛鼠還布置了流動哨。流動哨是不定期派的，根據情況而定，哨位也經常變。這夜，就是一個發現不對的流動哨慌忙入內通知，他才帶著一些親信骨幹逃脫了。

　　據投誠土匪交代，他們除了搶劫財物和擄掠勒贖（稱為“拉參”），也威逼民眾入幫拜會，收保護費。他們通常會派人四處活動，宣稱本幫會勢力浩大，再不入會，身家性命難保。對拒絕拜會的人，不惜綁架殘害，殺一儆百。很多民眾為求安寧，只得入幫拜會。

　　入幫拜會的會堂稱“忠義堂”，堂中央掛關公畫像，畫像前設一長香案，燃香燭。香案旁置一大缸。匪首稱“老頭子”，資格老的頭目稱

"老胭脂"。一般由"老胭脂"陪同"老頭子"坐在香案旁的大缸邊。會堂外的頭門、二門，均有數位彪形大漢把守。入會者進門時，會被大聲喝問，"來者何人？"入會者報了姓名地址後，守門土匪又喝問，"來這裡幹什麼？"入會者答，"投軍吃糧"。過了這兩重門，方能進入忠義堂宣誓。

宣誓一般安排在天黑後，由"老頭子"和"老胭脂"主持。誓詞有"吐露本會秘密，雷打火燒，全家死絕"，"違反本會章程可殺全家"等句。宣誓後還有考問，然後才能登記入會。入會者需繳納會費，並向香案旁的大缸倒入帶來的米。天亮後，殺公雞，飲雞血酒，歃血為盟。"老頭子"將盛滿血酒的碗高高舉起，高呼"飲杯紅花酒，壽元九十九！"眾人附和後，碗中血酒一飲而盡。儀式結束，由"老胭脂"對新入會者講授本會標記和暗號。

據投誠土匪說，大桂山裡嘯聚的匪眾有三四百，分設十多個幫口，各有頭目。小型搶劫各自行動，大型搶劫則合夥進行，有時利害衝突，又互相火拼。著名的匪首除了陳飛鼠，還有鴨春堡、電火星、黃十九等，都是打家劫舍，拉參勒贖，殺人放火，無所不為。

根據投誠土匪的交代，保安隊在大桂山拾回被殺害的人骨八大缸。周崖洲下令，全部運至太平圩的十廟衝重新安葬，還特地建立了一座夢魂亭，以為留念。

這一番忙碌後，回到縣政府辦公室，聽到秘書傳達的堂妹夫黃峴圖的口信，周崖洲才想起，該為他給正在整軍的前任縣長、留日老友周楊亞寫推薦信了。

2

　　七月的驕陽，火辣辣地照射著大地。天空中，沒有一絲風。

　　藤縣中學校舍的青磚、灰瓦、木柱，都被烤得炙熱，室內更似蒸籠一般。靠近操場的一間課室裡，三十多個女學生，清一色的月白色竹布褂，印度綢黑裙配長統麻紗襪，個個熱得汗流浹背，仍然全神貫注於台上那位年輕教員的授課。

　　她們聽得很專心，眼光裡除了敬佩，還有幾分仰慕。顯然，這位教員從學識、口才到風度，都讓這班女學生敬慕。他看去還不到三十歲，舉止言談中卻顯出超乎年齡的冷靜和縝密。

　　下課鈴響了。年輕教員合上教案，朗聲說道："諸君，這是鄙人黃峴圖在本校的最後一課。過幾天，你們就要放暑假，鄙人也要離開本縣，從軍北伐。此去經年，深盼諸君學有所成，日後報效國家。諸君讀書之餘，亦望以國事為念。今日之中國，軍閥腐敗，列強侵蝕，民不聊生，正有志之士報國之時。鄙人願與諸君共勉，追隨先總理中山先生之三民主義，打倒軍閥，打倒帝國主義，富民，強國……"

　　課室沸騰了。

　　"黃先生，我們捨不得你走！"

　　"黃先生，北伐完成後你還回來教書嗎？"

　　"黃先生，謝謝您的教誨。我們一定會記住的！"

　　女學生們紛紛上前，舉著小本，要求黃峴圖寫幾句留念。

　　結束後，黃峴圖回到教員宿舍。前幾天遞上的辭呈，已獲校長批准。他收拾好自己的東西，清點了公物，便啟程回象棋鄉的老家，向妻兒道別。

　　象棋鄉位於藤縣的南端，與容縣、岑溪縣接壤。這裡的北流河是歷史上著名的水上絲綢之路的一部分，上接長江-湘江-靈渠-桂江-潯江，下接南流河，然後在合浦港入海。宋朝時，因遼金割據，陸上絲綢之路中斷，大批茶葉、絲綢、瓷器沿著這條水路入合浦港，再經海道到東南亞、西亞，以及更遙遠的國度。

因著此，歷代商賈、軍旅、士子、高僧，或赴任，或經商，或途經，多在此地駐足。當年唐代高僧鑑真大師第五次東渡日本，船隊被颱風吹到海南島，被迫率眾僧經雷州、容州，到藤州（即藤縣），順道帶上藤州通善寺尼智首等三人，經蘇州黃泗浦出發，第六次東渡日本成功。鑑真大師在藤州期間，在象棋鄉竇家村駐留旬月，講經禮佛，採藥行醫，懸壺濟世，還為民眾興建了一座通濟橋，保留至今。

晚清之季，本縣的兩位留日學生，象棋鄉竇家村人楊衢和赤水鄉下赤村人蘇無涯，曾集資在此地的石表山寶蓮寺舊址修築菩提山莊。菩提山莊建成後，楊衢、蘇無涯和同樣留日歸來的同盟會員蒙綏初、周楊亞、唐生智、黃柏周還曾在山莊石室聚會，起草檄文，聲討袁世凱復辟，被革命黨人譽為“六君子煮茶論世”。

黃峴圖這次就是要去投奔即將帶領幾團新兵北上安徽、支援北伐的周楊亞。

黃峴圖自幼胸懷大志。他出生後十二日即不幸喪母，六歲喪父，由嬸母撫養。祖父醫道精湛，樂善好施，常為人濟貧解困，人多敬之。他幼承庭訓，好學不倦，從梧州的省立第二中學畢業後，以成績優異，免試進入東吳大學物理系。大學畢業後，他本擬留美，臨行之前，意外獲知嬸母患病，乃中止行程，返鄉探病，親奉湯藥，以報養育深恩，人多稱之。嬸母去世後，黃峴圖接了藤縣中學的聘書，執鞭杏壇，作育英才。北伐軍興，他決定別梓從軍。憑著名校東吳大學的學歷和藤縣縣長周崖洲的推薦信，周楊亞已經為他請準了少校政訓主任的委任狀。

當黃峴圖回到象棋鄉修禾塘的老家時，他的妻子周珪瓊正帶著一歲的次子在庭院中玩耍。

二十七歲的周珪瓊，兼有富家小姐的貴氣和新式教育的洋氣。這位南安鄉丹村周家的八小姐，也是梧州的省立二中畢業，比黃峴圖小兩歲。她的父親就是周崖洲的四叔周晉文，一位有清末秀才功名的開明士紳。

黃家的財勢不及周家，但也是一方望族，黃峴圖的人品、才學又好，父母早喪，嫁過去不必侍候翁姑，周晉文相當滿意這門親事。小夫妻成婚至今已近十年，有三個子女，感情還是很好。

黃家是三開間的格局，兩扇黃銅鉤的黑漆大門，進門就是一個院子，地面青磚鋪幔，擺著一些盆花，還種著幾株本地常見的桂圓樹。正廳飛簷畫角，花欄垂柱，屋簷下還有彩色木雕和繪畫。廳裡擺著祖上留下的老式家具，一張紅木大方桌，兩邊紅木太師椅，牆上掛著一副對聯：「福錫無疆門庭集慶，隆平有象富貴長春」。黃峴圖一家住在內院，一座相對較新的兩層木造樓房，樓下是廚房、餐廳和書房，樓上是幾間臥房。

看到丈夫回來，周珪瓊忙把孩子交給奶媽，親手打來一盆水，給風塵僕僕的丈夫遞上一塊白毛巾洗臉。

望著在桂圓樹下蹣跚學走的兒子和妻子幸福的笑臉，黃峴圖發現，自己投筆從戎的興奮感，有些打了折扣。

前人詩句，「無情未必真豪傑，憐子如何不丈夫」，驀然浮上心頭。

3

　　走進樓上的臥房，放下行李箱，黃峴圖發現，妻子將他在東吳大學時拍的一張照片拿了出來，配上了鏡框，掛在了牆上，正對著她常坐的那張紅木嵌螺鈿鑲大理石的扶手椅。

　　這個舉動不尋常。難道，她已經從她三哥周崖洲那裡聽說了他要去從軍的消息？

　　這張椅子，還是珪瓊的嫁妝之一，據說是清同治年間所製。椅背的框架為雲蝠紋式樣，椅背正中有鑲大理石的圓形開光，開光兩側各有一支透雕的如意，下面飾有透雕的花卉瓜果紋，椅面攢框鑲大理石心，邊沿有浮雕卷雲紋，看面鑲嵌有厚螺鈿紋飾的花卉瓜果，富麗堂皇。

　　十年前與這張椅子一同陪嫁而來，一起安放在這間臥房的，還有一張紅木鑲大理石三屜書桌、一座紅木鑲嵌粉彩人物插屏、一座紅木雕雲紋鑲大理石插屏。

　　這些陪伴他們夫妻已歷十年的廣式硬木家具，看去是那麼親切。

　　書桌的心板鑲有三塊大理石，冰盤沿，正面安有三個抽屜，抽屜面上飾有混面帶陽線的海棠式開光。桌腿的下方安有透雕連錢紋的腳踏，曲線玲瓏。粉彩人物插屏為豎式兩面工，屏體攢邊框，劈料壓邊線，裝有黑色大漆心板。心板彩繪描金，一面鑲嵌有粉彩嬰戲的人物瓷片，另一面鑲嵌有粉彩高士的人物瓷片。屏座的開光、站角和披水牙子上透雕夔龍拐子紋飾。大理石插屏為屏體圓形，邊框滿雕雲紋，中間鑲有天然山水紋的大理石。屏座鏤空滿雕雲紋，下襯雕有覆蓮紋的長方形底托，造型優美，宛如祥雲捧月。

　　看到這幾件岳父當年不辭勞苦地從廣州購來，運到黃家，從圖案到寓意都祝福他和珪瓊百年好合、吉祥如意的嫁妝，黃峴圖不禁覺得有些愧對妻子。

珪瓊雖然出自大富之家，卻是母親早逝，嫁給他之後，又是聚少離多。婚後不久，他就去蘇州讀東吳大學，畢業回鄉後，又一直在縣城教書，一般半月才回家一次，如今，又要奔赴戰場了。

想到東吳，他不禁將目光轉向了珪瓊掛出的那張照片。

年輕的他，西裝筆挺，頭髮一絲不亂，站在東吳的數學樓——孫堂前方的草地上，一派意氣風發。

孫堂是東吳大學為紀念第一任校長孫樂文而建的。這是一座風格細膩、工藝精良的哥特式建築，入口門廊為哥特式尖券造型，高兩層，門洞上部綴有精美的石雕花飾，立面爬滿了藤蔓，幽靜而又巍峨。

在這座與美國東部常春藤大學的校舍十分相似的西式教學樓裡，黃峴圖度過了四年的時光。

斫溪之西，胥江之東，廣廈百間重。
憑欄四望，虎嘯金雞，一例眼球籠。
皇皇母校，共被光榮，羨我羽毛豐。
同門兄弟，暮雲春樹，記取古吳東。
天涯昆弟，一旦相逢，話舊故鄉同。
相期努力，敬教勸學，分校遍西東。
東吳東吳，人中鸞鳳，世界同推重。
山負海涵，春華秋實，聲教暨寰中。

作為美國基督教會辦的中國第一所西制大學，東吳大學與燕京、輔仁、齊魯等教會大學同列為世界著名大學，在體制、機構、教學各個方面，都完全採用當時西方最先進的大學教育模式。

正是在沐浴著歐風美雨的東吳大學讀書期間，黃峴圖痛切地意識到，擁有五千年文明的中國，近代以來何其落後，與工業發達的西方諸國的差距何止百年。

　　來自邊陲廣西，與法帝國主義統治的安南近在咫尺，他更能體會到，國弱民窮，軍閥混戰，幾萬里錦繡河山，遲早為列強所瓜分。

　　因此，在東吳期間，他積極參加各種社團活動，最終接受了孫中山先生所倡導的三民主義，加入了中山先生手創的國民黨。

　　而今，中山先生雖然已經辭世，秉承其遺願、以統一中國為志的北伐戰爭已經節節勝利，國民革命軍正以排山倒海之勢北進中原。

　　投筆從戎，壯志報國，正其時也。

　　正想得入神，珪瓊姍姍地走了進來。

　　"日璋！我前幾天回娘家，三哥也正好回來，他已經婉轉地告訴我了，參加北伐是你的志向，從軍報國正是男兒所為，要我理解和支持。你放心去吧，我和孩子們在家等你勝利歸來。"

　　黃峴圖感激地望著妻子。珪瓊今天穿一件月白色洋紗旗袍，滾一道窄窄的藍邊，配一雙月白色繡花鞋，那份清新美麗，不減當年。結縭十年，更見深明大義。有妻如此，夫復何求？

　　三天後，黃峴圖告別了妻兒，前往即將北上的新兵駐地。

4

　　在周楊亞的新兵營地，黃峴圖換上了新發的灰色軍裝。軍裝的布印胸章上，標明了他的名字和少校政訓主任的職務。

　　第一次穿軍裝，他的心情異常興奮，還有種夙願得償的快慰。從班超開始，中國的讀書人，大多有投筆從戎的情結。尤其，在這個中華民族接連遭受帝國主義侵略、有血性的中國人無不備感屈辱的年代。

　　早在一年前，黃峴圖就想參加北伐了。

　　那是 1926 年 7 月 9 日。他趁暑假去廣州訪友，正趕上在東較場舉行的北伐誓師大會。

　　東較場是廣州有名的演武場所。早在明景泰五年（1454），總督馬昂便在此建演武廳，有堂五間，泊水廳、東西廂房、四衛廳各三間。清康熙二十二年（1683），改建為東較場，作為騎兵訓練之地，兼檢閱將士，選拔武舉。

　　晚清以來，東較場更是風雲激盪之地。道光十九年（1839），欽差大臣林則徐主持虎門銷煙後，會同兩廣總督鄧廷楨在此檢閱軍隊，準備迎擊英國侵略軍。精選出來的數百名官兵，演習了排槍和火砲。林則徐閱之甚喜，當即為演武堂書寫了一副新聯：“小隊出效垌，願七萃功成，淨洗銀河長不用；偏師成壁壘，看百蠻氣攝，煙消珠海有餘情”。

　　黃峴圖聽妻弟周維蠱說過，他在廣州時曾參加的十萬軍民赴沙面抗議“五卅慘案”、釀成“沙基慘案”的大遊行，也是從東較場出發的。

　　黃峴圖記得，在北伐誓師大會上，“打倒列強！除軍閥！國民革命成功！”的雄壯歌聲，響徹東較場。臨時搭建的大禮台上，掛著用鮮花綴成的“我武維揚”的橫額。禮台正中則掛著中山先生的遺像、遺囑。台下軍旗招展，刀光耀日，據說有五萬軍民，包括黃埔軍校的四期、五期學生，第一軍第一師、第二師，第三軍軍官學校，第二十師六十團。

那一天，也是國民革命軍總司令蔣中正的就職典禮。由國民政府主席譚延闓授印，國民黨中央黨部代表吳敬恒授旗，總參謀長李濟深宣讀北伐誓師詞。蔣中正謹受宣誓畢，便以國民革命軍總司令的名義，作了長篇演說，宣告北伐戰爭正式開始。

對於黃峴圖來說，梧州同鄉李濟深宣讀的北伐誓師詞，字字鏗鏘，令人熱血沸騰：

> 嗟我將士！爾肅爾聽，國民痛苦，火熱水深。土匪軍閥，為虎作倀，帝國主義，以梟以張。本軍興師，救國救民，總理遺命，炳若日星。弔民伐罪，殘厥兇酋，復我平等，還我自由。嗟我將士！為民前鋒，有進無退：為國效忠。實行主義，犧牲個人，丹心碧血，革命精神……我不犧牲，國將沉淪，我不流血，民無安寧，國既沉淪，家孰與存？民不安寧，我孰與生？嗟我將士！矢爾忠誠，三民主義，革命之魂……

黃峴圖就此立下了從軍北伐的宏願。只是，妻子珪瓊已懷孕多月，於情於理，都不適合在此時離家別梓。

當天下午，北伐部隊就從東較場出發，開始了轟轟烈烈的北伐戰爭。短短一年，已是戰果輝煌。以廣西子弟兵——第七軍為例，1926 年 5 月即派出第七旅（旅長鍾祖培），北上衡陽，支援被北洋軍閥吳佩孚攻擊的湖南軍閥唐生智，打響北伐第一槍。7 月，第七軍主力北上，攻下長沙；8 月，在汀泗橋和賀勝橋戰役中擊潰吳佩孚主力；10 月攻下武昌。之後，戰江西，下東南，克安慶、蕪湖、鳳陽、蚌埠、徐州，所向披靡，被譽為"鋼軍"。

黃峴圖正想得出神，耳邊傳來一陣爽朗的笑聲。

"哈哈，挺像個軍人了，看不出是個教員了嘛。"

穿著一套一模一樣的灰色軍裝，皮綁腿，布草鞋，武裝帶上掛一把小手槍的周楊亞，大步流星地走了進來，目光溫和，透出軍中特有的那種長官對下屬袍澤的關愛。

北伐軍從將官、校官、尉官到士兵，都是清一色的灰色軍裝，只以方形的胸章作為區分。胸章用布印製，由各師文書自行書寫，釘縫於軍服的左上口袋，周圍鑲有色邊，中間蓋上所在部隊的官章。將官胸章為紅邊，校官為黃邊，尉官為藍邊，士兵為白邊。軍人的軍銜、職務、姓名，從胸章的內容和顏色一望可知。通常，遠遠地就能從來者的胸章色邊判斷是否應該敬禮。紅邊的將官最少，所以“見紅則立正”，幾乎成了條件反射。

黃峴圖立即立正敬禮。對他來說，周楊亞不止是上司和同鄉，還和妻兄周崖洲一樣，能文能武，有膽有識，令人敬佩。

妻兄說過，周楊亞是藤縣十五都同心村人，早年在廣東虎門陸軍學堂求學，加入同盟會，後赴日留學，畢業於日本法政大學。武昌起義前夕任廣東省第九獨立團團長。曾配合蔡鍔北伐討袁。前年出任藤縣縣長，大力剿匪，蕩平了擁有兩千多人和一千五百條槍的雷孟元匪部，深受廣西民政長（相當於省長）黃紹竑器重，擢升為少將銜的南寧警備司令。

北伐軍興，廣西部隊編為第七軍。廣西三巨頭，李宗仁任第七軍軍長，率第七軍主力北上；黃紹竑任第七軍黨代表，率少部人馬留守廣西；白崇禧為第七軍參謀長，不久即受蔣中正邀請，出任北伐軍的副總參謀長，負總參謀長之責。目下，蔣中正將東線各軍編為三路，李宗仁任第三路總指揮，因戰事需要，決定從廣西調幾團新兵，由周楊亞率領，北上蕪湖，為副軍長夏威主持工作的第七軍和第七軍第二師師長胡宗鐸兼任副軍長的第十五軍補充兵源。

周楊亞為黃峴圖請準的，正是第十五軍少校政訓主任。

5

　　"日璋！我們馬上就要北上，黃主席下週會來訓話。你準備一下。"

　　黃峴圖知道，周楊亞口中的"黃主席"，就是當今廣西的二號人物，身兼廣西省主席的梧州同鄉，來自容縣的黃紹竑。

　　不同於廣東方面採用的蘇聯軍制，廣西部隊沿用民國成立後陸軍部的編制，三班一排，三排一連，四連一營，三營一團，二團一旅。旅以上不設師。根據實際需要，各團可以隨指揮官之意調動，不受建制及軍隊系統的限制。

　　第七軍共有二十個團。李宗仁率十二個團入湘作戰，黃紹竑率八個團留守廣西。前線兵力不夠時，可隨時抽調增援。

　　此次，便是由黃紹竑調撥了幾團新兵，由周楊亞率領北上。

　　沒有軍旅經驗的黃峴圖，之所以一來就被任命為少校政訓主任，除了周楊亞的推薦，也和他早在東吳大學讀書時就加入了國民黨、上峰因而認為是"黨內忠貞同志"有關。

　　自一年多以前的"中山艦事件"始，國共兩黨有了裂痕。北伐以來，矛盾更加激化。今年，蔣中正在上海，汪兆銘在武漢，先後進行了"清黨"和"分共"。廣西也積極響應。據說，連李宗仁的一個表弟李珍鳳，都在桂林被槍決。

　　周楊亞囑咐之後，黃峴圖立即著手準備，佈置操場，編寫臨行動員書，令文職人員刻寫，油印，分發到各班。

　　一週後。

　　天朗氣清，碧空如洗。大操場上，豎立著一面面鮮豔的紙質旌旗，上書"北上殺敵"、"精忠報國"，在陽光下顯得十分耀眼。即將北上的幾個團，列成一個個方隊，集合在操場中央，準備接受校閱。

身穿灰色軍裝的黃紹竑，騎著一匹高大的白色戰馬緩緩而來，到達主席台後，親自攬彎系馬。在台前迎候的周楊亞，率部屬一同敬禮，請他登台訓話。

在主席台一側侍立的黃峴圖發現，這位畢業於保定軍校的黃主席看去只有三十出頭，卻頗具威儀——身材高大，面龐豐滿，顴骨突出，目光銳利。不過，當他面對自己的子弟兵時，還是流露出一絲笑意，眼神中透出自豪。

黃峴圖在蘇州讀書時見過當地的軍隊閱兵。與之相比，廣西的這些士兵都穿著土製軍服，且身材矮小，皮膚黝黑，看去沒有江蘇軍隊那麼氣派，更沒有服裝鮮明的儀仗隊、金光閃閃的軍樂隊以壯聲勢，但士氣卻更見高昂。

黃紹竑在主席台上向士兵們大聲喊話。

“各位弟兄，你們辛苦了！本主席祝你們一路順利，努力殺敵，為我廣西爭光！”

“八桂子弟，節節勝利！請主席放心！”

幾千條喉嚨齊聲回應，真有點聲震霄漢的氣勢。

“八桂子弟，節節勝利”，是黃峴圖在臨行動員書上提出的口號，要求各班長帶領士兵一起背誦。如今齊聲吼出，果然響亮。

“八桂子弟，節節勝利”，也是事實。

外表不及北方軍人高大的廣西兵，素來以強悍善戰聞名。從明朝開始，便有“廣西狼兵雄天下“之說。寧遠大戰中，六千廣西狼兵和其餘四千餘雜兵，不但守住了寧遠，還擊退了努爾哈赤率領的十三萬叛軍。清朝後期，以三萬廣西子弟兵為核心的太平軍，打下了半壁河山，差點讓清朝滅亡。到了清朝末年，備受列強欺凌的中國唯一打贏的一場戰爭，就是廣西老將馮子材和廣西籍的黑旗軍統領劉永福率領廣西兵打的中法戰爭。

如今，李宗仁統率的廣西部隊，在北伐戰爭中一路勢如破竹，所向披靡。

地貧民脊的廣西兵，為何有這樣強的戰鬥力？

黃峴圖曾經思考過這個問題。他覺得，這和廣西的地理環境、人文傳統有關。

自秦朝以來，廣西就是重犯發配地，帶來了好勇鬥狠的基因。大秦王朝征伐百越的五十萬大軍，最後也留在了廣西。據說，李宗仁的祖先便是當年的秦軍。加之廣西地處邊陲，外來紛爭一直不斷，民眾普遍尚武，民風自然比較彪悍。

據說，廣西的將領一般都是從排長乃至士兵一步一步升上來的，官兵感情深厚，作戰時配合默契。廣西多山，士兵操練著重於登山、負重長跑、格鬥、槍技、夜伏，戰鬥力自然比較強悍。

黃峴圖的分析，後來被他的妻弟周維藎在黃埔軍校的同桌、有"戰神"之稱的林彪的評論所驗證。戰功赫赫的林彪元帥曾不無欣賞地說："白崇禧的部隊（桂軍），善爬山，爬樹，會游泳，跑起步來飛快，打起仗像猴子一樣精。"彭德懷元帥也曾說："廣西猴子是桂軍，猛如老虎惡如狼"。抗戰時期的盟軍中國戰區參謀長、美國將軍史迪威，則有這樣的評價："廣西士兵是世界上最好的士兵"。

6

　　一輪金黃的明月，倒映在江水中，明亮中透出溫柔。天空中的繁星，晶瑩地閃爍著。

　　徒步再加車、船，周楊亞率領幾團新兵，歷時半月，終於來到北伐的廣西部隊駐紮地——安徽蕪湖。

　　疲憊不堪的士兵們，很快就在江邊臨時搭起的營帳裡進入了夢鄉。仍然沉浸在興奮之中的黃峴圖，在軍官們所住的一間臨江的客棧中，了無睡意。

　　他信步走到客棧後面的一座水閣。這裡算是客棧的雅座，擺著一張竹製方桌和幾把竹椅。殷勤的客棧老闆端來一盤花生和一壺熱茶，還堅持不收錢，聲稱國民革命軍到此秋毫無犯，真乃仁義之師，區區茶果，聊表心意。黃峴圖不禁想，"民以為將拯己於水火之中也，簞食壺漿，以迎王師"，大概就是如此吧。

　　浮動著茉莉花香的空氣中，傳來了久違的江南絲竹之音，柔和而圓潤。

　　臨水憑欄，舉頭望月，對妻兒的思念頓上心頭。離家已多日，千里之外的珪瓊，此時應該也在對月懷人吧？剛才，在客棧房間的油燈下，他提筆給她寫了離家以來第一封信。

賢妻如晤：

　　離家有日，甚念。小兒女輩安否？

　　我軍今日已抵蕪湖，得以提筆作書，以報平安。

　　一入軍營，方知《詩經》"豈曰無衣？與子同袍""修我甲兵，與子偕行"之深意。孫子"視卒如嬰兒，故可與之赴深谿谷；

視卒如愛子，故可與之俱死”，吳起“與士卒最下者同衣食，臥不設席，行不騎乘，親裹贏糧與士卒分勞苦”，諸葛孔明“軍井未汲，將不言渴：軍食未熟，將不言飢；軍火未然，將不言寒；軍幕未施，將不言困；夏不操扇，雨不張蓋，與眾同也”，皆其道也。

軍旅生活，一如所期。舉目所見，是國民革命軍迥異於舊軍隊的朝氣，軍人之熱血，豪情，救民於水火的赤誠之心。躋身其中，不免深受感染。

草草即此。

夫：

日璋手書

“日璋，你還沒休息？”

黃峴圖正要起立敬禮，周楊亞一把按住了他。

“如此清宵，正合對飲。不必拘禮，叫我鼎三兄即可。日璋，我給你介紹一下，這是第十五軍秘書長蘇甲榮，也是我們藤縣老鄉，比你大兩歲，也和你一樣，投筆從戎。他可是位我們求之不得的地圖專家。你叫他演存兄好了。”

“鼎三兄！演存兄！”

黃峴圖是真心誠意叫這一聲“鼎三兄”的。

朝夕共處了這些日子，年長十二歲的周楊亞，在他心目中已經有如兄長。他覺得，從妻兄周崖洲到周楊亞，這些早年的同盟會員，辛亥一代，真可以說是心目中只有國家，沒有自己。論革命資歷，他們比李宗仁、黃紹竑、白崇禧老得多，卻甘居其下，不計名位。

這位“演存兄”，看來也是同類，面目清秀，戴一副眼鏡，書生氣很濃。

因著背景和經歷的相似，黃峴圖和蘇甲榮很快成為朋友。他這才知道，蘇甲榮來自藤縣望族蘇家，世居縣城五袴廟，離他執教過的藤縣中學不遠。

145

蘇甲榮在地圖方面的執著投入，也令他敬佩。

蘇甲榮在北京大學本來主修英語和哲學，畢業後，被邀留校任教，但因熱愛歷史地理，毅然辭職，出來專門從事地圖研究。他在北京大學時，就撰寫和出版了《中國境界變遷大勢考》和《中國地理沿革圖》。蔡元培校長還專門為《中國地理沿革圖》題了字。這兩本書，都印有各個時期的中國地圖，從最早的"禹貢九州圖"、"春秋列國圖"，一直到"民國分道圖"，詳細劃出了中國各個歷史朝代的疆域範圍，國內外同行給予了高度評價，譽為"十萬卷之古史昭於此一卷精圖"，開啟了中國疆域研究的先河。

中國第一家專業地圖出版社——日新輿地學社，也是蘇甲榮在上海成立的。他帶領他的團隊走遍大江南北，先後編製出版了《中華民國全圖》《黃河流域全圖》《太平洋全圖》《全國交通圖》《天文圖》《最新遠東大地圖》等，還專門編制出版了一批地方專業地圖，如《北平市全圖》《最新上海地圖》《新南京全圖》《黃河長江中下游各省分縣精圖》《長江流域全圖》《北部高原（蒙古及三特別區）圖》《熱河河北遼寧三省聯界圖》《黑龍江流域（東三省）全圖》《西部高原（新疆西藏）圖》《華南圖》《粵江流域圖》等。

學術之外，蘇甲榮還是一位壯懷激烈的愛國者。在北京大學時曾參加著名的少年中國學會，並擔任其月刊《少年中國》的評議部副主任。

而今，他以地圖為利器，投身北伐。

7

嘹亮的號角，在血紅的朝霞中吹響。戰旗，也在朝霞中獵獵飄揚。

這樣的軍旅氣氛，在這個交通便利、物產豐富、被譽為"長江巨埠，皖之中堅"的江東名邑，並不少見。

蕪湖，歷來是兵家必爭之地。早在三國時期，蕪湖便是孫吳的重要軍事基地。南宋丞相文天祥的督師抗元，太平天國侍王李世賢賴以成名的灣沚之戰，也都發生在蕪湖。

軍事要地之外，蕪湖也是繁華的商業城市。明朝開始修築的長街，直達長江邊，綿延十里，店鋪雲集，市聲如潮。蕪湖自 1879 年李鴻章在此設立米市以來，一直是"江南四大米市"之首，高峰時期，每年出口五百多萬擔糧米。

今年三月，直系軍閥、皖軍總司令陳調元攝於北伐大勢，宣布反正後，第七軍進駐蕪湖。

周楊亞帶來的幾團新兵，就在十里長街盡頭的江邊紮營。這裡江面開闊，江中有磯有洲，景色壯麗，望之令人心曠神怡。

"弟兄們！夏副軍長、胡副軍長，來看望大家了！"

周楊亞陪著在蕪湖的兩位負責主官——第七軍副軍長夏威和第十五軍副軍長胡宗鐸，走了過來。三人俱是軍容整齊，步伐堅定。

從黃峴圖這樣的軍官到基層士兵，立即報以熱烈的掌聲。

夏威和胡宗鐸的名字在廣西部隊中人盡皆知。他們都是保定軍校畢業，隨李宗仁從廣西一路打到安徽，以戰功從旅長一路升到副軍長。

目下，身兼第三路總指揮的李宗仁，因統率五軍，事務繁忙，經常需要奔走於上海、南京、徐州、合肥之間，第七軍和第十五軍的軍務便交由夏、胡兩位負責。

夏威是廣西容縣人，從桂林的陸軍小學到保定軍校三期，都和黃紹竑、白崇禧同窗，畢業後又一起加入陸榮廷的舊桂軍，在模範營共事多年。

胡宗鐸是湖北黃梅人，保定軍校四期生。

軍中傳聞，夏威為人忠誠，個性寬厚，與李、白兩位老總關係都很好；胡宗鐸則比較機靈，行事大膽不羈，頗得白崇禧賞識。

"各位弟兄！你地跋山涉水，舟車勞頓，一路辛苦囉！"

面目和善的夏威，用粵語系的容縣話先開了口。那份鄉土的親切、袍澤的關懷，洋溢於色。

"夏副軍長有心！多謝！"

這些大多來自廣西龍州、百色的士兵，立即用同屬粵語系的家鄉話高聲回應。

站在夏威身邊的胡宗鐸，就只能用湖北官話問候了。

與夏威得到的如雷掌聲相比，士兵們的回應，明顯少了一份熱烈。

胡宗鐸不是不知道這一區別的。

兩廣的地域觀念重，講究同聲同氣。他這個湖北佬，多少有些外來的感覺。

還好，雖然士兵們基本是廣西籍，軍官中外省籍的也不少。第七軍的高級將領中就還有一個湖北人：陶鈞。

胡宗鐸是很佩服"李老總"海納百川的主帥氣度的。

第七軍的高級將領中，有他和夏威、俞作柏這些保定軍校的，也有畢業於雲南講武堂韶關分校的李明瑞，還有一些廣西幹部學堂和廣西陸軍速成學堂的。

李宗仁的治軍，也讓胡宗鐸敬重。

因廣西財政自理，軍餉自付，第七軍的待遇遠不如其他各軍優裕。士兵每日的伙食費只有小洋二角。官長不論高低，一律發小洋四角。因經濟公開，官兵都能甘之如飴，各級官長也能與士卒同甘共苦。

在蕪湖，李宗仁曾一度因廣西後方匯款未到，向蕪湖商界籌借軍餉十餘萬元。等到匯款到達，他召集蕪湖紳商，如數歸還。據蕪湖人說，自清末以來，駐軍借餉歸還，還是破天荒頭一次。商民引為奇事，更傳為佳話。

同樣令蕪湖人嘖嘖稱奇的是，第七軍除了官兵，還有數百位青年女學生組成的廣西女子北伐工作隊——都是二十歲左右的女子，隨軍擔任宣傳、看護、慰勞等工作，在槍林彈雨之中，跋山涉水，不讓鬚眉。領隊的隊長，正是第七軍軍長李宗仁的夫人——郭德潔。

8

　　一匹雪白的駿馬，奔過蕪湖城中的青石板路，揚起一串清脆的馬蹄聲。

　　馬上，是一個身著戎裝、腳蹬長靴的妙齡女子，天生麗質之中，還透出幾分颯爽英姿。一套國民革命軍的灰布軍裝，穿在她身上，顯得格外整潔利落，皮帶前側，還佩著一支小巧的左輪手槍。

　　此時，黃峴圖和新相識的朋友蘇甲榮，趁著長官們正忙於整編新兵的空檔，約著一起出來逛逛這座皖南名城。他們朝馬蹄聲的方向望去，正看到那女子嫣然一笑，揮手致意，然後疾馳而去。

　　黃峴圖有些意外。

　　來蕪湖幾日，觸目所見，本地女子大都外表柔弱，有著江南女兒特有的嫋娜，不想，突然出現這樣一位白馬英雌。

　　比他早到蕪湖的蘇甲榮，倒是知道這位英雌的來歷。

　　"日璋兄，和我們打招呼的，就是李老總的夫人郭德潔女士。"

　　原來如此。

　　在軍中這些天，黃峴圖已經聽過一些關於郭德潔的傳說。

　　據說，她是桂平人，父親是當地有名的泥瓦匠，家境不差，遂得以就讀於桂平女子師範學校。受大革命時期的風氣影響，桂平經常有群眾遊行，連小學生也列隊上街。原名郭儒仙的郭德潔是其中的積極分子，常擔任掌旗帶領隊伍遊行。當時還在起家階段的李宗仁駐軍桂平，一眼看中了在遊行隊伍中掌旗的郭儒仙，娶為平妻，為她改名德潔。李宗仁的原配妻子李秀文是舊式女子，小腳，不識字，"李夫人"遂由郭德潔實際取代。

　　據說，與黃紹竑的夫人蔡鳳珍和白崇禧的夫人馬佩璋相比，李宗仁這位夫人是個爭強好勝、心比天高的人。北伐軍興，她率領廣西女子北伐工作隊隨第七軍北上，被編為第七軍政治部婦女宣傳隊，一路協同作戰，頗受士兵歡迎，被比作甘露寺裡的孫夫人和黃天蕩中的梁紅玉。

說來也巧，這蕪湖長江邊的蛟磯，便是傳說中孫夫人聽聞劉備在白帝城辭世，驅車來此投江殉夫之地。蛟磯是座從江邊凸向江心的磯山，臨江而立，三面皆水，崖壁如削，終日為雲煙水霧所繚繞，有"江心第一境"之稱。後人在蛟磯上建了靈澤夫人祠，以彰顯孫夫人的節烈，民間俗稱孫夫人廟、蛟磯娘娘廟。據《蕪湖縣志》記載，"蛟磯廟始建於晉代，歷六朝以來千有年，其間不知幾經修理者，而廟貌乃巍然至今，風帆上下，詞客騷人，留題壁上甚多，中江名勝稱第一焉。"

看方向，郭德潔正是奔此廟而去，應該是去祭奠去了。

黃峴圖暗想，傳說果然不虛。李老總這位夫人，看來也以這位不繫明珠系寶刀的先主娘娘自詡。

作為政訓主任，黃峴圖曾讀過郭德潔率領的廣西女子北伐工作隊的事蹟介紹。

這些廣西女子，一反男女有別、授受不親的傳統觀念，挺身而出，參加北伐，真可謂"巾幗不讓鬚眉"。從桂林經長沙、武漢、九江到安徽，她們一路上畫漫畫，寫標語，發傳單，深入鄉村，組織婦女群眾。她們說："中國女子數千年來受環境之壓迫，今日欲圖解放，惟有聯合女界同胞，齊上革命戰線。此次國民革命，為求民眾之自由平等，脫離帝國主義與軍閥之壓迫而北伐，我們女子雖不能荷戈作戰，要當竭力擔任後方工作，以盡國民一分子之責。"

兩廣女界，可以說得革命風氣之先。

在廣州的國民黨中央黨部，便有專門的婦女部。廣東地方也有廣東省婦女協會。北伐軍由廣州黃沙車站出發時，廣東婦女界的代表也前往歡送，慷慨陳詞，激勵將士"救國""救民""為主義"，令人振奮。

但願，這樣的革命風氣，一路播灑開來，影響整個中國。

來到蕪湖，黃峴圖良有感觸，即使是這個安徽最富庶的城市、長江之大港，觀念也還是相當落後。

　　蕪湖在 1876 年被闢為通商口岸，次年即建立海關，成為洋貨和皖南米茶絲的集散中心。時至今日，卻仍然沒有開通火車，對外交通還是靠古老的船隻。運抵蕪湖的貨船，必須與小船駁運，由背夫們扛著貨物上岸。蕪湖百姓往來兩岸的主要交通工具，還是明嘉靖年間所建的舟橋，其實就是以舟相連，上鋪木板，美其名曰"通津橋"。

　　長江邊的茶樓、酒家，倒是繁榮，還有不少來自江蘇的歌女。除了這兩地，她們還在新式歌廳、舞廳，甚至妓院賣唱，與客人應酬、飲酒，又被稱為交際花，與出現在殺聲震天的戰場、令敵人乍舌的廣西女子相比，像是生活在兩個世界。

　　這樣的狀況，不能不令人嘆息。但願，北伐早日成功，國家早日統一，全心合力，共同建設一個富強、民主的新中國。

9

"日璋！白老總來電，召我過去效力。你就留在蕪湖。我們帶來的弟兄，有一半編入第七軍，一半編入第十五軍。夏副軍長和胡副軍長的意思，你的職務雖然掛在第十五軍，也應該去第七軍看看，開展工作。等下，你就去第七軍第一師報到。師長李明瑞可是第七軍有名的虎將，你在那裡可以大開眼界了。"

"是！日璋明白！鼎三兄，有幸追隨您從廣西到安徽，是日璋的榮幸。一路順風！後會有期！"

和周楊亞殷殷話別後，黃峴圖立即趕赴蕪湖近郊的第七軍第一師駐地。按照國民革命軍在北伐出發前宣布的紀律，每到一地，部隊都只在江邊、郊區、鄉村紮營，不入民房，不擾民宅。

遠遠地，就望到繚繞的炊煙。空氣中，瀰漫著軍營特有的那種香噴噴的大鍋飯的味道。黃峴圖定睛一看，是炊事班在樹下和小土坡上埋鍋做飯。

更多的士兵，要麼躺在樹蔭下，要麼躺在毫無遮蔽的土坡上，用斗笠蓋住臉，伸展著手腳，盡情享受這戰鬥間的閒暇。對於這些北伐以來翻山越嶺，日曬雨淋，參加了無數次戰鬥，大多看去又黑又瘦的弟兄來說，這是多麼難得啊。

還有些士兵，三五成群，環坐聊天。有的大概是聊到了之前的戰鬥，索性站了起來，對著遠處的山坡，放聲歌唱。

黃峴圖微笑。來安徽的路上，他已經多次聽過士兵們唱歌。弟兄們來自盛行山歌的廣西，好像不唱喉嚨就會發癢一樣。

第一師的這些弟兄們唱的是：

男兒膽大可包天，
參加敢死隊！
沙場血戰拼頭顱，
視死也如歸！
寧玉碎，勿瓦全！
革命將士大無畏！
殲滅敵寇，建立勳功，
看我們無敵的鋼軍敢死隊！

黃崐圖知道，這是第七軍敢死隊的隊歌，興起於北伐著名的汀泗橋、賀勝橋之戰中。

接著，更多的士兵唱起了《國民革命軍第七軍軍歌》：

誰能捍衛我國家，
惟我廣西國軍。
誰能復興我民族，
惟我廣西國軍。
我們有強壯的身體，
我們有熱烈的肝膽，
我們要保護民眾四萬萬，
我們要鞏固國防守邊關。
我們不會咬文嚼字，
我們只會流血流汗。
我們不會哀求討好，
我們只會苦幹硬幹。
流血流汗才是英雄。
苦幹硬幹才是好漢。
快奮起，
同志們莫長吁短嘆，

救亡救亂，

任重如山。

快努力，

同志們莫偷閒苟安，

強國強種，

惟我廣西國軍！

黃峴圖聽得熱血沸騰。一股豪情，油然而起，蕩漾於心。

在士兵們的指引下，他找到了設在村北祠堂的第一師師部。第七軍軍紀嚴明，絕不擾民，軍部、師部、旅部、團部也都借駐於學宮、祠堂、廟宇。

這祠堂是一座清代建築樣式的青磚瓦屋，磚木結構，硬山頂，小青瓦屋面，外牆青磚到頂，牆沿彩繪花紋，石雕雙龍雄居屋頂。門口站崗的衛兵看了黃峴圖的證件和介紹信，立即敬禮，請他直接進去設在祠堂正屋的指揮部。

正屋前廊卷棚，室內方磚鋪地，梁懸大匾，頗見寬敞氣派。這裡，平日應是村民的集會之所，如今洋溢著軍旅之風。幾張大方桌併排，上面鋪著一張很大的軍用地圖，用紅藍顏色標誌出戰鬥目標和兵力部署。屋子一角，是一個電話架。

一位身材高大的軍官，正俯身注視著地圖。他看去大概三十出頭，平頭，濃眉，面貌威武，透出一股彪悍之氣。幾個參謀模樣的人，圍繞在他身邊。還有一個年輕的副官，侍立其後。看樣子，這就是李明瑞了。

10

"報告！卑職第十五軍政訓主任黃峴圖，奉命前來報到！"

黃峴圖在門口整理了軍容，用粵語大聲報到。

室內的人一起抬起頭。

第七軍的通用語言是粵語，袍澤間都以此交流。從說桂柳話的李軍長宗仁，到這位說客家話的李師長明瑞，據說都能說一口流利粵語。

軍中傳聞，李明瑞是廣西北流人，在第七軍的高級將領中以驍勇善戰著稱，尤其在汀泗橋、賀勝橋、德安、南昌戰役中，身先士卒，屢建奇功。這樣的人，黃峴圖當然很欽佩。如今，有機會來到他身邊工作，難免興奮。

李明瑞開口了。聲音鏗鏘有力，態度卻相當冷淡。

"做政訓的？唐超寰，你帶他去安置一下。"

那個軍裝胸章顯示為上尉的年輕副官，立刻上前，示意黃峴圖跟他出去。

黃峴圖有些鬱悶。從軍以來，還是第一次遭受如此冷遇——李明瑞幾乎沒有正眼看他一眼。

那個名叫"唐超寰"的副官把他帶到祠堂側院一間小小的耳房裡。唐超寰介紹說，師部的人都住在側院，這間耳房是他和他哥哥住，正好還有張空床。他哥哥名叫唐潞公，是本師的少校軍需主任。

黃峴圖注意到，房內唯一的一張桌子上，有一張墨跡未乾的宣紙。他好奇地仔細一看，竟然是用龍飛鳳舞的行書寫的兩首太平天國翼王石達開的詩。

揚鞭慷慨蒞中原，不為仇讎不為恩。

只恨蒼天昏瞶瞶，欲憑赤手拯元元。

三軍攬轡悲羸馬，萬眾梯山似病猿。

我志未酬人已苦，東南到處有啼痕。

若個將才同衛霍，幾人佐命等蕭曹。

男兒欲畫麒麟閣，夙夜當嫻虎豹韜。

滿眼山河罹異劫，到頭功業屬英豪。

遙知一代風雲會，濟濟從龍畢竟高。

　　沒想到，軍中還有如此水平之行書。寫這幅字的人，應該是個有才之人。

　　見黃峴圖看得入神，唐超寰淡淡地一笑。

　　"這是我哥哥寫的。他喜歡寫字，行、草、隸、篆都會，大家都說他寫得好。師座也很欣賞。不過，師座有時也罵他不務正業，心思都在寫字上，份內的軍需賬目倒記得亂七八糟。"

　　唐超寰看去很年輕，大概只有二十歲出頭，說話行事卻相當老練，顯得比實際年齡成熟。黃峴圖對他頗有好感，也介紹了一下自己的情況。

　　正說著，一個和唐超寰年紀相仿、長得很像的年輕軍官笑呵呵地走了進來。看樣子，這就是他哥哥唐潞公了。

　　果然，唐超寰作了如此介紹。

　　"十哥！這是剛來本師的政訓主任黃君峴圖，和我們一起住。黃君是藤縣人，東吳大學的畢業生。以後我們要多請教。"

　　唐潞公一看就是個心無城府的人，喜怒哀樂都在面上。和唐超寰的老練相比，他倒像是做弟弟的那一個。這兩兄弟，從舉止到言談，尤其是唐潞公的書法，透出一種黃峴圖熟悉的氣度，一種骨子裡的舊世家氣派。不知這兩兄弟為何會來從軍，一個做軍需官，一個做副官。

　　沒幾天，口無遮攔的唐潞公，就在言語之間解了他所有的疑問。

　　唐潞公兄弟是桂林灌陽人，出自世代書宦之家，父親曾任湖南新化、醴陵知縣，伯父曾任廣東崖州知州。廣西家喻戶曉的晚清歷史名人、前台灣巡撫唐景崧，是他們的族伯。不過，父親去世的時候，他們兄弟都還不到十歲，家道逐漸中落，只能讀公費的桂林師範。因父親曾加入族伯唐景崧的景字軍，在越南抗法，他們從小就夢想馳騁沙場。北伐軍興，便雙雙從軍，跟隨李明瑞從廣西一路打到安徽。

唐潞公說，李明瑞是李宗仁在六萬大山起家時的舊部，無役不從，戰功彪炳。北伐出發時，第七軍不設師，一共就四個旅，李明瑞是第二旅旅長，胡宗鐸是第七旅旅長。胡宗鐸打仗不如他，又是湖北人，如今反而升到副軍長，他當然不服。軍中也有“廣西人打仗，湖北人升官”的不平之聲。你既然是從胡宗鐸的第十五軍來的，多少有“摻沙子”之嫌，他當然對你不會熱情了。

黃峴圖這才恍然大悟。

11

黃峴圖很快以自己的工作表現改變了李明瑞對他的態度。

政訓，說到底就是通過政治宣傳，提高部隊的作戰力。

黃峴圖覺得，寓教於樂比單純的說教更能鼓舞人心。對於普遍識字不多的士兵來說，文明戲應該是一種喜聞樂見的娛樂方式。

很少有人知道，中國最早的文明戲，其實出現在日本東京。

黃峴圖聽妻兄周崖洲說過，二十年前，留日學生中的李叔同、曾孝谷等人在東京組織了"春柳社"，上演《茶花女》，由李叔同反串女主角瑪格麗特，被稱為"新劇"，也就是後來所說的文明戲、話劇。如今和梅蘭芳並稱"北梅南歐"的歐陽予倩，當時也在東京，觀看了李叔同主演的《茶花女》，受到感染，加入了"春柳社"，回國後，和"春柳社"的朋友一起組織了新劇同志會，在上海和江蘇等地演出，成為中國話劇的奠基人之一。

在鄰近上海的蘇州東吳大學讀書時，黃峴圖也曾參加過話劇社，寫過劇本，還演出過一些角色。這個舊日的愛好，如今可以用來開展政治宣傳工作了。

主意既定，他即向第一師政治部主任彙報了自己的想法，得到支持。在師部的文職軍官中挑選了幾個念書時也演過話劇的，組成了一個演劇宣傳隊。編劇、導演都是黃峴圖。

很快，軍營裡就傳開了，一個新來的政訓主任，編了一齣戲，要演給大家看。

聽到風聲的李明瑞，按捺不住好奇心，也來觀看。

他看到，弟兄們圍坐成圈，裡裡外外，有好幾層，可見踴躍。圈中心，是幾個演員，有戴大沿軍帽的，有戴衝天纓軍帽的，還有戴高高的紙糊黑禮帽的。紙糊黑禮帽下是一個又高又尖的鷹鉤鼻子，看來是代表帝國主義列強。戴衝天纓軍帽的，貌似軍閥。戴大沿軍帽的，當然是國民革命軍了。

弟兄們看得很投入，不時爆發出笑聲、喝彩聲。

文明戲結束後，黃峴圖還進行了宣傳演講。他的聲音雖不算洪亮，但頗富情感，痛說了帝國主義列強這幾十年來對中國的侵略和剝削，以及國民革命軍北伐、打倒帝國主義和反動軍閥、統一中國的必要。只聽他慷慨激昂地說：

"弟兄們！我們中國，有五千年的歷史和文明，本來一直是排世界前幾名的大國、強國。可是，這幾十年來，我們落後了，總是被人欺負。外國人說我們是東亞病夫，說中國人是一盤散沙。作為中國人，我們甘心嗎？

"拿破崙說過，中國是一頭沉睡的獅子，一旦醒來，會震驚世界。今天，我們進行國民革命，就是要打倒一切欺負我們的帝國主義，打倒禍國殃民的反動軍閥。我們一定能北伐成功，統一中國，實現中山先生的三民主義，建設一個自由、民主、富強的新中國，洗去帝國主義侵略帶給我們的恥辱，重現漢唐的輝煌！"

回答他的，是包括李明瑞在內的暴風雨般的掌聲。

這晚，黃峴圖剛回到和唐潞公兄弟合居的耳房，唐超寰立刻說，"日璋兄，師座請你去他的房間。"

李明瑞也住在這個側院，幾步可達。

他的住室，也有些像一個作戰室。簡單的行軍床，一張大方桌，桌上鋪著地圖，放著幾本書，還有紅藍鉛筆、量規、小尺等。靠窗一張方几，兩個凳子，方几上擺著一瓶桂林三花酒和兩個玻璃杯。身穿白色汗衫、灰色軍褲的李明瑞，正坐在凳子上，飲著一杯酒。

看到黃峴圖在門口立正敬禮，李明瑞大手一揮。

"這不是在師部。不用拘禮。坐下，我們隨便聊聊。"

"是，師座！"

"文明戲編得不錯。弟兄們很愛看。演講也很好。到底是東吳大學的畢業生，有水平。像你這樣，讀過書又有頭腦，有愛國心的，我喜歡。"

李明瑞直截了當地表示讚許。

"謝謝師座！日璋本是一介書生，投身北伐，就是希望能報效國家。

今後，還請師座多多提攜，讓日璋有機會為國效力。"

"好！我李某人從戎有年，也是為報效國家。既然目標一致，今後，當戮力同心。請滿飲此杯。"

黃峴圖很開心。之前的不快，一掃而空。李明瑞看來是個性情中人，豪爽，坦蕩。

兩人碰了杯，各自一飲而盡。

12

"十哥！日璋兄！快收拾一下，我軍要開赴南京了！"

隨侍李明瑞去第七軍軍部開作戰會議的唐超寰，一回來就對唐潞公和黃峴圖如是說。

"又要去南京？哎呀，這蕪湖，山水秀麗，我還沒看夠呢。"

藝術家作派的唐潞公，頗覺惋惜。

"南京和武漢本來就鬧矛盾，並不安穩，如今又為孫傳芳部所逼，必須調重兵防護。第七軍在北伐軍中戰鬥力最強，號稱鋼軍，當然是上選。"

才來蕪湖不久的黃峴圖，卻是一點都不意外。

"日璋兄看得深，看得遠，佩服！"

一直跟在李明瑞身邊、頗知軍情的唐超寰，對他豎起了大拇指。

黃峴圖有些感慨。北伐至今不過一年零一個月，華夏的蒼茫大地，已是幾度沉浮。

北伐初期，直系軍閥吳佩孚和孫傳芳各有二十四萬和二十萬兵力，奉系軍閥張作霖有三十五萬，而北伐軍只有十萬，戰鬥力較強的也只有第一軍、第四軍、第七軍、第八軍，卻是銳不可擋，在汀泗橋、賀勝橋之戰中消滅了吳佩孚部主力，攻克武漢。國民政府遂從廣州遷到武漢。

北伐軍隨後轉戰江西，經箬溪、德安、王家舖、九仙嶺四場血戰，擊破了號稱"五省聯軍"的孫傳芳部主力。第七軍克復安慶，旋定蕪湖。第一軍和第六軍也分別進駐上海和南京。

1927 年 4 月 12 日，北伐軍總司令蔣中正在上海發動了"四一二事變"，進行"清黨"。以汪兆銘為首的國民黨中央，宣布開除其黨籍。蔣中正聯同胡漢民、吳敬恆等，索性在南京另立國民政府，以胡漢民為主席，與武漢分庭抗禮。

孫傳芳此時已投靠了率兵入關的張作霖，並擁戴其在天津就任"安國軍"總司令，企圖借力奪回東南。他被張作霖任命為"安國軍"副司令，率軍南下，奪回了江蘇的大半部分，並佔領了南京江北的浦口，隔江兵臨南京城下。

大敵當前，胡漢民、吳敬恆等人致電汪兆銘，自承魯莽，希望合作。在武漢也發動了"七一五事變""分共"的汪兆銘，也自承防共過遲，贊成寧漢復合，但要求蔣中正下野。8 月 12 日，蔣中正被迫宣布下野。胡漢民也辭去了南京國民政府主席。

孫傳芳見南京內變，趁機全力反攻，自江北砲轟江南。

以李宗仁、白崇禧、何應欽為主要委員的南京政府軍事委員會，為拱衛南京，決定以何應欽的第一路軍（轄第一軍，第十八軍，第十四軍，第十軍，第二十一軍，第二十六軍，第三十一軍）擔任南京東郊烏龍山至淞滬一帶的防務，白崇禧的第二路軍（轄第三十七軍，第三十三軍，新編第十軍，暫編第十一軍）擔任東西梁山以西、長江上游的防務，李宗仁的第三路軍（轄第七軍，第十九軍，第四十軍，第四十四軍）擔任烏龍山以西、東西梁山以東、長江中段的防務。

李明瑞的第一師，作為第七軍的主力師，奉命疾馳南京。

從蕪湖去南京，一般是走水路。

寬闊的江面上，千帆競發，百舸爭流。極目遠眺，只見煙波浩渺，水天一色。沿江兩岸，則是一望無際的千里平疇。

"何處望神州？滿眼風光北固樓。千古興亡多少事？悠悠。不盡長江滾滾流！

佇立在船頭，眺望著這樣的江景，黃峴圖心有所感，吟哦起這首他從小喜愛的稼軒詞。

"好詞！很應景！"

一個已經相當熟悉的聲音，在耳邊響起。戎馬倥惚的李明瑞，難得有此閒情雅致。

唐超寰卻在此時急匆匆地拿著一紙電文跑來了。

“師座！軍部發來的急電！”

北伐初期，條件有限，軍以下一般只能靠電話聯繫，軍與軍之間才用無線電。底定東南之後，各師也都配備了電台。

“李德公返寧途中見少量敵軍於大勝關兔耳磯一帶渡江，已令胡部派兵剿滅，並令我軍向南京下游烏龍山後方集結，以防敵軍近期大舉渡江。密。”

久經沙場的李明瑞，深知夏威轉達的李宗仁指令意味著什麼。

長江是南京的天然防線，守南京必守長江。

在南京城東北三十里的長江南岸，李明瑞率第一師棄舟登陸，在岸邊的烏龍山佈防。陶鈞率領的第七軍第三師也趕到了。第七軍陣地的右側，則是剛下野的蔣總司令的嫡系第一軍的暫編師（師長姚琮）。

1927 年 8 月 25 日午夜，長江大霧瀰漫，孫傳芳所部的安國軍，在英國軍艦的掩護下，果然渡江了。

畢業於日本士官學校的孫傳芳，用兵狡點，為掩人耳目，竟分別在五處地點渡江，從江北的八卦洲、望江亭、划子口、大河口、十二圩出發，向燕子磯附近的笆斗山、烏龍山、棲霞山、龍潭和鎮江登陸。

渡江點都選得很巧妙，比如八卦洲，雖與南京近在咫尺，但若非空中偵察，對岸完全看不到部隊集結，正適合秘密渡江。

為表示破釜沉舟之決心，孫傳芳下令，全軍六萬餘人，每人攜帶數日乾糧，過江之後，渡船全部調回江北，由大刀隊看管，以示有進無退，務必一舉奪回江南。

登陸點之一的烏龍山，東西綿延五公里，曲折起伏，宛如長龍，故得名“烏龍”。

這日，霧濃夜黑之中，有一支人馬突然從烏龍山的第一軍防地衝出，向左側的第七軍發起攻擊。全無防備之中，李明瑞和陶鈞兩師倉促迎戰。

“師座！敵軍竟然來自友軍陣地，姚琮暫編師只怕是叛變了！”

師參謀長凝重地開了口。

“這個姚琮不是老蔣的保定同學麼？竟然叛變？他媽的！快發報，

姚師叛變，我部被偷襲，請求支援！”

從軍以來很少吃敗仗的李明瑞，恨恨不已。

烏龍山炮台正對長江，位置險要，本來非常適合阻擊江北或江面來的敵人。豈料，敵軍偷襲之下，四座砲台都失陷了。李明瑞於是下令死守其他三座，待天明援軍到來。

戰至天明，才發現，敵軍都戴童子軍式軍帽，頸繫白布帶，是孫傳芳部安國軍的打扮，而不是姚琮暫編師。此時，烏龍山腳的第一軍防地已全部被孫軍佔領。

事後才知，姚琮暫編師奉命與剛成立的第一軍第二十二師（師長涂思宗）換防，卻在第二十二師未抵達前先行離去。沒想到，敵軍恰好在此時偷渡到南岸，見烏龍山的第一軍陣地已空，趁機而入，向第七軍陣地發起偷襲。

13

烏龍山失陷後，第七軍副軍長夏威親自督戰，全力反攻，終於奪回。

李明瑞部奉命向東作拉鋸戰，援助第一軍第二十二師，奪回棲霞山。

棲霞山號稱"金陵第一明秀山"，南朝時因山中建有"棲霞精舍"而得名。棲霞山又有"六朝勝蹟"之稱，歷史上曾有五王、十四帝登臨，古蹟、遺址多達八十餘處，有"一座棲霞山，半部金陵史"的美譽。千年古剎棲霞寺，便位於棲霞山西麓。棲霞山的自然景觀也很美，有楓嶺、桃花澗、紅葉谷等景點，在清代被列為"金陵四十八景"之一。棲霞山也是南京下游沿江各山的最高點，頗具戰略價值。

在嘹亮的號角聲中，李明瑞率領第七軍第一師，如猛虎一般，衝向被第一軍第二十二師丟掉的棲霞山陣地。

佔據棲霞山的孫軍，居高迎擊，以大砲和機關槍向仰攻的北伐軍猛烈射擊。

炮火彌漫，崖裂土翻，天日變色。原本靜謐幽深的山間樹木，竟幾無全枝。陣地數次易手，甚至爆發白刃戰。到清晨，棲霞山麓一帶的高地全部被攻克。孫軍退守山頂，死守待援。

坡峻岩高，攀登殊為不易，而孫軍尚有殘敵數千，居高臨下，槍砲齊發，加以擂木滾石，不絕而下。

"弟兄們！跟我來！"

李明瑞一咬牙，衣服一甩，一馬當先，率領全師攀藤附木，奮勇衝鋒。

作為文職軍官留在山下觀戰的黃峴圖，不禁感嘆，不愧是"鋼軍"

之“虎將”，勇不可擋，一往無前。

幾次拉鋸和山頂陣地易手後，趁著江面上英國軍艦為孫軍發砲助戰，煙霧籠罩，孫軍視野不清，李明瑞率軍一哄而上。山巔的數千敵軍遂俯首就擒。殘餘的孫軍，竄逃江岸的一股，被第七軍獨立團繳械俘虜。剩餘的數千，則逃向龍潭。

龍潭成為雙方爭奪的焦點。

龍潭位於南京與鎮江之間，是京滬鐵路的通過地，東可威脅鎮江、上海，西可進攻南京。因此，孫傳芳派遣了最精銳的主力在龍潭登陸。孫軍登陸之後，迅速佔領了龍潭鎮和龍潭車站，以及鎮東、西、南三面的青龍山和黃龍山，同時破壞滬寧鐵路，割斷了電線，阻止南京方面派兵增援。

由於通訊斷絕，南京的軍事委員會無法調動龍潭和鎮江以東的部隊。情況萬分危急。

事有湊巧，第二路軍總指揮白崇禧在上海籌餉，本應在 8 月 25 日下午乘專列返回南京，卻因與上海商界集會而有所延誤。得知龍潭車站失守、交通中斷後，他在無錫下車，利用火車站的電話，命令離龍潭最近、正在鎮江的第一軍第十四師（師長衛立煌）火速增援，並令自常州開往杭州的第一軍第二師（副師長徐庭瑤率領）回師進攻龍潭。因孫軍又在鎮江等幾處發動了小規模渡江，白崇禧又從無錫趕往鎮江坐鎮，急調第一軍第一師（副師長胡宗南率領）、第三師（師長顧祝同）、第二十一師（師長陳誠），星夜馳援。

一向只聽“校長”蔣中正和“總教官”何應欽指揮的第一軍，接令之後，各師長、團長進行秘密會議，討論是否服從白崇禧的命令。所幸大部分人深明大義，認為首都危在旦夕，必須團結對敵，一致同意馳援龍潭。

白崇禧事後回憶說，龍潭之役，以黃龍山戰事最為激烈。

主攻黃龍山的，又是李明瑞率領的第一師。因地勢太劣，死傷奇重，白兵惡鬥，為北伐以來僅見。

白崇禧令政治部主任潘宜之帶了一排憲兵登上海軍資格最老的通濟

艦督戰，砲擊渡河敵兵，截斷孫軍後援。海軍各艦在通濟艦帶領下，紛紛向敵方開砲。孫軍砲兵亦發砲還擊。適有英艦經過江中，忽遭砲擊，為洩憤計，猛烈砲擊黃龍山，敵軍陣地多半被毀。李明瑞師乘勢衝上黃龍山。

其餘各軍，包括對手孫軍，也是從指揮官到士兵，一心一德，愈戰愈勇。龍潭周圍數十里地，砲火蔽天，血肉模糊。何應欽和白崇禧兩位總指揮都親臨現場指揮。劉峙率領的第一軍與夏威率領的第七軍、胡宗鐸率領的第十九軍（戰前由第七軍第二師和第十五軍第二師整編而成）精誠合作，收復了龍潭車站和龍潭鎮。

從龍潭敗退的孫軍，北撤到長江邊，卻發現江面已被海軍控制。孫傳芳化裝成士兵，丟下部隊，登上小汽艇，逃回江北。

9月1日，北伐軍乘勝渡過長江北進，佔領了浦口、揚州等要隘，復向蘇北猛追，孫軍殘部望風而逃。

龍潭之戰，是北伐史上最激烈、最具決定性的一戰。在七晝夜的血戰中，北伐軍傷亡八千餘人，而傾巢南犯的孫傳芳部安國軍，傷亡溺斃兩萬餘，被俘四萬餘，損失殆盡。曾顯赫一時的"五省聯帥"孫傳芳，就此退出了政治舞台。龍潭大捷後，原來還在觀望的北方軍閥閻錫山，繼馮玉祥之後，也歸向了國民政府。在武漢的國民政府主席汪精衛，則於1927年9月16日宣布遷都南京，與南京國民政府合二為一，史稱"寧漢合流"。

14

在龍潭大捷的慶功宴上，黃峴圖第一次見到李宗仁、白崇禧兩位老總。

慶功宴舉行的日子，正好是這年的中秋節，9月14日。

是故，席上除了美味佳餚，還有南京冠生園製作的廣式月餅，包括椰蓉蛋黃月餅和椰蓉素月餅等不同品種。來自兩廣的第七軍將士，因而倍感親切。

在全國各大城市都有分店的冠生園，老闆冼冠生是廣東人。是故，冠生園的月餅是地道的廣式風味，用金鉤、火腿、叉燒、蛋黃、白果等材料配製，色香味俱全。

和黃峴圖同席的軍需主任唐潞公，順口說起了他知道的內幕。原來，這月餅，還是龍潭大捷的戰利品吶。

在龍潭之戰前，考慮到距離廣西子弟兵北伐以來的第二個中秋已經不遠，李老總特地交代軍需官，去南京冠生園為弟兄們每人預訂兩個廣式月餅，以慰鄉思。誰知，軍需官趕去冠生園時，卻遭回絕。原來，揚言要打進南京過中秋節的孫傳芳，也派人在冠生園預訂月餅，存貨都被訂購一空，還得加做兩萬多個。碰了一鼻子灰的軍需官，怒形於色地回來報告。出乎意料的是，李宗仁不動聲色，命其再去冠生園說明，既然孫傳芳已經提前預訂，我們也不打擾這筆買賣，打敗孫軍後，則將繳獲這批月餅為戰利品，犒賞官兵。

說到做到的李宗仁，偕同白崇禧，親自到每一桌向龍潭大捷的有功之臣——第七軍和第十九軍的將校們敬酒，共嚐具有家鄉風味的廣式月餅。

黃峴圖仔細觀察近在咫尺的兩位老總。

　　李宗仁皮膚黝黑，身板壯實，面貌敦厚，一看就是農家子弟。多年的軍旅生涯，又讓他在穩健厚重之中，有種不怒而威的氣質，很適合做老大。白崇禧則面龐白皙，身材修長，戴一副近視眼鏡，一身軍裝整潔得體。

　　黃峴圖已經聽說，這位頗有幾分書生氣質的白老總，剛剛兼任了新成立的第十三軍軍長。

　　軍中一般都認為，帶兵的職務比不帶兵的職務要強些。第七軍的人都知道，白老總從擔任第七軍參謀長開始，就很想親自帶兵。雖然在蔣中正自任總指揮的第二路軍代行總指揮之職，到底不是自己的部隊。這一回，趁著龍潭大捷後部隊整編，白老總終於得到機會，將黔系賴世璜第十四軍縮編為一個師，黔系王天培第十軍縮編成為兩個師，一共三個師，組成第十三軍，自任軍長。

　　因著龍潭大捷的戰功，第七軍副軍長夏威升任軍長，胡宗鐸則出任第十九軍軍長。第七軍的廣西留守部隊，整編為新的第十五軍，由黃紹竑任軍長。

　　北伐開始時只有第七軍一個軍的廣西部隊，如今發展為四個軍，從李、白兩位老總到各軍的將校們都非常高興。一時杯觥交錯，人聲鼎沸。

　　“日璋！久違了！”

　　在另一桌的周楊亞，走過來和黃峴圖碰杯。

　　“鼎三兄！”

　　碰杯之後，周楊亞把黃峴圖拉到大廳一角。

　　“日璋！我已經被白老總任命為第十三軍第二師參謀長兼第六旅旅長，你願不願意從第七軍過來幫我？如果你願意，我親自向夏軍長交代。”

　　答應周楊亞後，黃峴圖回到大廳，又看到了一個熟人，原來的第十五軍秘書長蘇甲榮。蕪湖一別，聽說他為部隊繪製了不少軍事地圖。

　　“演存兄！我敬你一杯！”

　　蘇甲榮說，他馬上就要離開部隊了。國民政府參謀部指名調他去擔任地圖、海圖製作改訂的專門委員。他很願意去，這樣可以更好地為國服務。

後來，蘇甲榮果然以地圖為武器，捍衛中國疆土。

在 1931 年出版的《日本侵略我東北地圖》上，蘇甲榮以紅色文字詳述了晚清以來日本侵略東北的罪惡。此後，他陸續出版了《暴日侵略熱河、河北圖》《日本侵略灤河圖》《東三省全圖》《上海戰區地圖》等，揭露日本在中國的侵略行徑。

1933 年 4 月，法國入侵中國的南海九島。蘇甲榮出任國民政府內政部水陸地圖審查委員會委員，根據中國歷代邊疆史料，證實南海 135 個島是中國領土，還為清末廣東水師提督李準已命名的南海諸島繪製了地圖，確認中國對南海諸島的所屬權。1935 年，國民政府出版了《中國南海島嶼圖》。

抗日戰爭時期，蘇甲榮繼續用地圖記錄日本的侵略暴行。日本人對其恨之入骨，於 1944 年將其抓進上海監獄，嚴刑拷打，逼迫他改寫有關日本侵犯中國領土的地圖。體無完膚的蘇甲榮，始終不肯低頭。

日本投降後，已經被折磨到奄奄一息的蘇甲榮，被抬出監獄，幾個月後即不幸病逝。

15

一年後。

黃峴圖佇立在"天下第一關"的城樓上，心潮起伏，思緒萬千。

這個號稱"兩京鎖鑰無雙地，萬里長城第一關"的雄關，歷來是兵家必爭之地。明末吳三桂引清兵入關，便發生在這裡。

這裡，也是明長城的東北起點，城池與長城相連，以城為關。明洪武十四年（公元 1381 年），魏國公徐達修築長城，在此建關，以北倚燕山之麓，南臨渤海之濱，取名"山海關"。嘉靖年間，薊鎮總兵戚繼光重修了山海關及附近的角山長城，在關城以北和以東分別修築了北翼城和威遠城。崇禎年間，兵部尚書孫承宗又在關城以南及海邊修築了南翼城和寧海城，以及城堡、水關、墩台等多處，星羅棋布，相互呼應，有"邊郡之咽喉，京師之保障"之稱。

山海關城樓上這塊"天下第一關"的匾額，據說是明代書法家蕭顯所書，雄渾有力，大氣磅礴。寬闊的城牆上，每隔半里或一里，就有高聳的烽火台。城樓背面，有一面巨大的戰鼓，相傳是古代抗擊外來入侵者時擊鼓射箭所用。凝神靜聽，彷彿仍有當年城上萬箭齊發、城下萬馬奔騰的餘音迴盪。

在山海關舉目北望，是雄偉的燕山山脈，群巒疊翠，連綿起伏。古老的長城，像一條巨龍，蜿蜒於崇山峻嶺之中。浩瀚的渤海，煙波浩淼，水天一色。長城的入海處，就是孫承宗修築的寧海城，又名老龍頭，昂首屹立於渤海波濤之上。城牆上，有一座巍峨的澄海樓，掛著孫承宗手書的"雄襟萬里"牌匾，那氣勢，確有"金戈鐵馬，氣吞萬里如虎"之感。

山海關，不僅是軍事關隘，也是關內通向關外的要道。明清時期，數百萬計的流放犯人，邁著沉重的腳步，從這裡一步三回頭地走向塞外苦寒之地。清初詩人吳兆騫以科場案流放寧古塔，路經山海關時，寫下這樣的悲情詩篇："邊樓回首削嶙峋，篳篥喧喧驛騎塵。敢望餘生還故國，獨憐多難累衰親。雲陰不散黃龍雪，柳色初開紫塞春。姜女石前頻駐馬，傍關猶是漢家人。"

到了清末，黃河下游水旱氾濫，餓殍遍野。山東、河北、山西、河南等省的大量貧民，在生活的重壓下，不得不背井離鄉，出關謀生，是為近代史上著名的"闖關東"。

如今，山海關又成為北伐戰爭的終結地。

黃峴圖暗想，同一座山海關，對於不同的人、不同的時代來說，竟然可以如此不同，有"西出陽關無故人"的惆悵，也有"壯士長歌入漢關"的豪邁。參加北伐這一年，從鎮南關到山海關，應該算是後者。

這一年，又是中國的政治舞台幾多風雲變幻的一年。

龍潭大捷後，國民政府又發動了西征，討伐原北伐軍第八軍軍長唐生智率領的叛軍。唐生智兵敗後，白崇禧收編了他手下的葉琪、廖磊、李品仙三位廣西籍將領及所部，又編成了三個軍。

1928 年 1 月，蔣中正在南京復任國民革命軍總司令。汪精衛和胡漢民先後出國考察。4 月，蔣中正在徐州誓師，以他兼任總司令的第一集團軍（由第一路軍改編）、馮玉祥的第二集團軍（由馮玉祥的國民軍改編）、閻錫山的第三集團軍（由閻錫山的北方革命軍改編）、李宗仁的第四集團軍（由湖北、湖南、廣東、廣西的部隊改編），差不多 100 萬人的兵力，揮師北上，討伐張作霖的 60 萬安國軍。6 月，張作霖見大勢已去，退出山海關外，火車過皇姑屯時，被日本關東軍炸死。其子張學良，成為新的"東北王"。

同月，第三集團軍總司令閻錫山和第四集團軍前敵總指揮白崇禧，聯袂進入北京，受到各界盛大歡迎。北京，改名為北平。

9 月，代理國民革命軍總司令職權及總指揮職務的白崇禧，發動了北伐的最後一戰——灤河會戰。已決定易幟服從南京國民政府的張學良，派參謀長楊宇霆率奉軍到山海關，和白崇禧聯手圍殲張宗昌、褚玉璞的直魯軍。

時年 35 歲的白崇禧，就此肅清了關內的殘敵，成為北伐戰爭的終結者。"小諸葛"之名，就此聞名全國，被譽為"完成北伐第一人"。

北伐既已成功，黃峴圖覺得，是時候解甲歸田了。

屈指算來，中國過去曾有過十次北伐戰爭，唯一成功的一次，是朱元璋北伐滅元。失敗的九次中征程最長的是從廣西金田起家的太平軍，由林鳳祥、李開芳率領，一直打到了天津，最終還是功虧一簣。而這一次，廣西子弟兵從鎮南關打到了山海關。

作為一介書生，有幸參與這場北伐戰爭，足慰平生矣。在廣西柳州任《柳江日報》總編輯的藤縣同鄉石維瓊，來信力邀他出任《柳江日報》記者，可以別軍歸梓了。

1928 年 12 月 29 日，張學良通電全國，宣布"東北從即日起遵守三民主義，服從國民政府，改旗易幟"。至此，中國完全統一。

在柳州聞之歡欣的黃峴圖，沒有想到，僅僅三個月後，就爆發了蔣桂戰爭。然後，就是中原大戰。日本乘虛而入，於 1931 年 9 月 18 日發動"九一八"事變，占領東北全境。苦難的中國，由此開始了長達 14 年的抗戰。

抗戰

1

夏日的池塘裡，一朵朵白色和粉紅色的荷花，綻放著清麗的笑靨，在輕風拂送下，送出縷縷清香。金紅色的魚兒，也歡快地穿梭於疊翠的荷葉間，在這嶺南之地，營造出"蓮葉何田田，魚戲蓮葉間"的江南美景。臨水的岸邊，是一個頗具西式風格的涼亭，木板牆，木屋頂，木窗格，很像是一棟小小的房子，與幾步路外的那座青磚瓦頂的大宅相映成趣。

涼亭裡，一個女學生模樣的少女，正捧著一本艾思奇的《大眾哲學》，臨窗細讀。

她讀得是那樣專心，以至於都沒注意到，亭子外面來了大大小小五個人。一位成熟豐美的白衣婦人，一位氣宇軒昂的黑衣紳士，帶著三個年齡不一的孩子，正含笑注視著她。

"阿琬！"

聽到這熟悉的聲音，十八歲的周琬瓊才抬起了頭。

"八家姐！八姐夫！"

琬瓊趕快放下書本，出亭迎接姐姐周珏瓊、姐夫黃峴圖和三個外甥。她有些不好意思，讀書讀得忘神，竟然不記得今天是姐姐回娘家的日子。母親去世得早，這個比她大 18 歲的姐姐，雖然早已出嫁，對老父、弟妹，尤其是她這個同胞幼妹還是關懷備至，每個月都會回來看看。

36 歲的周珏瓊，慈愛地拉著小妹的手，一起走進家門。黃峴圖則一邊招呼著三個孩子，一邊問起妻妹的學業。

"阿琬，你還有一年半就高中畢業了吧？準備考哪個大學？"

黃峴圖聽妻子說過，她這個妹妹，主意大得很，已在家裡聲言，高中畢業後要接著讀大學。岳父和內弟開始都不以為然，覺得女孩子讀到高中畢業已經足夠。琬瓊卻說，女孩子為何不能讀大學？如果不讓讀，就提前分家，她用她自己那份去讀。父兄拗不過她，只得同意了，當然也不用靠分家。

「是。我想去廣州讀中大（中山大學）。哥哥就是中大畢業的麼。阿爸說，女仔還是離家近為好，讓我讀西大（廣西大學）。」

「嗯，西大是省立，中大是國立，當然更好。」

珪瓊不滿地瞪了丈夫一眼。

「琬瓊是女仔，離家近最重要。道衢是男仔，走遠一點無所謂。莫說阿爸，琬瓊去廣州，我也不放心。我看西大就好。」

「哈哈，阿琬，一遇到你的事，你姐姐就像老母雞保護小雞。是是是，太太說得是，西大更放心，校長馬君武是三哥參加同盟會時的舊識，也是我國教育界的名宿。西大雖然才辦了七年，成績也是有目共睹。」

琬瓊偷笑。這位正擔任縣政府教育科科長的姐夫，為了讓姐姐高興，改口改得這麼快。

和姐姐姐夫一樣，琬瓊讀的是梧州的省立二中。去年八月，省立二中併入廣西大學，改稱廣西大學附屬中學（簡稱西大附中），遷到蝴蝶山頂。

廣西一直沒有自己的大學，本省學生要讀大學，只能前往廣州、香港、上海、北京。遠途負岌，費用不菲，只有較為富裕的家庭才能負擔，故而出外求學的人不多，學成後回省服務的更是寥寥無幾。有鑑於此，黃紹竑擔任廣西省主席期間，提議創辦廣西大學，成立了籌備委員會，親任委員長，邀請廣西籍的留德工學博士、曾任上海大夏大學校長和北京工業大學校長的馬君武回桂籌辦。在中國教育界，馬君武與蔡元培並稱「北蔡南馬」。

位於西江上游、扼兩廣交通之咽喉的梧州，被定為廣西大學的辦學點。馬君武在留日舊友、梧州市長蒙綏初陪同下，四處勘察，選定梧州三角嘴的蝴蝶山為校址，取其交通便利，本省學生可順流而下，外省教授也可溯西江直達。黃紹竑主持的省政府為廣西大學撥出一百萬元鉅資作建築費，五十萬元作設備費。校舍全部新建，寄託了廣西各界的希望。

1928 年 10 月 10 日，廣西大學正式開學。馬君武出任校長。副校長盤珠祁，也是一位頗孚眾望的教育家，前清秀才出身，又是美國威斯康星大學農學院碩士，曾任東南大學教授、北京農業大學教授兼教務長，也曾擔任廣西建設廳長、教育廳長。

建校之初，蝴蝶山雖然地勢絕佳，視野開闊，環境還是很荒涼，荊棘遍地，溝壑縱橫。馬君武校長和盤珠祁副校長，提倡"鋤頭主義"，率領全校師生，開山填土，修築道路，填溝坎，挖操場，栽樹木，只用了三年時間，就將一座荒山建成了幽雅美麗的校園，人說"不亞於金陵大學的校景"。

走上西江的百級碼頭，就是一條很長的大道，直通蝴蝶山腳。大道入口處是一座宏偉的拱形大門，門額上的"大學之道"和兩邊門柱上的"致知格物"、"明德親民"，都由梧州市長蒙綏初親題。圖書館、數學館、化學館、農學館、礦冶館、預科教室和管理廳等十幾幢新建樓房，東西南北地分布在山腰或山頂。山坡上則長著茂密的相思樹，蔚為壯觀。

而今已是林木蔥郁的蝴蝶山，無疑是個讀書的好地方。在山頂的西大附中讀書的琬瓊，在課業之餘還參加了讀書會。艾思奇的《大眾哲學》，就是讀書會的推薦書目之一。

2

　　讀書會是西大的學生發起的，然後擴展到西大附中。主持人是西大的陸丙瑜、靳唯霖和西大附中的高琅如。

　　琬瓊加入讀書會，就是附中同學高琅如介紹的。

　　讀書會以社會科學書籍為主，在以自然科學為主的西大，多少顯得有些“曲高和寡”。會員人數不過幾十人，除了讀書，也討論時事，尤其是國家的命運與前途，與琬瓊從小的耳濡目染的話題頗為契合。

　　琬瓊出生之時，母親就已去世。父親周晉文是一位前清秀才、開明士紳。周家是個大家庭。參加了東京同盟會和黃花崗起義的堂兄周崖洲、曾是黃埔軍校第四期入伍生的堂兄周本謹（即周維藎）、曾投筆從戎參加北伐的姐夫黃峴圖，都對琬瓊有不同程度的影響。雖然生為女兒身，卻有不讓鬚眉的剛毅之氣，敢做敢為。

　　琬瓊的同胞姐姐琇瓊、珪瓊，都比她大十幾歲，一早已經出嫁。繼母生了一個妹妹珮瓊，也無暇理會她。她從小就無拘無束，在丹村老家的自然環境裡快樂地成長。門前的魚塘、橙子林、荔枝園、芭蕉樹、番石榴，對面山坡上的橄欖樹林和村口高大的錐栗樹，都是她奔跑著長大的廣闊天地，更賦予了她一種自然奔放的氣質。

　　琬瓊記得，小時候，有族人曾經擔心，“一個女仔，整天在外面跑，會變野的。”疼愛她的父親，只是哈哈一笑。父親憐惜她自幼喪母，讓她和哥哥一樣，中學開始就去梧州念書，接受了很好的教育。

　　比琬瓊大幾歲的同胞哥哥道衢，在梧州讀完高中後，考取了廣州的國立中山大學政治系，畢業後回到梧州，在西大教務處註冊組任職，然後成家。嫂子是哥哥的大學同學。琬瓊平時在蝴蝶山住校，週末一般回梧州的兄嫂家，節假日才回藤縣南安鄉的老家。

　　地處西江、桂江、潯江三江匯合處的梧州，是廣西最繁榮、最開放的城市。在這裡，琬瓊的個性更加得以自由發展。

　　梧州人喜歡游泳，幾年前舉辦第一屆梧州游泳比賽，還專門邀請了廣州的游泳名將陳其松、楊元華等十多人來表演。隨後，西大、精武會、電廠、樂群社，都在桂江下游的撫河建了游泳場。

　　琬瓊是梧州的游泳愛好者之一。在撫河游泳場，她能一口氣游三個來回。

　　這幾年，梧州也興起了打水球。精武會、樂群社、紅十字會、神鷹等水球隊相繼成立，經常進行友誼賽，也有香港九龍和佛山的水球隊前來交流。

　　琬瓊所在的西大附中，也成立了女子水球隊。擅長游泳、也打得一手好水球的琬瓊，被公推為隊長。

　　在運動之外，琬瓊也喜歡讀書。

　　雖然廣西偏處天南，秉承中國士人"天下興亡，匹夫有責"的傳統，還是難免"家事、國事、天下事，事事關心"。琬瓊從小就知道，日本從甲午戰爭開始，就有侵略中國的狼子野心，這幾年更是變本加厲，從"九一八"事變到"一二八"事變，從偽滿洲國到華北事變，從《塘沽協定》到《何梅協定》……

　　面對如此不共戴天的敵人，作為中國人，抗日幾乎是必然的情緒。而南京的國民政府仍然堅持"攘外必先安內"，不允許公開說抗日，報紙上還天天說什麼"敦睦邦交"，不但積極剿共，與同樣信奉三民主義的廣西也是矛盾重重。

　　好在，在馬君武校長主持下的西大校園，氣氛比較自由，抗日宣傳活動也比較多。

　　琬瓊早就聽堂兄周崖洲說過，馬校長是同盟會最早的會員之一，與黃興、陳天華等一起起草了《同盟會章程》。"九一八"事變後，他義憤填膺，所作兩首《哀瀋陽》轟動一時。

　　進入西大附中後，琬瓊親身體會到，常在蝴蝶山校園中看到的馬校長，是一位思想開明、待人誠摯的長者。他身為校長，給自己定的工資卻是所有教授中最低的，住的是小房子，吃的也很儉省，一般就是一葷一素，一條小小的魚也要吃兩天。他夏天常穿白毛布長衫，冬天則穿絲綿長袍，鼻樑上架一副近視眼鏡，總是那麼可親可敬。他很尊重學生的不同意見，非常關心學生的學習和生活。比如，遇見學生讀英語，他必讓念一段，看讀音是否準確。他經常在週會上號召西大學生"甘為國死"，"拿鋤頭，拿書本，拿槍砲去救國"。在他的影響下，西大的民主和抗日氛圍非常濃厚。

除了讀書會，西大學生還成立了讀報組、文學研究會、魯迅研究會、新文化研究會等團體。琬瓊所在的西大附中，還成立了救國話劇社，在學校和街頭演出田漢創作的抗日話劇《放下你的鞭子》和曹禺的名作《雷雨》。

在讀書會讀到的書籍，比如艾思奇的《大眾哲學》、沈志遠的《新經濟學大綱》、田原的《社會發展史》和《政治學》、列寧的《國家與革命》、華崗的《中國大革命史綱》，對生於富紳之家的琬瓊來說，是比較新奇的。除了書籍，讀書會也鼓勵閱讀刊物，如《大眾生活》《讀書生活》《世界知識》《永生周刊》。針對書刊上的有關問題，讀書會經常發起專題討論，有時還指定琬瓊等活躍會員作中心發言。

讀書會還組織閱讀了在巴黎出版的《救國報》刊登的《為抗日救國告全體同胞書》。

第一次讀到被官方報紙稱為"朱毛殘匪"的"中國蘇維埃中央政府、中共中央"的宣言，琬瓊發現，通篇洋溢著愛國熱情。那些停止內戰、抗日救國的主張，太有共鳴了。

3

“打倒日本帝國主義！”

“停止內戰，一致對外！”

“收復東北失地！”

“反對華北五省自治！”

“打倒漢奸賣國賊！”

“中華民族萬歲！”

包括西大、西大附中、梧州初中、女中、復興中學、蒼梧國中的四千多名學生，手拉著手，肩並著肩，舉著標語，高喊著口號，遊行在騎樓林立的梧州街頭。穿著白色竹布襯衫、黑色過膝裙、白色長襪、黑色布鞋的周琬瓊，走在同樣打扮的西大附中女生隊伍的最前列。

天，剛下了大雨。雨後的街道，積水很深。但是，同學們依然不畏艱難，踏著泥濘的道路，以整齊的隊形，昂然前進。從桂林路、水師營、北橫路、四坊路、大西路、九坊路、會館路、竹安路、長沙路、南環路、合益路、府巷、塘基路、馬王街，到地門下街、興仁社、東環路、金龍街、學前街、廠前街，一路浩浩蕩蕩。

激昂的抗日口號之後，是沉痛的救亡歌曲。《義勇軍進行曲》《松花江上》《大刀進行曲》《槍口一致對外》，一首接著一首，唱得慷慨悲壯，聲淚俱下。

琬瓊帶頭唱起了田漢作詞、聶耳作曲的《畢業歌》，“同學們，大家起來，擔負起天下的興亡！聽吧，滿耳是大眾的嗟傷！看吧，一年年國土的淪喪！我們是要選擇“戰”還是“降”？我們要做主人去拼死在疆場，我們不願做奴隸而青雲直上！……”

圍觀的很多梧州市民都被感動了。

這是 1935 年的 12 月 19 日。

距離北平學生的"一二九"抗日救亡大遊行，剛剛十天。

"九一八"事變之後，日本在東北成立了偽滿洲國，推行殖民統治，同時把侵略魔爪進一步伸向華北。今年夏天，日本在天津和河北等地製造事端，加以武力威脅，迫使南京國民政府接受了"何梅協定"和"秦土協定"，然後又策動所謂的華北五省"防共自治運動"。上個月，日本控制的傀儡殷汝耕，牽頭成立了"冀東防共自治政府"。

十天前，風聞國民政府即將設立"冀察政務委員會"，對日妥協，來自東北大學、中國大學、北平師範大學等校的千餘名學生，在新華門前向國民政府軍事委員會北平分會代理委員長何應欽請願，提出了六項要求：（1）反對華北自治及其類似組織；（2）反對一切中日間的秘密交涉，立即公布應付目前危機的外交政策；（3）保障人民言論、集會、出版自由；（4）停止內戰，立刻準備對外的自衛戰爭；（5）不得任意逮捕人民；（6）立即釋放被捕學生。

何應欽的秘書侯成出來回應，聲稱"何代委員長不在北平，六項要求可以轉達；學生們要諒解政府的困難，好好讀書救國"，並拒絕了學生代表提出的打開西直門、讓清華燕京兩校同學進城參加請願的要求。憤慨之下，同學們決定遊行示威。

遊行隊伍經西四、護國寺、地安門、沙灘抵達王府井大街時，已擴大到四五千人。王府井大街南口布滿了軍警，揮舞木棍、鞭子、水龍頭，對付示威學生。學生與之搏鬥，百餘人受傷，幾十人被捕。

在北平學生"華北之大，已經安放不下一張平靜的書桌了"的悲憤呼聲中，杭州、武漢、廣州、武漢、南京、上海、天津、濟南、青島、長沙、太原、桂林、重慶、西安、開封、南昌、廈門和香港等地的學生，紛紛發表宣言、通電，舉行罷課、遊行，聲援北平同學的愛國運動。

梧州學生發動的這次大遊行，正是其中之一。

在讀書會主持人陸丙瑜、靳唯霖、高琅如的帶領下，包括周琬瓊在內的一些骨幹會員，在事前做了大量工作，廣泛動員西大、西大附中、梧州初中、女中、復興中學、蒼梧國中各校，參與遊行。

隨後的一年，琬瓊全身心地投入到梧州進步學生組織的各種活動中。

1936 年冬，她懷著抗日救亡的愛國熱忱，由已秘密加入了共產黨的附中同學兼讀書會主持人高琅如介紹，也加入了中國共產黨，成為中共廣西大學支部最早的黨員之一。

這一年，她只有 19 歲。那份理想、熱血、勇氣、愛國情懷，正像她從小視為楷模的堂兄——19 歲那年在日本加入志在"驅逐韃虜、恢復中華"的中國同盟會、成為同盟會最早會員之一的周崖洲。

有些東西，的確是有家族傳承的。

4

五月的鮮花開遍了原野

鮮花掩蓋著志士的鮮血

為了挽救這垂危的民族

他們正頑強地抗戰不歇

如今的東北已淪亡了四年

我們天天在痛苦地熬煎

失掉自由更失掉了飯碗

屈辱地忍受那無情的皮鞭

敵人的鐵蹄已越過了長城

中原大地依然歌舞昇平

'親善睦鄰'和卑污的投降

忘掉了國家更忘掉了我們

再也忍不住這滿腔的憤怒

我們期待著這一聲怒吼

怒吼驚起這不幸的一群

被壓迫者一起揮動拳頭

震天的吼聲驚起這不幸的一群

被壓迫者一起揮動拳頭……

　　琬瓊站在梧州的繁華街頭，高唱著今年一推出便好評如潮的抗日救亡歌曲《五月的鮮花》。和她一起唱的，是一個二十歲左右的男生。他們的周圍，是一大群圍觀群眾，有的還跟著他們一句一句的唱。

　　《五月的鮮花》，是詩人光未然創作的獨幕話劇《阿銀姑娘》的序曲詩歌。今年，東北大學排演此劇，因劇本上只有歌詞，沒有曲譜，東北大學體育專修科教師閻述詩便根據自己去年在北平參加"一二九"運動的感受，為之配曲，引起轟動，很快就傳唱到全國。

琬瓊唱得很投入。她的外表已經和一年前參加"一二九"梧州學生聲援遊行時有所不同。單純可愛的孖辮，已改成一頭幹練的齊肩短髮；樸素的白衣黑裙，也改為一件時下北京上海流行的陰丹士林藍布旗袍，一字型的盤扣，同色的滾邊，清新之中透出一份雅致。

和琬瓊一起合唱的男生，則穿著一套梧州幾乎滿街都見的灰布軍裝。

1929 年 3 月爆發的蔣桂戰爭，以桂方大敗而告終。黃紹竑心灰意冷，離桂投蔣。李宗仁、白崇禧則痛定思痛，提出了"建設廣西，復興中國"的口號。李宗仁常駐廣州，維持兩廣合作，白崇禧則坐鎮廣西，在接替黃紹竑出任省主席的黃旭初的協助下，大力推行"三自"（自衛、自治、自給）、"三寓"(寓兵於團、寓將於學、寓徵於募)，開展政治、經濟、軍事、文教建設。所有公務員一律穿廣西自己生產的灰色土布製服（俗稱"廣西灰"），頭戴灰布軍帽，腳穿布鞋，頗符合"三自"的建設姿態。經數年努力，廣西變得面貌一新，治安良好，民眾安居樂業，上下團結一心，頗見勃勃生氣，被《紐約時報》譽為"中國的模範省"，胡適等中外學者也交口稱讚。

作為廣西最高學府的西大，是"寓將於學"的重點。學生的日常生活都按《廣西中等以上學校軍訓規則》實行。學生都在校內寄宿，晚間在宿舍自修。早晨一聽起床號，即起床整理內務並盥洗，不能遲一分鐘。晚間一聽熄燈號，即就寢，不能有聲音。每天執行早晚點名制，三餐都由號兵吹號召集，列隊入席，帽子有定位，坐次有定位，值日員發令才能開飯。

每週都有六小時軍訓，還授以軍事術科。男生的科目和軍校類似，女生則是看護學。全校學生按照陸軍統製法編成一個大隊，下轄五個中隊。男生一律光頭，女生的頭髮也不能過肩。男生穿灰布軍裝，戴軍帽，紮皮帶，纏綁腿。女生穿灰布衣和青裙，也戴軍帽。學生出外都要請假，行前還需受軍事教官檢查，服裝整潔，才予以放行。

從這樣的環境出來的這個男生，雖然穿著軍裝，舉止還是很斯文，一看就是讀書人。

琬瓊對他其實有些不滿意。不知靳唯霖怎麼想的，這個名叫"唐少華"的男生，看起來這麼靦腆，居然被安排來和愛說愛笑的她搭檔，組建歌詠隊。還有另外一些同學，各自分赴梧州街頭、郊區農村、女中教室和新兵營房，教唱救亡歌曲，進行抗日宣傳。

街頭的歌詠，一般是先做抗日演講，再教唱救亡歌曲。迄今為止，已經開展了好幾次，唐少華一般都不主動承擔演講的角色。每次都是琬瓊對圍觀群眾講話，慷慨陳詞，帶動起氣氛，然後開始歌唱。

不過，她承認，唐少華的歌喉挺好，人也很聰明，算是個不錯的歌詠搭檔。

琬瓊是個熱心的人，喜歡幫人，也比較愛操心。在西大附中，人人都叫她"九姑"，一是因為她在家中排行第九，梧州方言稱為"九姑"，二來也有些尊敬的意味。

既然還要繼續合作歌詠，她覺得，不妨幫助這個男生改變一下，盡量外向一些，大方一些，健談一些，才適合歌詠。

身為游泳、水球、網球好手，琬瓊知道，運動，是改變的一個好途徑。這天，在街頭的歌詠任務完成了之後，她主動邀請唐少華去西大的撫河游泳場游泳。畢竟不熟，網球場上是一對一，不大適合。撫河游泳場人多，氣氛也熱鬧，比較理想。不過，這個靦腆的唐少華，可能還不好意思去。

出乎琬瓊意料的是，唐少華竟然一口答應了。

她不知道，從第一次見面開始，她就在他心裡留下了深刻的印象。

5

　　對於生長於一個深宅大院、規矩森嚴的舊式大家庭的唐少華來說，美麗、善良、活潑、大方的周琬瓊，是一個如陽光般溫暖的好姑娘。

　　隨著接觸的增多，琬瓊也發現，外表靦腆的唐少華，其實很有內秀，很有才華。

　　據同在西大的靳唯霖說，少華是物理系的高材生。還說，少華是去年的全省統一高中畢業會考第一名，本可免試進入國立交通大學，因家道中落，經濟狀況不佳，難以負擔上海的昂貴開銷，被愛才的馬君武校長親自錄取進西大。

　　心地善良、富於同情心的琬瓊，不免為之惋惜。

　　愛讀書報的她，很早就知道，因為家庭環境的緣故，很多同齡人別說上大學，中學都讀不起。窮人家的孩子再優秀，也只能選擇公費的師範院校，如國立北平師範大學及各省的省立師範學校。《中央日報》主筆陶希聖就曾在文章中感嘆："從小學到大學的幾層等級，逐漸把貧苦子弟剔除下來，最貧苦的農工子弟們沒有受初等教育的機會，其中升入中學的少數青年，大抵出於中資或富裕的工商業、地主、官僚家族，大學則是所謂的上層社會，即大地主、金融資本家、工業資本階級的領域，他們的子弟是最能住進大學的。"

　　琬瓊也知道，交通大學不但是中國最好的大學之一，在世界上都是很有名的。交通大學的教授，大多是歐美名校畢業的博士。交通大學的畢業生，也非常受歡迎。據說，交通大學的很多課程與美國麻省理工學院是同一水平，麻省理工承認其學分，給予免修。國內知名的橋梁專家茅以升就是交通大學畢業。據說，他去美國康乃爾大學留學時，康乃爾大學出題考核，茅以升答得極為出色，康乃爾大學從此對交通大學畢業生免試入學。

相比起來，少華最後只讀了省立的廣西大學，未免屈才了。

在西大一些愛好文藝的同學組織的"宵徵文藝社"所辦的《宵徵月刊》上，琬瓊還讀到了少華的一些文章，洋洋灑灑，激情澎湃，以筆為劍，呼籲抗日救亡，令她刮目相看。

雖然，少華還不是地下黨的同志，但他顯然是一個有熱血、有思想、同樣執著於抗日救亡的同路人。

他們雙雙墜入了愛河。

1937 年 2 月，剛滿 19 歲的琬瓊從廣西大學附中畢業，被廣西大學化學系錄取。同月，既是戀人，也是西大學長的少華，在她和靳唯霖的介紹下，也入了黨。

少華的進步，同志們有目共睹。三個月前的"梧州各界援助綏東抗日將士大會"、兩個月前的"紀念一二九運動週年大會"和聲援和平解決"西安事變"的示威遊行，他都積極參與，得到了西大黨支部的一致好評。

1936 年 8 月，日偽軍開始侵犯綏遠。國軍將領傅作義、馬占山率部抵抗，於 11 月擊敗日偽軍的聯合進攻，收復了百靈廟。全國民眾積極支援綏遠抗戰。11 月 24 日，包括少華和琬瓊在內的西大和西大附中學生，走上街頭募捐。

或許是受到性格外向的琬瓊影響，少華一改之前的靦腆，挺身而出，主動承擔了募捐之前的演講工作。

他站在街頭，面對梧州民眾，大聲疾呼，慷慨陳詞，乃至聲淚俱下。

"梧州各界工農軍政商學各界男女同胞們！

"從東北到華北，我們中國的半壁山河，差不多都被日寇占領和侵襲了。我們的國家，我們的民族，已處在千鈞一髮的生死關頭。

"綏遠的抗日將士們，正在浴血奮戰，保衛我們的疆土。如果不抗戰，我五千年的華夏古國，將變成被征服地，我四萬萬同胞，都將變成亡國奴。

"同胞們！中國是我們的祖國！我們能坐視亡國滅族而不起來救國嗎？

"不能！絕對不能！

"抗日則生，不抗日則死！

"一切不願當亡國奴的同胞們！讓我們有錢出錢，有力出力，支援我們在綏遠前線的抗日將士，支援他們為祖國而戰，為民族生存而戰，為國家獨立而戰，為領土完整而戰！

"謝謝大家！"

捧著募捐的紙盒站在少華身邊的琬瓊，也深受感動，和街頭的民眾一起熱烈鼓掌。

少華確實是越來越大方了，而且日益活躍。入黨之後，他和陸丙瑜、靳唯霖一樣，成為西大學生自治會的負責人，團結校內外的學生，出版牆報、校刊，組成抗日宣傳隊、話劇社，在學校、街頭、中山紀念堂，乃至工廠、農村，進行抗日宣傳、演出，影響和推動梧州民眾抗日救亡。

這一切，同樣參與其中的琬瓊，不僅欣慰，而且自豪。

6

夏日的天空裡，懸著一輪火球似的太陽。草叢中，一些白色、黃色、紫色的野花，被烈日蒸曬著，連同青草的芳香，向空氣中傳送著甜醉的氣息。高樹上，不時傳來幾聲清脆動聽的"知了知了"。校園裡，一些三五成群的學生，一邊行走，一邊微笑地傾聽這悅耳的蟬鳴。

少華和琬瓊，沒有像大多數同學那樣盡情享受學期結束前最後的校園生活，而是待在西大圖書館裡，各自捧著一本包著書皮的書，靜靜地讀。

西大圖書館是一座兩層樓的西洋式建築，除辦公室外，設有三間書庫，一間參考閱覽室，一間普通閱覽室，一間報章雜誌閱覽室。

西大立校之初，馬君武校長就說過："沒有充裕的圖書館，完善的儀器設備，就辦不好理工科大學"。他聽說康有為遺屬有意出售其私人藏書，當即派人前往，花了六千多元，購回兩萬多冊康有為珍藏的古籍，其中不乏善本、地誌。如今，西大圖書館的各種藏書已達十萬冊，規模相當可觀。

琬瓊聽少華說過，他差一點就成了這裡的圖書管理員。

少華的祖父本來留下了四百多畝田地，但叔伯眾多，分房析產後，家道逐漸中落。少華的父親在他三歲時就出外謀生，他和母親及三個姐姐只靠一些田產度日。十歲那年，在省立二師任教導主任的堂兄唐現之把他帶到桂林讀書，待如胞弟一般。

少華高中畢業後，堂兄本來要送他去上海讀交通大學，他不願增加子女眾多的堂兄的負擔，決定工作。堂兄的內弟熊紹琮在西大做圖書管理員，正準備辭職，就向馬君武校長推薦了他。誰知馬校長查閱了他的高中畢業統考成績，欣賞有加，極力鼓勵升學，這樣他才進了西大讀書。

可惜，對學生視如己出、關懷備至的馬校長，去年已經被迫離開。

校內早有傳言，馬校長和主持廣西軍政的白崇禧副總司令不睦。

性格剛烈、心直口快的馬校長，不喜歡武人干預教育，曾經在廣西黨政軍談話會上痛斥，謂軍人不懂教育，蹂躪學界，還批評廣西只顧軍事，不顧其他，情辭激厲，頗使當局難堪。據說，白副總司令當時就有些沉下臉來。

對於當局極重視的軍訓，馬君武並不反對，但因"三操兩講"占用時間多，其他課程常常受到影響，於是在軍訓尚未結束時便令人撞鐘下課，軍訓官自然很不高興。西大軍訓處規定，軍訓不及格的學生要留級或開除，馬君武堅決反對這一規定，經常為受罰學生減免。因他德高望重，負責西大軍訓的軍訓大隊長也無可奈何，只得寫信向在南寧的白崇禧控告。

久而久之，白崇禧便有了去"馬"之心。

以馬君武的資歷、聲望，不便公然辭退，於是由省教育廳出面，對西大學生進行突擊考試，如果成績不佳，則是校長之錯，可為藉口。沒想到考試成績不錯，反而證明了馬君武辦校有方。白崇禧於是宣布改組西大，由省主席黃旭初兼任西大校長，在南寧設校本部；將省立師專併入，成為西大文法學院，將省立醫學院併入，成為西大醫學院，都設在南寧；梧州只保留理學院和工學院合成的理工學院和農學院。馬君武希望出任理工學院院長，繼續實行自己的辦學理念，不料白崇禧仍不同意，遂憤而離桂，受聘為廣州培桂中學校長。

包括少華和琬瓊在內的西大學生，依依不捨地為他們敬愛的老校長送行。行前，馬君武填詞一首，以抒離情："城東佳境，時繞夢魂，嘆半生飄零，遂與名山成久別；嶺表舊邦，飽經憂患，願後生英俊，共籌良策至昇平。"

老校長馬君武離開後，西大梧州校園的氣氛沉悶了不少。

除了上課和出外進行抗日宣傳，少華和琬瓊平日便躲進了圖書館。

這日，他們所讀的兩本書，卻不是圖書館的藏書，而是從西大同學兼地下黨同志陳熙賢手上拿到的《八月的鄉村》和《子夜》。

　　地下黨去年八月創辦了生活文化合作社書店。陳熙賢和另外幾個同志負責書店的工作，從廣州、香港進書，比如艾思奇的《大眾哲學》、何干之的《中國社會性質論戰》和《大眾生活》《中國農村》《救亡日報》《救國時報》，都有出售。今年一月，梧州警察局下令解散各種讀書會，生活文化合作社書店被迫關閉，這些書就在梧州各校悄悄傳閱。

　　兩人正看得出神時，陳熙賢拿著一張《梧州日報》急匆匆地闖了進來。

　　"快看報，盧溝橋事變！日軍在宛平挑釁，與我二十九軍交火！"

　　圖書館內的所有同學都被驚動了。

　　琬瓊迎上前去，拿過報紙，大聲念了出來。

　　"盧溝橋中日軍衝突！""日軍猛烈進攻，我軍沉著應付，迄昨夜止，雙方交涉尚無結果，日方正增兵，我軍決死守！"

　　同學們都激動了起來。

　　個性奔放的琬瓊，更是熱血沸騰。

　　"從九一八事變到一二八事變，從華北事變到盧溝橋事變，日寇真是亡我之心不死。現在國共已經合作，可以一致對外了。同學們，我們必須大聲呼籲，保衛平、津！保衛華北！全民族實行抗戰！"

　　"對！保衛平、津！保衛華北！全民族實行抗戰！"

　　圖書館內，所有的同學都舉起了雙手，齊聲高呼。

　　接下來，傳來了很多振奮人心的消息。

　　北平人組織了"各界抗敵後援會"，支持第二十九軍抗戰。

　　許多學生和社會青年踴躍參軍，拿起刀槍投入戰鬥。長辛店、宛平的工人、農民，冒著敵人的炮火硝煙，為部隊送飯、送彈藥，救護傷員、修工事。有的農民還把新摘下來的西瓜送到陣地上勞軍。

　　各大報社的記者雲集盧溝橋，冒著呼嘯的槍彈，火線報道日軍的殘暴與第二十九軍的英勇，通過報紙，迅速傳遍海內外。

　　全國各地與海外華僑的慰問信、聲援函電，如雪片一般飛往北平前線。

來自廣州、上海、天津等地的慰問團，帶著豐富的慰問品，趕赴戰地慰問官兵。

7 月 15 日，來自全國各黨派、團體的代表和學者名流等一百五十多人，在廬山出席了國民政府舉行的關於國是問題的談話會。席間，張志讓、王雲五、王亞明、江問漁、杜重遠、朱經農、吳貽芳、蔣夢麟、曾琦、張君勱等二十多人自由發言，共同表示，在國家危亡之際，民族生存高於一切，全國應服從政府，一致抗日，救亡圖存。

7 月 17 日，國民政府軍事委員會委員長蔣中正在廬山談話會上發表講話，嚴正表示，如果爭端不能和平解決，便“只有犧牲與抵抗”；戰端一開，“那就地無分南北，年無分老幼，無論何人，皆有抗戰守土之責”，“如果放棄尺寸土地與主權，便是中華民族的千古罪人”。7 月 31 日，他發表《告抗戰全體將士書》，“這幾年來的忍耐，罵不還口，打不還手，我們為的是什麼？為的要安定內部，完成統一，充實國力，到最後關頭來抗戰雪恥！現在既然和平絕望，只有抗戰到底，那就必須舉國一致，不惜犧牲來和倭寇死拼”。

自此，長達八年、彪炳千秋的全面抗戰，拉開了帷幕。

7

中國不會亡，

中國不會亡，

你看那民族英雄謝團長。

中國不會亡，

中國不會亡，

你看那八百壯士孤軍奮守東戰場。

四方都是砲火，

四方都是豺狼，

寧願死，不退讓，

寧願死，不投降。

我們的國旗在重圍中飄蕩，飄蕩！

少華和琬瓊帶著幾個西大歌詠團的同學，站在斷壁殘垣的梧州街頭，齊唱這首從淞滬會戰開始傳遍全中國的《中國不會亡》。

這是 1938 年的 2 月。正是一年最冷的時節。他們都穿著厚厚的棉袍，圍著圍巾。他們唱得激昂而悲壯，眼中含著淚水，目光中卻透出一種不屈的驕傲。

周圍的一些民眾，也跟著一起唱這首歌，個個神色悲愴。

國家與民族，已經到了生死存亡的關頭。

1937 年 7 月底，北平和天津淪陷。

8 月 13 日，淞滬會戰爆發。幾十萬精銳國軍從各地趕赴上海，在前線以血肉之軀築成壕塹，雖打破了日軍"三個月滅亡中國"的狂言，也死傷慘烈，被迫自上海撤退。廣西的子弟兵，"鋼七軍"（第七軍）的兩個師，在浙江南潯、吳興、長興阻擊兩倍於己的日軍王牌軍—第六師團十晝夜，傷亡大半。

上海陷落之後，國民政府決定遷都重慶，以宣示抗戰到底的決心。12 月中旬，日軍攻陷中國首都南京，進行了慘絕人寰的大屠殺，30 萬同胞遇難。

作為廣西的工商業中心，梧州也遭受了日本飛機的狂轟濫炸。去年九月，日機就轟炸了梧州高旺飛機場。今天，竟然向居民區、工業區、學校、醫院投彈。大片房屋被毀，南華酒店和粵東會館都被炸得滿目瘡痍，就連屋頂用油漆刷了巨幅美國國旗的美國浸信會所屬梧州思達公醫院都未能倖免。雖然梧州北山、崗嶺、河濱、蝶山等處已經挖了不少防空洞，還是有很多躲避不及的市民被炸死。

面對日軍的殘暴，平日溫厚的少華，也不禁怒目圓睜。

站在他身旁的一個十八歲左右的男生，更是恨得咬牙切齒。

"少華兄，我剛到日本的時候，還著實感嘆，真是頗有我唐宋之風，誰知，他們侵略我們中國時，簡直欺師滅祖！國家興亡，匹夫有責，我也要參加你們組織的抗日救亡！"

"好！興仁，我們一起幹！日本於我華夏而言，是欺師滅祖，從甲午戰爭便是如此。我相信，一個小島國，永遠滅亡不了有五千年歷史文化的中國！只要我們堅持抗戰，最後勝利一定是屬於我們的。到時候，台灣也能拿回來！"

在少華身後的琬瓊，用力地點了點頭。她深知，此時的少華，一定是國仇、家恨齊上心頭。

少華的祖父，作為台灣巡撫唐景崧的族弟和親信幕僚，曾任台中釐金局總辦和安平稅關局長，和唐景崧一起經歷了悲壯的甲午割台、抗命保台，在日本侵台後被迫倉皇內渡，留下了終生的遺恨。

在這樣的家庭長大，少華對於日本侵華之痛，可謂刻骨銘心。

抗戰爆發後，地處天南的廣西大學，打破了以往只招兩廣學生的局面，開始面向全國招生。

經過十年發展，廣西大學已經擁有文法學院、理工學院、農學院、醫學院四個學院，十一個系科，成為多科性的綜合大學。圖書、儀器、標本都很齊備，各系都有自己的教學工廠，學校還建有品種多種的農場、林場。被譽為"法壇巨擘"的白鵬飛教授，繼馬君武和黃旭初之後出任廣西大學校長，教授中也越來越多知名學者。

廣西大學的名氣越來越大，吸引了不少外省學生前來就讀。隨著戰事的深入，各戰區也有借讀生和轉學生源源不斷而來。

和少華說話的熊興仁，便是其中的一個。他的父親熊斌，北伐時曾任馮玉祥的第二集團軍總參議，抗戰爆發後曾代理第三戰區參謀長，此時正擔任國民政府軍令部次長。三年前，興仁被父親送到日本留學，考入了日本第一高等學校。抗戰爆發後，他回到祖國，遵早年曾在廣西陸軍幹部學校步兵科學習的父親之命，來到相對安全的大後方廣西，進入了廣西大學。

在西大學生會認識年長四歲的少華後，熊興仁很佩服他的人品和學識，來往密切。

熊興仁後來去了重慶，由周恩來批准入黨。1949 年後，他改名熊健，在北京外國語學院教書育人幾十年。他和他尊敬的"少華兄"的友誼，持續了一生。

18

　　淒厲的防空警報，又一次尖銳地響徹梧州全城。

　　房屋裡，街道上，亂成一團。無論老幼，不分貴賤，人人爭相奔往最近的防空洞。

　　天空中，八架日本飛機，黑壓壓地呈俯臥狀襲來。一顆顆巨大的航空炸彈，伴隨著尖銳的嘯叫聲，傾瀉而下。地動山搖中，爆炸聲震耳欲聾。大量的房屋、建築和樹木被炸毀。一時間，梧州城滿目瘡痍。

　　因防空洞太小，容不下太多人，很多人只得跑到河邊樹林裡躲。爆炸過後，樹林裡遍地死傷，一些屍體被炸得支離破碎，地上和樹上到處是殘缺的胳膊、大腿和內臟。城裡的斷壁殘垣中，倖存的一些傷者，也在呻吟、慘號，連同周圍的哭叫聲、怒罵聲，響成一片。

　　大約有三十餘枚炸彈落在西大附近。這一年來已有多次"跑警報"經驗的西大師生，警報一響，便急忙往防空洞跑。然而，畢竟人多洞少，有的人慌不擇路，竟躲到水塔下面。結果，水塔被炸，當場死傷多人，屍肉橫飛，慘不忍睹。

　　1938 年 9 月 3 日至 27 日，日軍對廣西發動了十九次空襲。西大梧州校區三次被炸，大部分校舍在爆炸聲中轟然坍塌，圖書館和理工學院全部被毀。

　　站在母院——理工學院的廢墟前，琬瓊沒有落淚，只有對日寇的滿懷仇恨，和恨不能親自上前線打鬼子的壯志凌雲。

　　"日寇雖然炸毀了我們的校園，佔領了我們的半壁河山，打不垮我們的抗戰意志！我們雖然從國力到武器都遠不如日寇，一樣能打勝仗。台兒莊大捷就是明證！華，你二姐都去抗日前線了，我也想去，最好還能參加作戰！"

對於琬瓊這份巾幗不讓鬚眉的豪情，少華有些自嘆不如。

"瓊，你真是好樣的！會有機會的。我二姐來信說，五戰區就有西大去的學生軍。"

此時的抗日最前線，正是李宗仁指揮的第五戰區。少華的二姐夫唐真如，正是五戰區司令部負責機要通訊的通訊大隊長，在振奮人心的台兒莊戰役中，曾三天兩夜沒闔眼，保證了戰時的通訊暢通與安全，獲得李宗仁嘉獎。少華的二姐，在台兒莊大戰前就隨夫奔赴第五戰區，把新生的女兒留給她和少華的母親照料，常有信來。

淞滬抗戰爆發後，廣西除了將精銳的第七軍和第三十一軍開赴前線，還組織了三百名以大中學生為主的廣西學生軍北上抗日，其中就有三十多名西大學生。學生軍在桂林李家村進行了一個多月的政治、軍事訓練後，匆匆開赴五戰區。離開桂林時，全城歡送，機關、學校、商店、住宅，都懸旗致敬，直送到北門外烏金鋪的十里長亭。路過武漢時，白崇禧曾特地邀請共產黨人周恩來、葉劍英、王若飛、王明、博古等，社會名流沈鈞儒、史良、沙千里、杜重遠、王造時等對學生軍講話。

在五戰區的廣西部隊，見到來自家鄉的學生軍，非常高興，尤其對效法"花木蘭從軍"的學生軍女兵們讚揚不已，都說："家鄉的學生妹仔都上前線來打日本鬼子，我們還有什麼好說的。不拼命打鬼子，怎麼對得起家鄉父老！"隨後，學生軍隨廣西部隊轉戰千里，從安徽到河南到湖北，一路宣傳抗日，護理傷員，發動群眾，協助作戰。

琬瓊聽得心嚮往之，熱情澎湃，不禁唱起了時下全國流行的《滿江紅》。

怒髮衝冠，憑闌處、瀟瀟雨歇。

抬望眼、仰天長嘯，壯懷激烈。

三十功名塵與土，八千里路雲和月。

莫等閒、白了少年頭，空悲切。

靖康恥，猶未雪；臣子恨，何時滅。

駕長車，踏破賀蘭山缺！

壯志飢餐胡虜肉，笑談渴飲匈奴血。

待從頭、收拾舊山河，朝天闕。

岳飛的《滿江紅》，正是奔赴前線的將士們喜歡唱的一首歌。從淞滬會戰，徐州會戰，蘭封會戰，到目前正在進行的武漢會戰，抗日將士們唱著《滿江紅》，前仆後繼地與日本侵略者進行殊死搏殺，浴血奮戰，保家衛國。

《滿江紅》中濃濃的愛國情懷，抵禦外侮的激越悲壯，氣吞山河的英雄豪氣，不但激勵著前線將士，也激勵著後方民眾。

七年後，少華在陪都重慶邊聽當地父老說起，多少熱血男兒在奔赴湘鄂和滇緬抗戰前線之前，在重慶較場口的關岳廟祭拜岳飛，然後，臂刺“盡忠報國”，喊著“還我河山”，在同聲高唱《滿江紅》的重慶父老的淚光目送下，直接開赴硝煙彌漫的抗日前線。其中的不少人，從此再不能足履故鄉土，甚至不能馬革裹屍還。

抗戰時期，在聚集了國立中央圖書館、國立編譯館、審計部、戰區教師服務團及二十七所大中小學校的四川江津白沙壩，國立女子師範學院、四川省立川東師範學校、四川省立女子師範學校等校師生，在國立女子師範學院音樂系主任吳伯超的指揮下，萬人齊唱《滿江紅》，在中國音樂史上留下了光輝的一筆。

十幾年後，已經人到中年的琬瓊，在一個寒冷的冬夜，全家圍爐烤火之時，教五個女兒唱自己年輕時常唱的《滿江紅》。這首母親在世時唯一教女兒們唱過的歌，琬瓊的幾個女兒一直銘記在心，直到古稀之年，依然記得。

9

濛濛細雨，斜斜地飄灑，如一道密密的雨簾，在湖面泛出一圈又一圈的漣漪。湖邊的相思樹，也沐浴了眾多雨露，更為蓊鬱煙潤。石橋上，雨聲淋瀝，如古琴鳴曲。水榭邊，飛花墜落，爛漫繽紛。岸邊的桂叢、柏木，亭亭玉立。

打著油紙傘的少華和琬瓊，雙雙立於湖畔，凝視著這雨中的園景。

與已是一片焦土的西大梧州校區相比，設在這座西林公園中的西大校本部，簡直猶如《紅樓夢》裡的大觀園一般。

又名雁山園的西林公園，號稱"嶺南第一園"，建於清同治八年（1869年），原為桂林豪紳唐岳的私人園林。雁山本是一座石山，巖壑甚美。唐岳買山築牆，將雁山圈在園裡，故名"雁山別墅"。唐岳後來客死異鄉，家道中落，其子以四萬兩紋銀將園子賣給原籍廣西西林的兩廣總督岑春煊，遂更名為"西林花園"。1929年，岑春煊將此園捐給廣西省政府，又改名"西林公園"。

六年前，少華的堂兄、國立中山大學教育系副教授唐現之，受廣西省府之邀，回桂籌辦廣西省立師範專科學校（簡稱廣西師專），選定位於桂林良豐的西林公園為校址，以接近農村，邊學習邊勞動，培養學生"有農夫的身手，有科學家的頭腦，有改造社會的精神"。兩年前，師專併入西大為文法學院，設於南寧。不久，廣西省府由南寧遷桂林，西大校本部及文法學院也遷到良豐。

這個月，廣州不幸淪陷。位於鄰近的梧州的西大理工學院也緊急遷到良豐。

桂林籍的少華算是回家了。琬瓊則是第一次到桂林。

琬瓊很喜歡這個世外桃源一般的新校園。山清，水碧，景致天然。

石山平地兀起，挺拔屹立。岩洞頗大，洞中多石乳，見奇秀。相思江從園裡流過，窄時為溪，寬則為湖，名為相思湖，又稱碧雲湖。園中的主要建築——歇山二層樓閣式的涵通樓，通過長廊將東面湖中的碧雲湖舫和西南面方竹山麓的澄研閣連成一體。園內有水田、菜地、花籬、瓜棚、茅房，散發出濃馥的田園氣息，也植有梅花樹、丹桂、銀桂、紅豆、丹桂、方竹、綠萼梅、瓊花樹等眾多花木，據說原有三千種，如今尚存幾百種。

在靜謐的碧雲湖畔，滿懷心事的少華和琬瓊，默默地互望了一陣，然後同時開了口。

"華/瓊！你決定了？"

"是！"

兩顆心，同時劇烈地跳動。兩雙清澈明亮的眼睛，同時泛起光彩。在心意相通中，在十指緊握後，他們擁抱在了一起。

終於可以參加學生軍了。

廣州失陷後，廣西當局以第五路軍總司令部的名義發出布告，招考青年學生和社會青年，組建第三屆廣西學生軍，以支援前線，配合部隊作戰，抵禦日寇入侵。琬瓊和少華都徵得了地下黨的同意，一起去報了名。

報名處設在桂林的一個劇院裡。

報名的人簡直是人山人海，將劇院內外擠得水洩不通。大家都頗有志同道合之感，前後左右，熱烈交談。大部分都是廣西本土的學生，也有從外地回鄉的。居然還有從廣東和香港來的。

"滿叔（灌陽話"小叔叔"）！"

有個清朗的聲音在身後響起。

少華回頭一看，有些吃驚。

"振裘！你不在家養病，怎麼跑來報名了？"

"滿叔，國難當頭，桂林到處都有人來報名，我哪還能在家裡坐得住？哦，這就是未來的滿嬸吧？小侄向您請安！"

琬瓊有些羞澀。

　　少華這位堂侄只比他小一歲多，算起來比她還大幾個月，卻以晚輩自居，執禮甚恭，顯然有良好的家教。

　　唐振裘長著一張圓圓的娃娃臉，穿得很樸素，一身學生裝，外面套著一件布大衣，戴一頂毛線帽子。他的面相還帶著幾分稚氣，目光清澈，一看就是個善良的人。

　　少華常提起振裘。他們從小一起長大，名為叔侄，情同兄弟。振裘本來在北師大（國立北平師範大學）歷史系讀書，在北平參加了“一二九”運動，之後南下湖北，因患病，被聞訊趕到湖北探望的父親（即少華的堂兄唐現之）接回桂林照顧。

　　據少華說，振裘在北師大入了“民先”（民族解放先鋒隊），在湖北入了黨，參加了湖北建設廳辦的農村合作事業訓練班，畢業後作為農村合作事業指導員在荊門工作了一段時間。

　　荊門先後由李宗仁的第五戰區司令部和張自忠的第 33 集團軍駐守，因而是日機的重點轟炸目標，幾乎每天都來轟炸。有時，振裘他們正在吃飯，炸彈就從頭上落下來，房子炸垮一半。有時，炸彈落在他們頭上的城牆，城牆都被炸塌一個缺口，暴露在面前的幾百畝棉花地就象是被刀割過一般。

　　從荊門到襄樊的公路上，延綿不斷地過著從武漢撤下來的國軍，在長時間的對日作戰後，都顯得疲憊不堪。振裘他們就在傳說中呂洞賓修仙的荊門白雲樓一帶擺上八仙桌，給過路的官兵燒水、煮粥，在路邊演劇、辦講座、唱抗日歌曲，洗衣服和繃帶、餵藥、送水、代寫家信，鼓舞他們的抗戰意志。

　　同是大學生，唐振裘的經歷要豐富多了。回頭一定要問問他在北平參加“一二九”運動的故事。

　　琬瓊正想得入神，卻聽到隊伍中有人說：“呀，有個女生和考官吵起來了！”

　　所有人都好奇地觀看。

　　一個看去滿臉稚氣的女生，廣東口音，正拿著一封信，對著桌後那位一身灰布軍裝的考官“開火”。

“為什麼不能收我？你看，這是我父親寫給我的信，他都支持我參軍，報效國家。我念給你聽：‘我當然痛愛你，但為了民族抗戰，你是國家的，為了搶救祖國，不妨暫時中止學業，因為要是亡了國，仍無從求學……”

在一旁凝神靜聽的人，頓時對這位小女生及其父肅然起敬。

考官也有些動容。

“令尊的愛國情懷令人敬佩。可是，你年紀太小了，才十六歲。我們不能收。”

“十六歲怎麼了？我三姐在一二八淞滬抗戰時，也才是十六歲，照樣參加戰地服務團。怎麼上海行，廣西就不行？”

考官被她駁得無話可說，終於錄取了。

少華、琬瓊、振裘，也都被錄取了。

入伍後，他們才知，廣西全省各地的學生踴躍報名，竟然高達一萬八千多人，而且女生多於男生。原定的招收一個團一千兩百人，最後變成三個團四千多人。聽說，大部分都是剛畢業的初中生和高中生，小部分是大學生，還有小學教師和行政機構職員。

10

　　被學生軍錄取的學生，都接到通知，三日後，到七星岩的學生軍總部報到。

　　少華於是帶同琬瓊先去位於施家園的堂兄家，正好就在七星岩附近。他們搭乘從良豐開往桂林的西大校車，在磚石砌築、雄關高聳的古南門前下了車。考慮到琬瓊還未遊覽過桂林山水，少華在城門外的古榕樹下叫了一部黃包車，沿著漓江、桂湖、榕湖、杉湖、獨秀峰、伏波山、疊彩山、象鼻山兜了一圈。琬瓊一邊欣賞山水，一邊聽少華講古。

　　"水作青羅帶，山如碧玉簪"。唐代文豪韓愈的這一詩句，寫出了桂林山水之美。漓江的水，就象一塊晶瑩的翡翠，清澈得可以看見江底青褐色的石頭。這一江碧水，就似古代仕女服飾上的青羅帶，婀娜多姿，宛轉回環。桂林的山，則是如蓮似筍，峭石嵯峨，精緻中見秀美，就似鑲嵌在古代仕女烏髮間的碧玉簪。

　　"桂嶺環城如雁蕩，平地蒼玉忽嵯峨。李成不生郭熙死，奈此千峰百嶂何"。宋代文豪黃庭堅的這首詩，則寫出了桂林的一山一形，一石一態。有的像巨象，有的像駱駝，有的像貓兒，有的像筆架，有的像慈祥老人，有的像一柱擎天，真真千姿百態，奇峰競秀。

　　桂林不但是山水名城，也是歷史文化名城。秦始皇統一六國之後，派五十万秦軍南征百越，在嶺南設立了桂林、象、南海三郡，並在桂林興安開鑿了與長城並稱的靈渠，疏通了中原和嶺南的水上交通。漢元鼎六年，漢武帝平定南越國，設始安縣，即今之桂林。東漢伏波將軍馬援南征交趾，途經始安，在後人為紀念他而命名的伏波山"試劍"。隋開皇九年設桂州總管府，治所在始安。唐武德四年，桂州總管李靖在此修桂州城。保存至今的古南門，就是李靖當年所修。古南門外的古榕樹，則是北宋黃庭堅的繫舟處。

　　唐貞觀八年，始安改名臨桂。明洪武元年設桂林府，治所在臨桂。明太祖朱元璋封其侄孫朱守謙為靖江王，建王城於桂林城中心。王城中的獨秀峰，平地拔起，眾山環繞，孤峰獨秀，有天然的王者氣勢。靖江王城先後經歷了十四代靖江王，後被清朝定南王孔有德佔為定南王府。南明將領李定國率軍來攻，孔有德放火自焚，王府燒得只剩斷壁殘垣。清順治十四年，王府故地改作廣西貢院，先後舉行過一百場鄉試，至清光緒三十一年科舉取消。民國十年，孫中山在桂林督師北伐，設行轅於此。如今，這裡又成了廣西省府所在。

　　令人感嘆的是，“山水甲天下”的桂林，如今到處可見的，卻是蓬頭垢面、衣衫襤褸的難民。從北門外的清風街到火車站，從南門外至將軍橋，沿路都是外省逃難來的難民和他們搭建的竹木茅草屋。一些電影院和戲院也開放了部分區域，供難民居住。在街頭，難民們，尤其是難童，排著長長的隊，等待賑米施粥以糊口。

　　一個吉林口音的難民，在風中唱起了悲愴的《流亡曲》。

　　　　我的家在東北松花江上，

　　　　那裡有森林煤礦，

　　　　還有那滿山遍野的大豆高粱。

　　　　我的家在東北松花江上，

　　　　那裡有我的同胞，

　　　　還有那衰老的爹娘。

　　　　九一八，九一八，

　　　　從那個悲慘的時候。

　　　　脫離了我的家鄉，

　　　　拋棄那無盡的寶藏，

　　　　流浪！流浪！

　　　　整日價在關內流浪！

　　　　哪年，哪月，

才能夠回到我那可愛的故鄉？

哪年，哪月，

才能夠收回那無盡的寶藏？

爹娘啊，爹娘啊，

什麼時候，

才能歡聚一堂？

更多的外省口音加入。背井離鄉的淒苦和寧死不做亡國奴的悲壯，交織成一片涕淚交流的大合唱。

少華和琬瓊都流淚了。這首歌，他們在梧州街頭也唱過，但絕對唱不出這樣的悲愴。這些從遙遠的北方逃來的難民，經歷了怎樣的國破家亡，顛沛流離？

"九一八"事變後，數十萬難民從東北湧入關內，散布在平津等地。盧溝橋事變後，隨著各地的淪陷，形成了全國性的難民潮。從青壯男子到小腳老婦，從紅顏少女到黃口稚子，不甘為異族奴役，紛紛逃離，或挑擔推車，徒步前行，或搭乘車船，輾轉千里。據國民政府發布的數字，從 1937 年 7 月到 1938 年 3 月，難民人數就已達兩千萬。

在遍地的硝煙與瓦礫中，很多難民只能暫避於破廟內或斷垣下。在飢餓、寒冷與疾病的折磨下，許多人喪失了生命。有的難民長期忍飢挨餓，只能賣兒鬻女。有的難民剛在一地安頓幾日，就遇到日軍進攻，只能再次遷徙。

遠在天南的廣西省會桂林，山清水秀，物價便宜，且遠離戰區，相對安全，早在抗戰初期，就有難民湧入。自廣州、武漢失陷，難民更是如潮水一般地湧來。本來只有八萬人的桂林城，一下子激增到五十萬人。

包括陶行知、梁漱溟、李四光、郭沫若、柳亞子、巴金、沈從文、夏衍、茅盾、田漢、徐悲鴻、歐陽予倩、艾青、臧克家、蕭軍、艾蕪、聶紺弩、范長江、焦菊隱、洪深、馬思聰、豐子愷、關山月在內的眾多文化名人，包括中央研究院地質、物理、心理三個研究所，商務印書館、中華書局、世界書局、生活書店在內的眾多文化機構，也從全國各地匯集到桂林。桂林，因而成為大後方的文化城，有書店、出版社一百六十餘家，劇院、電影院十多個，文藝和文化團體三十個，群英薈萃，盛極一時。

桂林東郊的施家園一帶便住了不少逃難而來的文化界人士。擔任中華全國文藝界抗敵協會常務理事的盛成，一家人就在施家園賃房而居。很多年後，他還記得，住所是在象鼻山對面，南岸是穿山，北面是龍隱岩，岩內有宋朝的平蠻碑和黨人碑。岩旁邊是月牙山，山裡有一個廟，逃難而來的高僧巨贊法師就棲居於此。中華全國文藝界抗敵協會桂林分會就是在月牙山的倚虹樓成立的。

桂林籍的文化人唐現之，已在施家園住了多年。他的家是一棟竹籬笆圍繞的灰牆平房，小小的院子，水泥鋪地，整齊地擺著一些綠葉茂盛的盆花。

還在竹籬笆外，琬瓊就聽到裡面一片笑語喧嘩，一些操著不同口音的人在談笑風生。

開門的是唐振裘。“爸！滿叔和他女朋友來了！”

唐現之微笑著迎出客廳。

這是琬瓊第一次見到這位全省知名的教育家。她發現，少華這位大哥，大約四十出頭，面貌和少華有點像，但身材瘦弱得多，穿著一件不太合身的布制服，氣質儒雅，態度謙和，神情卻透出堅定和執著。

琬瓊已經多次聽少華談起他所敬愛的大哥。唐現之是少華大伯父的獨生子，畢業於國立中央大學的前身——南京高等師範學校的教育科，是著名教育家陶行知的得意門生，和恩師一樣矢志教育救國，除了在廣西籌辦省立師專，還曾在四川省立第二女子師範學校、湖北省立教育學院、山東鄉村建設研究院、國立中山大學任教。他為人慷慨仗義，平生交遊廣闊，和青年黨的陳啟天、左舜生，實業救國的盧作孚，鄉村建設的梁漱溟、晏陽初，畫家徐悲鴻，作家田漢，戲劇家歐陽予倩等，都是好友。

“大哥，這就是我女朋友，周琬瓊。”

少華有些靦腆地作了介紹。

"好，好。都進客廳坐。我才在和陶先生和徐先生說，你們都要去從軍了。他們很誇獎，也想見見你們。"

"陶行知先生和徐悲鴻先生？"

琬瓊的眼睛一亮。

11

客廳不大，佈置得古樸而清雅。

一套棕色的樟木沙發，風格簡潔樸實，一長兩短，配兩個同樣質地的茶几，上設一個清代景德鎮製造的祭紅釉梅瓶和一套宜興的紫砂茶具。牆上掛著幾幅字畫，最引人注目的是一幅奔馬圖，雄駿矯健，栩栩如生，頗有“瘦骨銅聲”之美感，右下角題“現之留存　悲鴻贈”。還有一些盆景植物，包括幾盆蘭花和一盆曇花，都種在綠色的花盆中，有高有矮，散發出滿屋的幽幽清香。

唐現之顯然是個好客的人。客廳裡，高朋滿座，如沐春風，大有賓至如歸之感。

長沙發和一些臨時加設的木椅上，坐著一些一看就是外省籍的文化人和流亡學生。兩張單人沙發上，分別坐著兩位四十多歲的中年人。一位戴著老舊的闊邊眼鏡，穿一件藍布大褂，足蹬一雙千層底布鞋，看去樸實平易，和藹可親。另一位，穿一件黃銅紐扣的青色土布長衫，上面還沾著一些顏料，頭髮也有些凌亂，面目清秀，但神情中透出幾分冷峻和蒼涼，頗有些久經風霜的感覺。看樣子，這兩位就是陶行知和徐悲鴻了。

唐現之搶前一步，為他們做了介紹。

“老師，悲鴻兄，各位朋友，各位同學，我來介紹一下。這是舍弟，唐少華。這是周琬瓊小姐，舍弟的女朋友。他們都是廣西大學理工學院的學生，才從梧州搬到桂林，就參加了廣西組織的學生軍。”

“陶先生好！徐先生好！各位先生，各位同學好！”

少華和琬瓊一起行禮。

“好，好！日本人要逼我們投降，你們不願當亡國奴，投筆從戎，很好。生活即教育，社會即學校。在社會上，在生活裡，你們會遇到很多淳樸的老百姓，會看到中華民族骨子裡的堅韌，也會遇到一些漢奸，有些隱藏得還很深，你們要去認識，有所準備，生出抵抗力。這樣，我們中國就有希望，不會亡！」

雖是初次見面，陶行知如同對待自己的學生一般，諄諄教誨，語重心長。

「好，好！廣西人就是有血性，女生都上戰場了。」

藝術家作派的徐悲鴻，話要少得多，但顯然對廣西和廣西人很有好感。

「謝謝陶先生教導！謝謝徐先生誇獎！」

少華和琬瓊找到牆邊的兩張木椅坐下。幾個流亡學生立刻圍了過來，問長問短。

一個看去只有十七八歲的女生說，「可惜我不是廣西的學生，不然，我真想參加你們廣西學生軍，也上前線去打鬼子。我哥哥就是國軍的團長，在盧溝橋犧牲了！」

「祝冕！你哥哥為國捐軀，萬古流芳！」一個天津口音的男生，豎起了大拇指。

「謝謝你，李寶樺！我們都是家破人亡，從京津到桂林，嘗夠了顛沛流離。你還好，唐先生讓你們幾個住在他家，比起街上那些無瓦遮頭的難胞，幸運多了。」

「是啊！唐先生家人口多，房子也不大，還讓我們暫住。他籌辦的桂師（作者注：廣西省立桂林師範學校的簡稱）下個月就要開學了，聽說還聘請了畫家豐子愷去任教。如此忙碌，他還抽空協助外省來的朋友在桂林開展工作，幫助我們這些萍水相逢的流亡學生。他真是一位仁者，義者！」

沙發一側，陶行知正在和唐現之談在桂林的工作。

「現之，我打算在桂林辦一個‘生活教育社’。已經和李、白、黃談好了，他們很願意支持。具體事宜，你辛苦一下。找個地方做社址，下個月，可以開成立大會了。」

「老師放心！中山學校有些空房可用，我和他們聯繫一下。成立大會嘛，省政府禮堂好，地方大，可以坐幾千人。我和邱昌渭（作者注：邱為時任廣西省教育廳長）講一下，他會安排的。」

徐悲鴻則談到他的出國計劃。

「現之，我準備去南洋辦畫展，為抗戰籌款。我本來想在廣西多住一段，好好辦桂林美術學院，可惜籌備到一半，抗戰爆發，只好因陋就簡，先辦個藝術師資訓練班。這次出國，短期內回不來，這個藝師班就交給我的學生張安治負責，也拜託你有空關照一下。」

沙發對牆，正是徐悲鴻所贈的奔馬圖。唐現之突然覺得，駿馬那昂然天外的神態，不正像包括畫家本人在內的中華民族這份不屈不撓的精神麼？

「悲鴻兄，你此去是為抗戰盡力，你放心，藝師班我也會去兼課，安治有事可以直接找我。感謝你這幾年為廣西，尤其是為廣西藝術所做的一切。」

不久，徐悲鴻離開了桂林，前往南洋。以陶行知為理事長，李任仁、雷沛鴻、楊東蓴、唐現之、林礪儒、黃炎培、沈鈞儒、田漢、徐特立、邵力子等 33 人為理事的生活教育社，在桂林成立，成為一個活躍的抗日教育團體。

流亡學生李寶樺和祝冕後來則輾轉到了戰時首都重慶，結為夫婦，就此在這個內陸山城定居。

幾十年後，少華和琬瓊在重慶工作的二女兒橋荇成了李寶樺的同行，從這位老大哥口中才知道伯父自己閉口不言的義舉。

12

“少華兄！琬瓊姐！”

“莊炎林！又碰到了，真是有緣！”

三個年輕人相視一笑。

在七星岩總部報到的四千多名學生軍中，西大同學不少，聽說有差不多一百人，地下黨同志據說也有九十多人，但真正認識的也不多。莊炎林在學生軍報名時正好排在少華和琬瓊的前面，當時聊得挺投緣，如今再次遇到，都非常高興。

眉宇間有幾分華僑氣質的莊炎林，祖籍福建，在上海出生，曾在南洋住過一段時間。去年淞滬會戰時，他才十六歲，就報名參加了上海童子軍抗日戰時服務團。上海淪陷後，他隨家人逃難到香港，在和駐港中共組織有聯繫的父親的安排下，來到桂林，進入省立桂林中學讀書。

莊炎林的家庭和琬瓊有些相像，祖父是富裕商人，父親則是同盟會員。而畢業於省立第一高中的少華，曾在桂林中學的前身—省立第三高中讀過一段，算起來又是學長。有這麼多的共同點，難免倍感親切。

“琬瓊姐，真高興又看到你們了。少華兄，我們還是同一團同一大隊呢。”

眼尖的莊炎林，一眼看到和他一樣穿著新髮的灰布軍裝的少華，胸前的布章上寫著“國民革命軍廣西抗日救國學生軍第一團第二大隊”。琬瓊的則是“國民革命軍廣西抗日救國學生軍第二團女生中隊”。

“哎，你們聽說了吧？我們學生軍司令是夏威。由他親自兼任學生軍司令，可見重視程度。看來，我們可以好好地和日本鬼子幹一場了！”

莊炎林看來很活躍。雖然來桂林不過三個月，對廣西的情況已頗為了解。

果然，在學生軍集訓的第一天，時任第十六集團軍總司令、負責保衛廣西的夏威，就以學生軍司令的身份前來訓話。

"青年學生有組織地從事革命運動，在我們廣西，是有光榮傳統的。早在辛亥革命那一年，我們的白副總長，以及本司令，都曾參加學生軍，為革命出征到漢口。"六一"運動時，我們也有學生軍，"七七"抗戰之冬，又組織了學生軍，遠征湘鄂豫皖諸省，為抗戰建國的工作艱苦奮鬥。不過，本軍與以前的學生軍有所不同，不僅要能"叫"，也就是抗日宣傳，而且要能"打"，也就是參加作戰，還要能"裹"，也就是組織民眾。這種能"叫"能"打"又能"裹"、軍政並重的偉大革命青年集團之組織，不僅在本省很特殊，即在全國，也是僅有的。"

夏威將學生軍的使命說得很清楚。同來的學生軍副司令鄭昌藩、政治部主任劉士衡、第一團團長林樞、第二團團長肖光保、第三團團長蔣晃，也講了話。

學生軍所轄的三個團，一團以桂林、平樂、柳州等地的學生為主，駐地為七星岩；二團以梧州、桂平、玉林等地學生為主，駐地為桂林中學；三團以南寧、賓陽、左江、右江等地的學生為主，駐地為桂林女中。每個團下轄三個大隊和一個女生中隊。每個大隊各轄四個中隊，中隊以下為區隊、班。區隊長以上屬於軍官，由學生軍司令部委派。兵稱學生，互稱同學。班長由學生民主選任。

在同學中享有威望的少華和琬瓊，都被選為班長。

緊張的集訓開始了。

學生軍的組織和普通軍隊相似，要求則更為嚴格。每天都要出兩次操，兼學習軍事，如步兵操典、射擊教範、作戰技術。也注重政治，晚上聽政治報告或進行政治討論。有時，還有營火會或夜行軍。

在大量的體力消耗之餘，平時吃飯也就是白飯青菜。因米價貴，常是劣米糙飯，有時還是稀飯。有時，連青菜都沒有，就是白飯，或點鹽點辣椒。住宿則是用稻草鋪在地下當床鋪，用雨衣蓋在稻草上當席子，蓋一條薄棉毯。

雖然在西大已接受過軍訓，畢竟每周只有六小時，學生軍的訓練量，對於富家大小姐出身的琬瓊來說，頗不容易。

有一次，還在睡夢中，突然鈴聲大作，進行夜間緊急集合練習。不到五分鐘，就得穿好軍裝，打好綁腿，背好軍毯，帶好武器和用具，到大操場集合。琬瓊在迷迷糊糊中，跌跌撞撞地衝出去，差點摔了一跤。還有一次，100 米臥姿步槍實彈射擊，練完之後，她感覺差不多要累垮了。

還好，她是個意志堅強的人，漸漸熬過來了。少華還好，因家道中落，已習慣吃苦耐勞。從桂林回灌陽老家，三百多里路，他一般也是跟著一些灌陽來的小生意人徒步回去。

讓他們興奮的是，八路軍參謀長葉劍英、文化界名人夏衍、范長江、洪琛，都應邀來學生軍駐地作過報告，講抗戰形勢和戰地見聞。日本反戰同盟的鹿地亙、台灣抗日組織的秘書張一之、朝鮮抗日義勇隊的金奎光，也來做過專題演講。

一個多月的密集型軍事加政治集訓很快就過去了。4000 多名學生軍集中在桂林中學的操場上，進行了莊嚴的宣誓，然後分赴不同的抗日戰場，一展鋒芒。

13

時已寒冬，寂靜的桂北小城——全縣，還是一片深秋的景象。

城西的湘山，霜清霧冷，萬木凋謝，紅葉卻是如火一般絢爛，飛舞於西風之中，詮釋著生命的熱烈。

全縣又稱全州，在歷史上隸屬湖南，明洪武二十七年才劃歸廣西桂林府。湘山腳下的湘山寺，號稱"楚南第一名剎"，由得道高僧全真法師（即無量壽佛）在唐肅宗至德元年（公元 756 年）開建。據說，宋徽宗曾親臨湘山寺膜拜，范成大、解縉、徐霞客、王夫之等人都曾到訪，清代著名畫僧石濤更曾在此修行二十一年。

此時的全縣，是一個兵的世界——陸軍第五軍軍部和第五軍主力 200 師正駐紮於此。

位於湘桂邊界的全縣，山嶺環繞，城小人稀，卻是廣西的北大門，有湘桂公路、鐵路連接湖南，有鐵路通桂林和柳州、還可直達越南首都河內，是兵家必爭之地。

每天清晨，全縣人都能看到，當初開著坦克、裝甲車、十輪大卡車從湖南湘潭過來的 200 師官兵，在他們那位英氣之中見儒雅的師長戴安瀾的率領下，目不斜視地走向野外的訓練場。雖然有些兵連鞋子都沒有，卻是個個都扛著槍，隊列整齊，精神煥發。

訓練場上設了許多大牌子，上面用大字寫著第五軍軍長杜聿明親擬的口號——"操場即戰場"、"平時多流汗，戰時少流血"、"除驕、除惰、除偽、除欲、除惡"、"習精、習誠、習勤"，頗有一種泰山壓頂的氣勢。

200 師的官兵們，在鋪滿落葉的沙地上爬，在沙坑裡跳，操著刺刀對著一個個豎立的草靶狠命地捅，龍騰虎躍，殺聲震天。直到夕陽西沉，人人都已是一身泥，一身汗，方才一起唱著雄壯的軍歌，列隊歸營。

第五軍的另外兩個師：榮譽第一師（師長鄭洞國）和新編第 22 師（師長邱清泉），則分別駐紮在不遠的湖南零陵和東安。

作為全國唯一的機械化軍，第五軍有自己的修造廠，就設在全縣勝景之一的龍巖洞裡。

全縣縣城裡還建起了第五軍軍官子弟學校，由榆林女子師範出身的杜聿明軍長夫人曹秀清女士任校長。教師由第五軍的一些有知識、熱愛教育的軍官充任。開設的課程有國文、英文、數學、物理、化學、體育。學校實行軍事化管理，男生穿軍裝，女生是軍裝上衣配黑裙子。每個學生都持有童子軍棒。杜聿明軍長的長女杜致禮，戴安瀾師長的長子戴履東，都在其中。

戴安瀾師長的治軍、愛民、愛讀書，給全縣人留下了深刻的印象。

戴師長對自己的家屬子女要求很嚴，不搞特殊化。

他來全縣時，他的夫人和孩子們也從柳州遷了過來。汽車開到部隊駐地大門口時，十二三歲的長子戴覆東下了車，興沖沖地往裡跑。“立正”，“敬禮”，隨著兩聲口令，門口值班的衛兵向他行軍禮，弄得他不知所措。戴師長和藹地告訴衛兵班長：“以後我的家屬孩子來師部，不要喊‘立正’，不要行軍禮。”後來，戴師長又對衛兵排長和衛士們說：“今後，對我的孩子不要稱他們‘少爺’、‘小姐’，直呼他們的名字就可以了。”

戴師長有四個子女：覆東、藩籬、靖東、澄東，名字均蘊抗日救國之義。他在嚴格教育子女之時，也不乏親情，有時帶藩籬、靖東採折一些杜鵑花取樂。覆東在學校讀書時，學習特別刻苦，吃的與普通同學一樣，穿著也很簡樸，絲毫看不出是將軍之子。

雖然戴家就在附近的蔣家果園，戴師長總是在部隊駐地住宿，夜晚查舖，一早起來就督促訓練。在他的嚴格訓練下，在全縣到興安一帶舉行的全軍軍事大演習中，200 師被評為全國第一。

酷愛讀書的戴師長，平時一有空就讀書，寫練兵教材《磨勵集》。他治軍嚴明，部隊對全縣百姓秋毫無犯，還經常幫助當地村民修路。

　　從學生軍中被抽調到獨秀峰下受訓、然後分派到全縣工作的少華，和全縣人一樣，以新奇的眼光看著這一切。

　　少華的原籍灌陽和全縣相鄰，同講湘語，風俗習慣都相似。他的姑母和大姐嫁的都是全縣望族。大姐的公公廖藻曾任湖南試用知縣，後來主持修纂了《全縣志》。少華小時候還在全縣龍水村的姑母家住過一段時間，對全縣相當熟悉，開展起工作來甚為方便。

　　從梧州開始就熱衷於抗日宣傳的少華，在全縣舉辦了時事座談會、五四青年紀念會、七七抗戰和八一三淞滬抗戰兩週年紀念會。參加的，除了全縣本地的青年學生，還有第五軍軍部和 200 師的一些青年軍官。

　　在臨時借用的教室裡，在洋溢著金戈鐵馬之氣的昂揚氛圍中，年輕的少華，在熱血沸騰中侃侃而談，大聲疾呼，激情澎湃。掌聲一再地響起，經久不息。

　　這是他生命中最難忘的歲月之一。

　　1994 年，廣西電影製片廠拍攝了《鐵血崑崙關》。已是廣西教育界元老的少華、杜聿明將軍之婿楊振寧，都應邀參加了首映禮，一見如故，相談甚歡。

　　在大屏幕上那些恍如當年的歷史畫面中，已經白髮蒼蒼的少華，想起了當年那些慷慨激昂地唱著"槍在我們的肩膀，血在我們的胸膛，我們來捍衛國家，我們齊赴沙場……抱定殺身成仁的決心，發揚中華民族之榮光"（作者注：軍歌《出發》）奔赴崑崙關、大多在此戰中為國捐軀的 200 師官兵，不禁老淚縱橫……

　　崑崙關大戰結束後，杜聿明將軍回到全縣，召開了崑崙關陣亡將士追悼大會，第五軍將士和全縣百姓逾萬人參加。隨後，在全縣建了陸軍第五軍崑崙關陣亡將士紀念塔，形式為鐵塔，高達數十米。

　　第五軍在全縣駐紮了三年，軍民感情甚深。當時主政的黃縣長，還特地劃撥了一片地給第五軍軍官子弟學校，並增建了校舍，改名為"大同中學"，面向社會招生。

　　戴安瀾將軍後來在遠征緬甸的歸國途中遇到日軍伏擊，傷重不治，壯烈殉國。因安徽老家當時被日軍佔領，靈柩便運回他曾駐紮三年的全縣，安放於湘山寺內。

1943 年 4 月 1 日，國民政府在湘山寺的大雄寶殿為戴將軍舉行了國葬。

國民政府桂林行營主任李濟深、廣西省政府主席黃旭初、第五軍軍長杜聿明、駐紮全縣的第五軍全體官兵、大同中學全體師生和來自全國各地的各界代表，以及群眾一萬餘人，參加了公祭儀式。全縣縣城的百姓幾乎傾城而出。

輓聯之多，在全縣歷史上也是空前的。

戴安瀾將軍所敬愛的"校長"，連寫兩幅字，痛悼這位為國捐軀的學生。以"蔣中正"之名寫的輓詞是"浩氣英風"，以"蔣介石"之名寫的輓詩為：

　　虎頭食肉負雄姿，看萬里長征，與敵周旋欣不忝；馬革裹屍酹壯志，惜大勳未集，虛予期望痛何如！

毛澤東在"海鷗將軍千古"的輓詩中也讚曰：

　　外侮須人御，將軍賦采薇。師稱機械化，勇奪虎羆威。浴血東瓜守，驅倭棠吉歸。沙場竟殞命，壯志也無違。

曾是黃埔軍校政治部主任的周恩來，則在輓詞中將戴將軍譽為：

　　黃埔之英，民族之雄。

為了紀念戴安瀾將軍，杜聿明軍長提議建一所"安瀾紀念學校"。為建校籌得的近 200 萬法幣中，20 萬是家境並不寬裕的戴夫人王荷馨女士捐出的全部撫卹金。最終定名為"安瀾高級工業職業學校"的紀念學校，於 1943 年 8 月在全縣開學，設有機械、土木、汽車三科。學校圖書館中的一部分書籍，即為戴將軍生前藏書，約 2000 多冊。

14

“唐少華！”

少華正在為即將開張的青年文化服務社搬運一些書報雜誌，突然聽到一個有些熟悉的聲音。抬頭一看，原來是在桂林集訓時有過接觸的第三團團長蔣晃。

“蔣團長！你們三團也開到全縣來了？”

“不，我是因家母生病，臨時請假探望。你還不知道吧，除了像你這樣被單個抽調出來的，我們三個團都已集體開赴各地。一團在平樂、荔浦、修仁、武宣、鍾山、賀縣、信都、懷集，二團在梧州、藤縣、平南、桂平、貴縣、玉林、博白、陸川、興業、岑溪、北流、容縣，三團在南寧、武鳴、賓陽、橫縣、永淳、扶南、綏淥、同正、崇善、左縣。”

“哦，我聽說了。周琬瓊現在就在藤縣。”

“我為了省時間，專門借了個車開回來，路過縣城，就看到你了。也巧。你要不要搭車去龍水，看看你姑母？”

蔣晃是全縣龍水鄉蛟龍田村人，與少華的姑母家相去不遠，在桂林時談起來就很親切。據蔣晃說，少華姑母所屬的龍水村蔣家是他們那一帶最受人敬重的書香門第，有清一代就出了四個翰林，九個進士，四十二個舉人。

“謝謝蔣團長！我這次到全縣，還沒顧上去看姑母呢。搭車正好省點時間。麻煩你等一下，我把這些雜誌搬進去就好。”

上了蔣晃的軍用吉普車，很快就到了距離縣城 17 公里的龍水村。和全縣縣城一樣，龍水村也在湘桂古道上，自古便是交通要道。

出生後被算命先生稱為“命大、易剋母”的少華，曾被送到姑母家住了很長一段時間。

龍井村依山臨水而建，外環八景，內居六房，有一條老街貫穿東西。以老街為中心，是"三頭六口九巷子"布局的民居和祠堂。六橫三縱的九條巷子，都用小鵝卵石鋪成，只有一條直巷子是青石板路。民居都是明代和清代所建，五柱房，磚瓦木結構，小青瓦硬山頂穿斗式構架，三合院或四合院式，有硬山頂建築也有歇山頂建築，有的還砌有風火牆。牆壁都用鵝卵石砌成，草筋灰抹面、勾縫，馬頭牆，屋簷翹角，山頭牆上和大門門頭均有浮雕，塑有吉祥圖案。門頭上泥塑精美，有動物也有花草，各書有蘭菊、泰宇、娛讀、樂耕等字樣。梁枋也多雕飾，礎石有圓有方，圖案雕刻精美。地面多為青磚鋪成，天井也用青石條砌築，井面則用小鵝卵石鋪成各種圖案。

龍水村都是蔣姓，同源同族，詩禮傳家，父慈子孝，兄友弟恭，人稱"君子之村、禮義之鄉"。數百年的發展，也積累了不少獨特的風土民俗。

少華記得，龍水村民每天都煮薑茶喝。先將生薑用特製的木槌在茶鍋裡捶細，鍋底燒熱後，放上適量水，煮開時再放茶葉和鹽。這種帶鹹味的薑茶，提神、健胃、驅寒，對傷風感冒頗有療效。村民也喜以薑茶待客，配有花生、瓜子、米豆腐皮皮、粽子等茶點。

米豆腐皮皮也是龍水人都嗜好的。大米清洗後，用石灰水浸泡，再加適量的大蒜和鹽，用石磨磨成漿。磨好的漿，加上泉水，倒進大鐵趴鍋，用大火煮，煮成糊狀時用文火，加木鏟攪動。煮熟的米漿，倒在木箱裡，冷卻成米豆腐，切成長條，再用特製的弓劃成薄片，一片片用手分開，晾曬在撒有樅毛的竹塔上。曬乾後，一片片收起，袋裝密封。除了米豆腐皮皮，龍水人也做苦珠豆腐皮皮、蕎麥豆腐皮皮、高粱豆腐皮皮。

逢年過節、走親訪友、小孩滿月、做生日、上樑、進火（喬遷）、討親、嫁女，龍水村家家戶戶都要做粽粑。因形似羊角，又名羊角粽，分為臘肉粽、排骨粽、板栗粽、槐米粽、大豆粽、綠豆粽等。做的時候，先將糯米和配料用適量草灰水浸泡，以粽粑殼葉包成羊角狀，用棕葉紮好，再用鐵鍋燒，柴火煮。入口後，油而不膩，糯而不黏，清香撲鼻。

龍水人引以為豪的“龍水八景”，也給兒時的少華留下了美好的記憶。

村西南的龍巖山下有一寺，名為青龍觀。山腰楓林中則有一樓，名為魁星樓，樓高三層，方形，飛簷翹角，建構精巧。每當深秋，楓紅似火，這山、寺、楓便構成一幅“寺樓紅葉”圖，是重九登高的勝地。村南山上的石子路旁有一茶亭，形如八角，又稱八角亭。過往行人都在茶亭歇腳，村人迎來送往也在此處，是為“茶亭霜曉”。無論春夏秋冬，龍水村都派專人在亭中供應茶水，過路人可隨便飲用，分文不取。因龍水村在外做官的人多，過路人中的騎馬坐轎者，還會下馬，下轎，步行而過，以示謙恭。

村東有一山，山中有一巨石，明月夜觀之，狀如蟾蜍跳躍，栩栩如生。龍水村在有清一代登科者眾，蟾宮展誌，村民認為正是“東嶺明蟾”靈氣所致。村東南有群峰，有一山壁如刀削，彷若石壁。相傳，如有大石片從山上墜落，龍水村便會有子弟金榜題名，屢次靈驗，因而被視為吉祥地，以“掛榜雲祥”名之。

村西有一高山，形似香爐，故名香爐山。每當清晨，雲霧升騰，煙靄氤氳，旭日照射，就似給山腰披上一層紫色輕紗，如李白名句“日照香爐生紫煙”，故有“香爐紫煙”之譽。村西群山，最高的名為牯牛背，其次是大黃山，屬於越城嶺的支脈，連綿起伏，溝谷縱橫。雪後新晴時，山峰白雪皚皚，凝華積素，是為“西山霽雪”。

村東田垌中有兩口泉井，灌溉了村前村後數百畝良田。村民都飲此井，泉水清澈，入口甘甜，稱為“龍井春泉”。龍水村有名的霉香豆腐也是用此泉水製造。還可用來釀酒，酒質醇香，回味悠長，清朝時曾有趙氏德勝酒坊在此釀酒，有“龍水米酒甲萬鄉”之說。

對於少華來說，龍水村就像是半個老家，一草一木都很熟悉。

這日，他一到村中老街，便聽見保長一邊敲鑼一邊高聲通知，“大家注意了！都去祠堂集合，和政府簽訂《抗戰公約》！”

一聽“抗戰公約”，少華按捺不住好奇心，也向兒時常去玩耍的祠堂走去。他想，姑父已經去世，表姐們都已出嫁，表哥在外工作，獨自居家的姑母，肯定也會應召去祠堂。

蔣氏公祠位於村中偏東北處，木柱，青瓦，青磚牆。木柱用礎石墊撐，天井以青石板鋪底，地面是傳統的紅沫泥，用黃土、石灰、河沙、糯米、紅糖混合揉成黏泥，均勻抹在地面，用棕繩壓繪出祥雲、花草等圖案，呈紫紅色。正廳掛著一副醒目的對聯：“荊樹開花兄弟樂，書田無稅子孫耕”。

進得祠堂，已是一片密密麻麻的人頭，連天井裡都站滿了。廳中鋪開的一張長桌上，同時擺設著關帝神牌和總理遺像。

年過花甲的老族長，戴一頂黑色瓜皮小帽，穿一件黑緞面灰鼠皮袍，氣定神閒地站在正廳階前，對著台下的近千宗親，朗聲說道，

“諸位！我龍水敦睦堂蔣家，自始祖德祥公開基以來，傳承數百年，儒衣仕版，稱極盛焉。而今，日寇欺凌，國家危殆。我蔣家子弟，理當共赴國難。《抗戰公約》，既是政府要求，亦是吾族本分。

“下面，我宣讀一下公約條款：（一）不賣糧食及一切物品與敵人（二）不為敵人帶路（三）不為敵人做偵探（四）不為敵人築路（五）不為敵人挑擔（六）不買敵人貨物（七）不用敵人紙幣（八）不做敵人官兵（九）不做敵人順民。

“請每家每戶都派一個代表，上來一起宣誓，然後各自簽字畫押。誓詞為：‘我等各本良心在總理遺像、關聖帝位前，代表全家發誓，遵守抗戰公約，精忠救國，不做漢奸，如有違背，天誅地滅，甘受政府槍斃，謹誓。宣誓人：某某某。’”

老族長話音剛落，各家各戶的男性當家人，便紛紛走上前來，準備宣誓簽約。一位身穿灰綢面絲棉袍、面貌慈祥的老婦，竟也挺身而出，慨然言道，“義之所在，豈有他哉！我雖是女流之輩，花甲之年，孤身一人，也當簽字畫押，誓不與日寇合作，勉盡國民職責。”

“八姑媽！”

少華禁不住叫出了聲。

15

一支灰色的隊伍，像一條翻騰的長龍，沿著曲折蜿蜒的山路，風馳電掣地飛跑下來。

隊伍中，最引人注目的是一面用粗體字大書"廣西學生軍"的軍旗，一路迎風招展。

頭戴軍帽、身穿軍裝、紮著綁腿、腳踏草鞋的周琬瓊，扛著一支七九步槍，斜揹子彈袋和軍毯，腰掛刺刀，後背十字鎬、背包、斗笠，率領同樣全副武裝的十多個女兵，急行在這山路上。

已經在軍營中度過了一年的她，已經洗去了不少以前的嬌小姐氣，看去風塵僕僕，草鞋上都沾著泥土，卻也軍容嚴整，英姿煥發。

"同學們！我們一起唱我們學生軍的軍歌，好不好？"

琬瓊發出倡議，並率先引吭高歌。

很快，山路上響起了一片嘹亮的歌聲。

我們是廣西青年學生軍，

我們是鐵打的一群，

在偉大的時代裡負起偉大的使命。

我們抱定勇敢堅強不怕犧牲的精神。

我們要和前線將士全國同胞誓死克復我們的敵人！

我們為國家謀獨立，

為民族爭生存，

為人類伸正義，

為世界求和平。

在偉大的時代裡負起偉大的使命。

　　我們是鐵打的一群，

　　我們是廣西青年學生軍！

　　這首歌，是廣西國防藝術社音樂教員陸華柏為廣西學生軍所作，曾激勵了無數投筆從戎的青年學子，在國家危亡之際，迎著槍林彈雨，捨生忘死，奮勇向前。

　　廣西學生軍的戰士們，正是在這樣的歌聲中，穿著草鞋，背著六七十斤重的武器裝備，跋山涉水，走遍了廣西九十九個縣中的五十五個和廣東南部的十多個縣，進行抗日救亡。即使是行軍途中，只要經過有人煙之地，他們都會見縫插針地進行抗日宣傳，寫標語，教唱抗日歌曲，贈送抗日報刊，鼓舞民眾的抗戰意志。

　　這天，在途中一個偏僻山村休息的空隙裡，琬瓊帶著幾個女兵，徵得村長的同意，在村公所的牆上寫標語：“軍民合作，驅逐日寇”，“不當漢奸”，“抗日必勝”，引來很多村民圍觀。

　　對於這些祖祖輩輩都生活在這窮鄉僻壤、幾乎是與世隔絕的村民來說，看到女兵，已覺稀奇，何況還刷著白石灰，提著一桶墨汁，大字書寫這些他們從未見過的抗日標語呢？好奇之餘，不免問長問短。

　　“你們女仔也當兵，不怕苦，不怕死嗎？”

　　琬瓊耐心地解釋。

　　“各位阿叔阿嬸！日本人已經打到南寧和崑崙關了。廣西人是不會投降的。我們雖是女仔，也要保衛家鄉。只要軍民合作，團結一心，小日本遲早都會被我們趕走的，抗日必勝！”

　　村民們都聽得入神。有的村民從家裡搬來幾個板凳，供女兵們休息，有的則端茶送水。

　　琬瓊於是帶領幾個女兵站在板凳上合唱《中國不會亡》。

　　令人感奮的是，這些淳樸的村民，在這悲壯的歌聲和新刷的抗日標語的鼓舞下，也深明大義，主動捐錢支援抗戰。女兵們將背上的斗笠倒過來，放在板凳上，充作臨時的捐款箱。有的村民摸出了口袋裡的所有銀毫和銅幣。有的摘下了自己的金戒指、金耳環、銀項圈。還有個人稱“農八婆”的婦女，將自己平時辛辛苦苦拾豬屎賣得的錢都捐了出來。

毀家紓難，也不過如此吧。

有這樣的民眾，中國一定不會亡！

這是 1939 年的秋冬。

在藤縣進行抗日救亡的學生軍第二團第一大隊第二中隊，接到上級指示，抽出一個分隊（三個班）的兵力，連同在藤縣工作的二團女生中隊的一個班，緊急開往桂南要隘崑崙關，和已在賓陽的學生軍第一團會合，共同協助杜聿明的第五軍作戰。

一向喜讀報的琬瓊，已知此行的艱險。

此時，中國沿海的重要城鎮和港口都已基本淪陷，西南的桂越公路、滇緬公路、滇越鐵路，成為僅有的物資補給渠道。其中，南起越南海防、北達湖南衡陽的桂越線，因線路最長，運量最大，成為中國西南的運輸大動脈。

1939 年 11 月 15 日，為阻斷中國取道越南運送抗戰物資，封鎖中國抗戰的大後方，日軍派出精銳的機械化部隊，有“鋼軍”之稱的第五師團，連同台灣混成旅團，在欽州灣龍門港登陸，企圖切斷中國的國際交通線。日軍認為，這條路線一旦被切斷，中國必將喪失抵抗能力，日本便可以立即結束在華戰事。日軍大本營陸軍部作戰部長富永恭次聲稱，“這是中國事變的最後一戰”。

中日桂南會戰由此爆發。

駐紮在廣西全縣和湖南零陵、東安的第五軍，奉命劃歸桂林行營主任白崇禧指揮，於 11 月 16 日開赴桂南參戰。他們坐火車到達廣西永福後，徒步南下，因輜重拖累，十餘日都在路上顛簸。此時，駐守南寧的只有桂軍的一個團（135 師 405 團）。

11 月 24 日，第五師團佔領南寧，進而北犯。

從全縣乘汽車日夜兼程趕到的第五軍先遣部隊——200 師 600 團，在崑崙關附近的二塘與有“陸軍之花”之稱的第五師團第 21 旅團相遇，爆發了激烈的戰鬥。600 團團長邵一之以身殉國。第 21 旅團於 12 月 4 日占領了崑崙關。

第五軍陸續向崑崙關集結。部分廣西學生軍也奉命趕赴崑崙關，協同第五軍作戰。

於是，便有了本書楔子所寫的那一幕。

在回丹村老家和家人告別時，琬瓊也想起了天各一方的少華。

從少華的來信中，她早已得知他在全縣辦抗戰紀念活動，對第五軍的青年軍官們宣講抗日救國。時隔不過數月，輪到她去協同第五軍對日作戰了。

琬瓊的心情非常激動。

從小便聽三哥周崖洲講"鑒湖女俠"秋瑾的故事，她非常敬佩秋瑾那份"身不得，男兒列，心卻比，男兒烈"、"為國犧牲敢惜身……關山萬里作雄行。休言女子非英物，夜夜龍泉壁上鳴"的俠骨英風，壯懷激烈。與"俗子胸襟誰識我？英雄末路當磨折。莽紅塵，何處覓知音？青衫濕"的秋瑾相比，琬瓊是幸運的。她遇到了少華這個知音兼戰友。

在開赴崑崙關的前夜，她給少華寫了一封信，附上自己最喜歡的一張照片，在背後題字："送給華留念！在光榮與至美的希望裡，我勇往直前！"

這張照片，少華保留了一生。他終生都以她為傲。如此的義無反顧，勇往直前。

16

昆崙關位於賓陽和邕寧的交界處，被視為南寧的門戶，也是中國十大名關之一，巍峨險峻，谷深坡陡，峰巒對峙，關道深長，號稱"雄關獨峙鎮南天"，自古便是兵家必爭之地。

相傳，昆崙關為東漢伏波將軍馬援所建。歷代都有加固。曾先後發生過八次戰爭，其中最著名的，是北宋名將狄青的"上元三鼓下昆崙"。

北宋皇祐四年夏，廣源州（今廣西靖西、田東一帶）部落首領儂智高起兵反宋，占邕州（今南寧），自稱仁惠皇帝，建"大南國"，掠橫（橫縣）、貴（貴港）、藤（藤縣）、梧（梧州）等九州，圍廣州，擊斃廣南東路鈐轄張忠、廣南西路鈐轄蔣偕，朝廷震動。在對西夏作戰中屢立戰功、剛升為樞密副使的狄青，主動請纓，率軍南征。宋仁宗親自設宴為之壯行。狄青的先鋒楊文廣（即"楊家將"裡的楊文廣）在桂州（今桂林）與儂軍相遇，受創被困，力戰得脫。皇祐五年正月初三，狄青率主力到達賓州（今賓陽）。上元之夜，他大張燈燭，分宴將校，以迷惑儂軍，暗地裡親自率軍，冒大風雨突襲，是夜三鼓，一舉拿下昆崙關，然後直撲邕州，在歸仁鋪一役中徹底剿滅儂智高親率的主力，平定廣南。

中國歷史上的另一位名將，太平天國翼王石達開，則曾為昆崙關所阻。清咸豐九年，石達開率部折回廣西。石部驍將賴裕新，領軍兩萬，圖取南寧，欲渡昆崙關。八塘團總歐陽光、韋懷玉，率團練據關守險。賴部強攻數日夜，傷亡很重，只得繞道武鳴，前往南寧。

而今，昆崙關則是中國從海外獲得物資輸入的主要通道——桂越國際交通線的邕賓公路的咽喉所在。

1939 年 11 月，日軍第二十一軍司令官安藤利吉發起了旨在切斷桂越

交通線的桂南會戰。在日俄戰爭中獲得"鋼軍"稱號的第五師團，在有
"虎將"之稱的師團長今村均指揮下，於11月15日在海空軍掩護下
強行登陸欽州灣，24日占領南寧。中村正雄率領21旅團於12月4日奪
取崑崙關後，加修了密集的據點式堡壘工事，外圍數道鐵絲網和鹿砦等
障礙物，配以輕重武器，編成火網，各陣地之間以火力支援，以阻止中
國軍隊奪回崑崙關。

桂林行營主任白崇禧，急調徐庭瑤第三十八集團軍、夏威第十六集
團軍、蔡廷鍇第三十六集團軍、鄧龍光第三十五集團軍及葉肇第三十七
集團軍，準備反攻崑崙關，然後收復南寧。第三十八集團軍屬下、裝備
最精良的第五軍，受命擔任崑崙關攻堅戰的主攻。

1939年12月16日，第五軍軍長杜聿明在離崑崙關15公里的譚蓬村
後一個被樹林遮掩的巨大岩洞裡的軍指揮所召開了團長以上的軍事會
議，進行作戰部署。

杜聿明宣布，鄭洞國率榮譽第一師擔任崑崙關的正面主攻；戴安瀾
率200師為主攻預備隊；軍重砲團，戰車團，裝甲搜索團，工兵團，協
助作戰；邱清泉率新編22師於右翼迂迴，進攻五塘、六塘，切斷南寧和
崑崙關之間的公路、橋樑交通要道，堵擊敵增援部隊；200師副師長彭璧
生率兩個補充團左翼迂迴，進佔七塘、八塘，策應正面主攻部隊。

"如果不能收復崑崙關，我們的抗戰，就得不到補給，沒有汽油，
沒有武器，只有人，只能徒手拿菜刀和敵人拼！這是關係到抗戰前途的
一戰，也是本軍建軍後的第一戰！全軍將士，一定要本著'不成功，便
成仁'的精神，誓死拿下崑崙關，為本軍增添榮譽！"

杜聿明以這樣擲地有聲的語言帶領眾將舉手宣誓。隨後，他把軍指
揮所也推到前線，就設在擔任主攻的榮譽第一師和200師的分界線公路
邊——南天村高大嶺的一個岩洞裡。

12月18日凌晨，200師和榮譽第一師的官兵，在砲火、坦克、戰車
的掩護下，向日軍陣地發起了閃電般的進攻。

機關槍，迫擊砲，手榴彈，擲彈筒，響成一片。硝煙彌漫，殺聲
震天。

經過一日血戰，第五軍的軍旗插上了巍巍崑崙關。

日軍第五師團長今村均聞訊，派正在南寧的 21 旅團長中村正雄率兵緊急馳援崑崙關，並派飛機在空中支援。

中日兩軍各自的王牌部隊，兩個"第五"，在這兵家必爭之地的古戰場，不分晝夜地進行了長達十四天的殘酷廝殺。陣地數失數得，崑崙關也三易其手。

協同第五軍作戰的廣西學生軍，也奔波在戰場上，或救護傷兵，或運送糧食彈藥。

琬瓊和她手下的一班都會講粵語和官話的女兵，奉命配合卸下彈藥和糧食後的第五軍汽車兵團和輜重兵團的戰士，將前線傷兵運送到後方戰地醫院。

第五軍戰地醫院設在賓陽林堡村的龍母廟，有二十多位醫生和護士。這裡依山傍水，偏僻而靜謐。龍母廟的右側，有一棵三百多年樹齡的木棉樹，高達二十多米。廟前有一口老井，名為龍母井，井水清冽。龍母廟的兩側各有一個砲樓，是清末民初時為防匪而修建的。如今，守衛戰地醫院的士兵在砲樓架起機槍，抗擊日機的轟炸。

在這裡，琬瓊第一次與死神插肩而過。

就在龍母井不遠處，正挑著水回醫院給傷兵清洗繃帶的琬瓊，遇到敵機來犯。一發砲彈，就在幾米外的地方爆炸。還記得桂林集訓時的防炸訓練的她，及時臥倒，塵土蓋身，才躲過一劫。

敵機先後投下多枚炸彈，企圖炸毀醫院。幸運的是，沒有一枚炸中目標。

在砲聲隆隆、硝煙滾滾中，傷兵被源源不斷地運送到龍母廟來。因醫院的地方窄狹，很多傷兵都不得不先擺放在廟外，包括醫治無效的官兵遺體。這些不治身亡的抗日官兵，只能就近安葬在龍母廟旁幾百米處的山坡上，沒有棺材，也沒能換上一套新的衣服。

基於抗日大義，林堡村的村民們也紛紛拆掉自家的床板，加入到抬送傷兵的行列中。

在戰火紛飛的空隙裡，這些淳樸的村民，也會自豪地對琬瓊她們這些"學生妹仔"談起關於龍母的古老傳說。

據村民們說，這龍母廟，在清乾隆元年就有了，是為紀念一位賓陽籍的龍母而建。很久以前，賓陽有一位好心的農婦，救了一隻斷了尾巴、奄奄一息的小蟲，還象對自己孩子一樣把小蟲撫養大，長成一隻可愛的小龍。她不知道，這小龍其實是南海龍王之子。老龍王不見了兒子，派兵到處尋找。小龍只好現出真身，辭別養母，回到南海龍宮。人們聽說這件事後，就把這條斷了尾巴的小龍稱為"掘尾龍"（賓陽方言裏"掘"就是"斷了"），將它的養母尊稱為龍母。龍母去世後，被埋在林堡村後面的虎山上，虎山也改名為龍母山。掘尾龍十分孝順，感念養母的救命和養育之恩，每年清明都會回龍母山祭掃。清明期間，賓陽總會有一天一夜的大風大雨。每當此時，大家就說，是掘尾龍回來掃墓了。林堡村西南面有一條江叫"回娘江"，就是因掘尾龍回來掃娘的墓（回娘）而得名。

琬瓊聽得有些感慨。從這個傳說也可看出，我們這個民族素來善良，"滴水之恩，湧泉相報"。而唐宋以來一直是我們的徒弟、千年來受惠於我中華實多的日本，卻是如此欺師滅祖，如此凶殘，將戰火燃遍整個中國，一路打到這南疆崑崙關，對我華夏趕盡殺絕。

然而，已經存在了五千年的華夏民族，不會被打敗，不會滅亡！

這些日子以來，不時奔跑在離前方陣地不遠的戰場上搶運傷員，琬瓊耳聞目睹了我軍將士是如何的不懼犧牲、前仆後繼地捨命衛國。

除了第五軍將士在地面上英勇作戰，駐紮在柳州的空軍第三大隊（由原廣西空軍改編），雖然此時僅剩下三架英製"鬥士"MKI 戰機，仍然由志願歸國參加抗戰的美國華僑、第三大隊副大隊長陳瑞鈿、廣西容縣籍的第三大隊第 32 中隊中隊長韋一青和飛行員陳新業駕駛，前來崑崙關助戰，擊落了三架日機。

12 月 27 日，他們在二塘上空被十三架日機包圍。陳瑞鈿的戰機中彈著火，幸而跳傘降落在我方陣地，但面容和全身上下已被嚴重燒傷。後雖送到香港和美國做了多次手術，本來英俊的容貌還是毀了，扭曲變形。陳新業重傷跳傘。韋一青機毀人亡，墜落在敵陣與我陣之間。我地面官兵，冒著敵方熾烈的砲火，拼死搶回了烈士的忠骸，運回柳州安葬。

這樣的犧牲，這樣的畫面，真的是令人熱淚盈眶。多少年後，也不敢忘。

17

同樣令琬瓊難忘的，是民眾的同仇敵愾、共赴國難。

在廣西學生軍的動員下，五萬多賓陽民眾在三天之內就破壞了全縣的公路橋樑。日軍的重武器和戰車無法投入戰鬥，彈藥糧食也缺乏。賓陽還出動了六萬餘名青壯勞力支前，推著小車，挑著籮筐，把糧食和蔬菜送給前線將士，其中，直接參軍參戰者達三百餘人。

在賓陽民眾大力支持下得以實施的"火牛陣"，是崑崙關戰役的一大亮點。

第五軍於 1939 年 12 月 18 日對崑崙關發起進攻後，經過一星期的激烈廝殺，與日軍打成了二比二平。崑崙關下，已成屍山血海，戰事陷入僵持。熟讀兵法的杜聿明軍長，想起之前看到的村民在山間放牧水牛時水牛狂奔的情景，認為水牛在陡峭的山間遠比日軍的坦克和裝甲車靈活，於是決定採用"火牛陣"破敵奪關。

實施這一戰法，需要徵集一百多頭牛。

在地瘠民窮的廣西，耕牛之於農家，可謂最寶貴的財產了。然而，聽到徵牛是用來"打日本仔"，崑崙關附近太守鄉和其他村子的村民，都踴躍捐出自家耕牛。譚局村的譚日章、譚日積兄弟，把家裡唯一的水牛都捐了出來。譚家的牛特別壯實，走到半路，又偷跑回家，譚日章兄弟一起把牛趕送到前線。

最終，鄉民共捐出 180 頭牛，以擊日寇。杜聿明軍長為之感動不已。

為配合"火牛陣"的實施，賓陽縣西區區長蘇益廷，聯同思隴鄉鄉長唐國憲、獅龍村村長韋文秀，發動青年鄉民黃肇章、莫信興、楊六等45 人，乘軍車趕到前線的馬嶺村東江橋，配合第五軍的工兵，僅用三個小時，便在東江橋的南段公路挖出四個深坑，以防日軍坦克衝過橋來支援。挖的時候，頭上經常有敵機飛過，向下投擲炸彈，並用機槍掃射。這些未受過任何軍事訓練的青年鄉民，毫無畏懼，冒著生命危險如期完成了任務。

12 月 29 日晚 11 點，"火牛陣"正式上演。

徵集來的 180 頭水牛，牛尾都被綁上裝有煤油的竹筒，悄悄趕到陣地附近。我軍轟炸日軍的大砲一停，牛尾上的油筒便被點燃。牛群被竹筒裡的火焰灼燒，立刻亂蹦亂跳，瘋狂地朝著日軍陣地奔竄。

180 頭火牛，跑起來地動山搖。日軍以為我軍派出了大批坦克，集中火力對著火牛掃射。水牛從高處衝下，勢不可擋，日軍坦克被水牛堵住、衝撞，急得團團亂轉。陣地上的鬼子被牛群衝得七零八落，撞死撞傷無數。同時，我守軍迅速迂迴至側面，猛衝而上，向戰壕裡的鬼子密集投擲手榴彈，以敢死隊衝入日軍陣地進行白刃戰。激戰到凌晨四點，日軍全線崩潰。天亮時，我軍如潮水般湧上山頭陣地，全殲了界首嶺之敵，並乘勝追擊，接連攻下了日軍固守的 441 高地西側，並向南側之敵發起進攻。

12 月 30 日，我軍對關口周邊據點發起猛攻。31 日，崑崙關克復。

隨後，日軍增援部隊趕到崑崙關前的九塘，企圖奪回崑崙關。第五軍乘勝再戰，攻克九塘，與日軍對峙於八塘和九塘之間。戰事遂告一段落。

崑崙關之戰，日軍傷亡慘重，第五師團的 21 旅團基本被全殲。21 旅團長中村正雄少將、42 聯隊長阪田原一大佐、21 聯隊長三木吉之助大佐，以及三個大隊長，全部陣亡。伍長以上的軍士官死亡率達 85%以上。士兵陣亡四千餘人。

第五軍也付出了高昂的代價，陣亡五千六百人，負傷及失蹤一萬一千人。擔任主攻的榮譽第一師，幾乎傷亡殆盡，原有的一萬三千人，戰後只剩七百餘人。

中村正雄在臨終前的日記裡寫道："之所以在日俄戰爭中獲得了'鋼軍'稱號，是因為我們的頑強戰勝了俄國人的頑強。但是，在崑崙關，我應該承認，我遇到了一支比俄國軍隊更強的軍隊"。而日軍在撤離九塘前留下的公開信則稱："在此地帶上，中國軍比任何方面都空前英勇，值得我軍表示敬意……我們拜祭九塘附近數萬之傷亡日華兩軍，讚其武勳，並祈冥福氣"。

> 一樹桃花慘淡紅，雄關阻塞驛樓空。
>
> 倭師幾處留殘壘，漢幟依然捲大風。

著名劇作家田漢，赴崑崙關慰問將士時，寫下了這首《詠崑崙關之戰》。

新建的"陸軍第五軍崑崙關戰役陣亡紀念塔"，聳立在昆崙山的山頂。高達十六米的塔身，如同一柄三刃劍，直刺藍天。塔壁上，有蔣中正題的"碧血千秋"，有何應欽題的"氣塞蒼冥"，有杜聿明題的"血花飛舞，苦戰兼旬，攻克昆崙寒敵膽；華表巍峨，揚威萬里，待清倭寇慰忠魂"。

在全軍悼念陣亡將士的大會上，眼含淚水的杜聿明，對著紀念塔上那些密密麻麻的名字，深深地彎下了腰。

冥冥中，似有一股英風豪氣，撲面而來。

包括琬瓊在內的所有參戰將士，神色肅穆，一起向這些長眠於此的袍澤舉手敬禮。

這些為國家民族浴血奮戰、壯烈成仁的英烈，如今，已化為崑崙山上的一抔紅土，天人永隔，再不能相見。

遠眺關山，殘陽如血。

18

"九姑！"

琬瓊一回到熟悉的教學樓，原來一直和她是寢室上下舖的劉林碧就衝過來抱住了她。

"九姑！你黑了，瘦了，象個軍人了！真是巾幗不讓鬚眉啊，背負著民族的希望，國家興亡……"

理工學院的很多同學都湧上來和她握手。同班的秦容年、王嶸漢，還在黑板上用彩色粉筆寫了幾個大字："歡迎我們的"花木蘭"——周琬瓊同學凱旋歸來！"

琬瓊連連擺手。

"我這不算什麼，略盡綿力而已。那些犧牲了的同學，才是為國家民族獻出了最寶貴的生命……桂南會戰中，我們有一些同學在賓陽莫陳村的竹林地被日軍重重包圍，交火非常激烈，持續終日。日軍曾幾次派人勸降，遭到這些同學堅拒。在日軍一次又一次的攻擊下，這支小分隊全部壯烈殉國。"

她的聲音哽咽了，眼淚簌簌而下。頓時，室內響起一片飲泣聲。

這是 1940 年的 9 月。

崑崙關戰役後，桂南戰事進入相持階段。第五軍奉命撤出休整，廣西學生軍也於 1940 年夏開到隆安縣整編，140 多人去廣西地方建設幹部學校學習，800 多人去十六集團軍在宜山開辦的幹部訓練班受訓，一部分回校復學或自尋工作。餘下的 1149 人縮編為一個團，名為廣西學生軍團，直至 1941 年 8 月全部解散。

包括少華和琬瓊在內的西大學生，紛紛回到一年前已由國民政府行政院決議改為"國立"的母校復學。

　　此時的西大，已成為大後方屈指可數的著名學府。升為國立大學後的首任校長，正是深孚眾望的老校長馬君武。這幾年聘請的教授中，有很多在戰火中輾轉來到桂林的著名學者。少華和琬瓊所在的理工學院，兼職教授中就有中央研究院地質研究所所長李四光，原北洋大學校長、清華大學教授劉仙洲，耶魯大學物理學博士、中央研究院物理研究所研究員施汝為、顧靜徽夫婦。

　　在同學中素有聲望的少華，一回來就被推選為西大學生自治會主席。

　　時隔近兩年，從硝煙彌漫的戰場重回寧靜優美的校園，琬瓊有些恍如隔世的感覺。

　　馬君武校長復任後，在雁山校區修建了圖書室、物理館、化學館、機械館、材料實驗室、電機室、礦冶室及學生宿舍。還建了一棟兩層樓的教職員宿舍，一個教授配一間，內有書桌和書架。來自五湖四海的師生，都在西林公園內居住，生活，學習，就像一個溫暖的大家庭。很多本是流亡學生的同學，談起來都說很慶幸，能考取西大，有書讀，有飯吃，還有幾元錢領用，很滿足了，在學校就如同回到家一樣。李四光教授的獨生女李林，也在理工學院的機械系讀書，對從軍歸來的少華和琬瓊很是敬重，尊稱為"學長"。

　　李四光每週給少華所在的物理系講兩個小時的地質力學課。每逢此時，不同專業的學生都蜂擁而至，大教室常常被擠得水洩不通。

　　西大雖然已經升格為國立大學，且位於相對安定的桂林，畢竟是戰時，設備和研究資料還是比較匱乏。在這樣的條件下，師生們仍然堅持科學報國。譬如化學系的師生，就利用本地大量出產的桐油，開展桐油分裂的研究，試圖從中提取汽油般的化合物，為"一滴油一滴血"的抗戰盡一分力。

　　因著學生人數的增多，碧雲湖上的九曲橋，也因地制宜地由九個彎曲改成九個可坐二十人的小教室。九曲橋的一頭，是一條直通膳堂的碎石路。路旁有個岩洞，人稱相思洞，自然也是天然的防空洞。日本飛機一來，警報一響，全校師生就不得不放下手中的課本，入洞躲避。相思洞很大，光線黑暗，而且有積水。機械系的師生，為此特在洞內安裝了一座小型發電機，點燃了西林公園內的第一盞電燈。

九曲橋的對面，有一座木造平房，是助教宿舍。琬瓊後來被聘為化學系助教，就曾在此住過。她當時的一位同事，從香港流亡到桂林的黃麗松，日後成為香港大學首位華人校長。黃麗松自幼喜好小提琴，每逢月圓之夜，常坐在九曲橋頭的石階上演奏舒伯特、杜塞里等人的作品，給僻處鄉間的師生們帶來烽火硝煙中難得的精神享受。

雁山的環境還比較原始，校園裡不時會有大蛇蜿蜒而過，特別在夜間，草地裡往往突然竄出一條蛇，讓行路之人嚇出一身冷汗。是故，每逢夜晚出門，師生們都要一手提燈籠或油燈，一手拿木棍，隨時驅趕過路之蛇。

艱苦歲月中，也有別樣的溫馨。相思洞旁的相思樹，幾年才開一次花，結的紅豆有蠶豆大小。同學們每天去往膳堂，路過之時，如有幸撿到一兩顆，都如獲至寶，珍藏起來，以為這戰亂中的青蔥歲月之紀念。

熱愛大自然的琬瓊，常與少華雙雙漫步於雁山中。南麓的老校長之墓，是他們常去之地。因胃潰瘍不治，馬君武先生已於上月不幸逝世，墓碑正對著西林公園——他所熱愛的西大。據說，馬校長生前對西大師生的最後一次講話，是他去世前半年全校師生為他慶祝六十大壽時。在生辰會上，他即席致詞，對諸生倍加勉勵，結尾時專門提到了他的才能"秘方"，歸納為"堂堂正正做人，清清白白做事"。

"堂堂正正做人，清清白白做事"。老校長的這一教誨，少華和琬瓊，遵行了一生。

19

“媽！琬瓊和我要去桂林參加同學的婚禮，今晚就不回來吃飯了。雁荇太小，就不帶去了，麻煩您照看。”

“好的。你們路上也小心些。也早點回來。桂林不比這良豐鄉下，日本鬼子動不動來轟炸，炸一次，就到處都是瓦礫、焦炭、炸彈坑，電話線都斷了，樹都烤枯了。聽說，有的汽車被炸得都凹了，紅色外殼都變成黑黃色。被炸死的人，有的連衣服和血肉都黏在地上，揭不走了。唉，這天殺的日本鬼子，真是造孽啊！”

“媽！您放心吧！我們會小心的。再說，桂林還有日機最怕的飛虎隊呢。桂林的孩子都在唱，‘轟轟轟，炸炸炸，鬼子飛機我不怕！中國飛機飛上天，打掉日機幾百架！”

隔著木窗，少華匆匆地對正在屋子裡的母親何漫古交代了一聲，就又急急地穿過松樹林，走到公路上，與正在每日定時開往桂林的西大班車上車點等他的琬瓊會合。

已過花甲、一雙小腳的何漫古，抱著一歲的孫女雁荇，不放心地追了出來，想再囑咐幾句。望著兒子已然遠去的背影，她輕嘆了一口氣。這世道不太平啊！

這是1944年的5月中旬。

婚後的少華和琬瓊，在這套科學館配給的宿舍裡已住了差不多兩年，從兩人的小世界，發展成如今的三代同堂。這片位於良豐雁山腳下的松樹林裡分佈著一些木造的平房，都是科學館的宿舍，茅草頂，竹籬夾牆，與周圍的青蔥松林、山坡上的杜鵑花、山澗下的桂花樹相映成趣，別有一番山居風味。

全名為桂林科學實驗館的科學館，作為抗戰後遷到桂林的中央研究院地質研究所、物理研究所、心理研究所的聯合機構，就設在西大理工學院旁邊的一棟新建的三層大樓裡，青磚外牆，木質小格窗，坡式屋頂，覆小青瓦，頗有些中西合璧的風格。

皖南事變之後，桂林發生了"七九事件"。地下黨組織被迫全部撤離。失去了組織聯繫的少華和琬瓊，因而回歸學術。琬瓊從西大畢業後，在廣西省政府工業試驗所工作了一年，即受母校之聘，成為化學系助教。比她早一年畢業的少華，畢業時因成績優異，被聘為助教留校任教，卻被西大學生拒絕到任的新校長高陽懷疑為學潮的幕後主導，予以解聘。少華後來考入科學館的物理實驗室任助理員。琬瓊畢業後，他們便結了婚。

因禍得福的少華，在科學館遇到了一些中國第一流的學者。負責館務的科學館常務委員李四光，本是少華在西大理工學院的師長，一直很器重他。少華的導師、物理實驗室主任余青松，曾是中央研究院天文研究所所長。物理所所長丁西林、心理所所長汪敬熙，也是科學館的常務委員。

少華進入科學館後，李四光在工作和學習上都很關心他，也讓他協助處理一些館內的日常事務。導師余青松的言傳身教，則讓少華從骨子裡形成了科學嚴謹的治學態度，學以致用的動手能力，淡泊坦然的為人處世，受用一生。

進館第二年，少華被提升為助理研究員。琬瓊也生下了一個女兒，取名雁荐。少華把母親從灌陽老家接來照料。父母奔赴抗日前線後一直跟著外婆的外甥女幗英，也一起來了。琬瓊的父親也從藤縣送來一個叫"阿好"的丫鬟服侍琬瓊母女。一家大小六口，都住在這松林木屋中。

阿好是個勤快而又忠心的梧州妹仔。她很快就學會了桂林話，常常抱著雁荐去附近的良豐圩趕圩。

良豐圩有好幾百戶人家，每三天有一次圩日，新鮮瓜蔬，鮮魚鮮肉，樣樣齊備。西大的教授和夫人們也常來這裡買菜。陳寅恪教授的夫人唐篔就曾有詩記述良豐圩和良豐山居："暇時赴村圩，新月相偕歸。歸來童稚喜，柿脆鯽魚肥。燈下課女讀，夜涼添薄衣。地僻炊煙少，繞屋唯松林。""屋對青蔥半嶺松，雲峯遙望幾千重。鷓鴣聲緩隨風遠，躑躅花開滿谷紅。日暖桂香穿澗樹，夜深楓影上簾櫳。山居樂事今成夢，欲再還山只夢中。"

唐篔是唐景崧的孫女，也就是少華的族姊，少小離鄉，一直在外。陳寅恪則與李四光是留日舊友，由李四光力邀出任西大教授。

戰時的生活，都十分清苦。即使是陳寅恪這樣的特級教授，也很艱難。為了補貼家用，他們不得不賣衣、賣物，還辭去了女傭。平生只會埋頭做學問的陳寅恪，也不得不乾些掃地、提水、劈柴之類的雜事，唐篔則親自煮飯、做菜。陳寅恪在西大講課時，常穿一身灰布長衫，戴銀邊近視眼鏡，足踏布鞋，看似一個鄉村教師。唐篔則是樸素大方的家庭婦女裝束，經常為丈夫提著一個裝滿線裝書的布袋子，在相思洞躲警報時閱讀。誰能想到，這對夫婦，一個是湖南巡撫之孫，一個是台灣巡撫之孫女？

戰前待遇優厚、而今在這偏僻山中艱辛度日的這些學者，卻是毫無怨言。抗戰爆發後毅然辭去瑞士伏利堡大學教授職位、偕同新婚夫人雙雙歸國的西大文學院教授閻宗臨，在寄給歐洲友人的信中說："我很高興在戰爭時刻，我和我的祖國、我的朋友們分擔所有的痛苦。我們編印抗戰小手冊，宣傳最後的勝利屬於我們……每冊發行三千份，非常受歡迎……戰爭給中國人民帶來了痛苦，中國能承擔這種痛苦，這種承擔是為了我們國家的獨立和自由。我們會勝利的，這勝利是不僅是靠軍隊和武器。更是靠我們地大物博的祖國，她有取之不盡、用之不竭的力量和資源。"

幾十年後，已是晚年的少華回想起這些舊事，還是不勝感慨。中國傳統讀書人對"一簞食，一瓢飲，住陋巷……也不改其樂"和"楚雖三戶，亡秦必楚"的信念，可謂堅貞不渝。

20

"少華，九姑，你們來了？"

一踏進桂林樂群社的禮堂，舉目都是西大和科學館的熟人。同學、老師濟濟一堂，笑語不斷。

樂群社是廣西省政府招待所，最初在南寧，後來擴展到桂林、柳州、梧州、貴縣、八步、平樂、金城江、百色、龍州。因省政府遷桂林而成為總社的桂林樂群社，是設備最完備的一處，有一座禮堂，兩座招待樓，中西餐廳各一處，還設有茶座、籃球場、網球場、游泳池，以及與上海電影商人宗維賡合辦的的樂群電影院。很多名人來桂林都在此下榻。在桂林的文化人也喜歡在此聚會。近年來，也流行在此舉行婚禮。

今天婚禮的主角——秦容年和劉林碧，都是琬瓊在西大化學系的同班同學。秦容年和琬瓊一樣，也被母系聘為助教。劉林碧則和少華同在科學館，在地質所任助理研究員，從事地礦分析。

秦家是桂林的富戶，榕蔭路湖南會館（松坡中學）對面的半條街都是秦家的產業。劉家也是貴縣的大地主，家資饒富。雖然是戰時，兩家也為一對新人精心佈置了婚禮禮堂。四周都陳設著花籃，奼紫嫣紅，芳香四溢。鋪滿雪白桌布的長桌上擺放著精緻的銀質餐具、白色金邊的瓷盤、高身玻璃杯，中間點綴著一枝枝紅豔豔的玫瑰。桌子的中心，擺著一個巨大的心型蛋糕。落地長窗上掛著大紅絲絨的窗簾，配以潔白的百合，象徵"百年好合"。窗外，是一片綠草如茵。

台上的新郎新娘被雙方父母、親友簇擁著，含笑並立，如一對璧人。秦容年今天格外精神，一身筆挺的黑色西裝，配黑色領結；劉林碧則是一身飄逸的白色婚紗，裙裾上有精緻的蕾絲，手裡捧著一大束玫瑰、百合、石竹、香草相間的鮮花，看去嫵媚動人。

來賓們的服飾則相形見絀。西大理工學院院長鄭建宣、中央研究院地質所所長兼西大理工學院教授李四光，穿的都是他們多年前在英國留學時的舊西裝。兩位師母穿的也是戰前款式的舊旗袍。少華和琬瓊等年輕人，則是抗戰後流行的毛藍布長衫和毛藍布旗袍。只有一對正在西大讀書的香港兄妹穿得比較時尚，哥哥穿白色西裝，妹妹穿白地印藍花十字袖旗袍，一看就是外來的華僑。

廣西地瘠民貧，李宗仁白崇禧提倡勤儉，政府人員都穿布衣布鞋。被廣西省政府聘為廣西建設研究會研究員的李四光，平時穿的也是灰色的土布衣，抽的是本地草紙做的煙。抗戰軍興，全民節儉，哪怕是長衫旗袍，面料也用國產的本白布或毛藍布，人稱"愛國布"。原本柔美細膩的旗袍，也省去了繁瑣的裝飾，轉為簡便。還流行一種極為輕便的旗袍，形似麵粉袋挖一圓孔，無袖無領，長僅及膝蓋，既省布又耐穿。

出身富家、講究服飾的琬瓊，也把一箱子的精緻旗袍束之高閣，只穿"愛國布"了。

雖然物質貧乏，大家的精神卻很愉快。

已經在桂林住了七年的李四光，興致勃勃地談起與豆腐乳、三花酒並列"桂林三寶"的馬蹄，也就是荸薺。他說，在他這個湖北人看來，桂林的荸薺堪稱全國第一，又嫩，又脆，又甜，而且碩大。入口只需輕嚼，一會兒便漿水四溢，渣滓全無。他更以地質學家的眼光評論說，黑土栽種的黑荸薺比黃土栽種的黃荸薺更好，芽短實大，格外"清渣"。

李夫人許淑彬在一旁補充說，買荸薺最好是去城東花橋畔的市場，每天清晨或午間，都有許多的荸薺擔在擺賣，都是城東魏家渡出產的，味道最好，也新鮮、便宜。除了用作閒食，也可入筵，比如三仙雞。

琬瓊抿嘴一笑。

"李先生"和"李師母"還真是夫唱婦隨。

少華和她常去同在松樹林中的李家作客，彼此很熟悉。許淑彬女士是江蘇無錫人，父親許士熊曾在駐英大使館任職，所以她在英國生活過，愛彈鋼琴，也會拉小提琴，曾在北京女師大附中教英語和音樂。留英的李先生，也愛拉小提琴，時常雙琴合奏，和諧恩愛。

　　1931 年就在西大做助教、被慧眼識才的馬君武校長送到英國進修，獲得曼徹斯特大學物理學碩士後，謝絕新加坡和香港的更好機會，如期回西大任教的鄭建宣教授，則談起關於桂林荸薺的一段趣事。

　　曾任廣西大學文法學院教務主任的陳此生，當年在文法學院的前身——廣西師專任教務主任時，曾代表全校師生給大文豪魯迅寫了一封熱情洋溢的信，希望他來師專任教或開講座。和魯迅一樣曾在中山大學任教的陳此生，在信中還專門提到："你已嘗過了廣州的楊梅，能否到桂林來嚐荸薺"。魯迅在婉謝的回信中也專門作了回應："桂林荸薺，亦早聞雷名，惜無福身臨其境，以嚐佳味，不得已，也只好以上海小馬蹄代之耳。"

　　桂林籍的少華則說，也有不少人認為，以滑嫩鮮美著稱的月牙山豆腐，也應列為"桂林三寶"之一。這是月牙山素菜館的一道名菜，據說是老僧的獨門秘方。兩年前，作家葉聖陶到桂林，少華的大哥唐現之請他吃月牙山豆腐，以至於葉聖陶後來在《旅桂日記》中還念念不忘。

　　談笑間，來賓都已到齊。司儀宣布行禮。主婚人，證婚人，介紹人，一一講話。李四光、鄭建宣兩位先生也應邀致詞，分別就婚姻和家庭作了一番高論。

　　琬瓊發現，新娘身邊的女儐相是李四光夫婦的獨生女李林。

　　在同學中，二十一歲的李林算是小妹妹了。她在桂林中學讀了兩年高中，還沒畢業便以同等學歷考進西大機械系，下個月就要畢業了。她個性真誠坦白，學長們都很喜歡她。

　　為兩位新人高興之餘，琬瓊不禁有些感觸。

　　一樣是從同學到夫婦，自己的婚姻卻經歷了不少波折。父親認為少華家道中落，擔心她受苦，極力反對。婆母是舊式女子，也是和唐家一樣的舊世家出身，又難免認為她門第不夠，且新潮，不是理想媳婦。兩年前，婆母病重，催促少華成家，才在灌陽唐家祖宅匆忙辦了婚事。當時，就穿著一件旗袍，戴著一條自幼隨身的金項鏈，就嫁了。雁荐出生後，經姐姐珪瓊進言，父親才回心轉意，承認了這門親事，補送了嫁妝。

這時，禮堂裡突然起了一陣騷動。

西大同學中的那對香港兄妹，雙雙奔向新人旁邊的親友群，激動萬分地對著秦容年的大姐秦容齡大喊："原來是您！在香港救了我們全家！沒想到在這裡又見到您了！"

秦容齡微笑著點了點頭，和他們兄妹聊了起來。

人們開始議論紛紛。沒想到，秦家這位看去雍容典雅的大小姐，竟然參與了 1941 年 12 月香港淪陷後的"文化名人大營救"。

這場後來被譽為抗戰史上最偉大的營救行動，歷時 11 個月，搶救了八百多位包括民主人士、文化人士在內的民族精英，如宋慶齡、何香凝、梁漱溟、柳亞子、茅盾、夏衍、胡風、范長江、鄒韜奮、丁聰、高士其、蔡楚生、司徒慧敏、金山、王瑩，還有一些軍政人員、國際友人，如海軍少將陳策、第七戰區司令長官余漢謀夫人上官賢德、參議劉璟、南京市長馬俊超的夫人和妹妹等，並接應了 2000 多名回國參加抗日的愛國青年。

這對香港兄妹及其父母，看來也是其中之一。

琬瓊聽秦容年說過，他大姐也是西大畢業，在香港的一家貿易公司做事，卻原來，是抗日秘密工作的掩護。

很巧的是，少華和琬瓊的四女兒，嫁給了秦容齡和秦容年的外甥。由是得知，"大姨媽"秦容齡和"大姨父"早年都在廣州工作，和周恩來很熟，稱其"小周"。"大姨父"的資格很老，好像是中共廣東區委的。

秦容齡後來從桂林移居香港。一些香港大學生採訪抗戰老人時，獲知秦容齡當年在香港參加了抗日活動。香港政府得知後，立即發給每月幾千港幣的生活費，並為當時已到晚年的秦容齡配備了護工，直到 80 年代初去世。

21

“華，快過來！這裡有艾青的《我愛這土地》！”

正在一排書架前抬頭仰望的少華，聽到在另一邊的琬瓊那喜悅的聲音，立即奔了過去。

一本已經有些殘破的《十日文萃》，正靜靜地躺在一堆舊書刊裡。

琬瓊將它抽了出來，翻到登載著《我愛這土地》的那一頁，輕聲讀了出來。

> 假如我是一隻鳥，
>
> 我也應該用嘶啞的喉嚨歌唱。
>
> 這被暴風雨所打擊著的土地，
>
> 這永遠洶湧著我們的悲憤的河流，
>
> 這無休止的吹刮著我們的激怒的風，
>
> 和那來自林間的無比溫柔的黎明，
>
> ——然後我死了，
>
> 連羽毛也腐爛在土地裡面。
>
> 為什麼我的眼裡常含淚水？
>
> 因為我對這土地愛的深沉⋯⋯

她的眼裡，也漸漸溢滿了淚水。

“寫得太好了！真沒想到，今天進城來看遊行，居然能碰到艾青首發這首詩的《十日文萃》。桂西路真不愧是書店街。”

桂西路原名崇德街，位於桂林最繁華的城中心，與桂東路、中北路、中南路形成十字交匯，桂林人稱為十字街。桂西路和附近的太平路一帶，是書店、出版社的密集地，"西南以至全國的精神食糧三分之二由此供應"。桂西路上排列著十多間書店，包括文化供應社（原新知書店）、國防書店（原生活書店）、中華書局、世界書局、商務印書館、中國文化服務社（原讀書生活出版社）等。每天下午四五點以後，所有書店都擠滿了買書和看書的人，不僅是位於桂西路西頭北側的桂林中學的學生，也有公務員、生意人等各行各業。

當年常在這些書店出入的一個桂林中學學生，日後成為華人世界知名的武俠小說作家的梁羽生，終生不忘這段在桂西路鱗次櫛比的書店裡"博覽群書"的青蔥歲月。他後來回憶說，這些書店對讀者的態度相當寬容，哪怕不買，也任由閱讀。他不好意思一直在一間書店讀，就分別在幾個書店裡。同一本書，在這個書店看幾十頁，在那個書店看幾十頁，分成三、五個書店就讀完了。

桂林中學的對面，是年初才落成的廣西省立藝術館。這是一座赭紅色的大廈，座落於桂西路與榕蔭路交匯口，兼具古代宮室與西方建築之萃。藝術館分設戲劇、美術和音樂三部，分別由歐陽予倩、徐悲鴻、馬思聰主持，聚集了一大批藝術人才，如美術部的張安治、劉建庵、周令釗、尹瘦石等，戲劇部的葉仲寅和石聯星等，都是日後中國美術界和戲劇電影界的重量級人物。

兩個月前，藝術館舉行了西南第一屆戲劇展覽會，演出了歐陽予倩《舊家》《屏風後》、田漢《名優之死》《湖上的悲劇》、夏衍《法西斯細菌》《戲劇春秋》及外國《茶花女》《皮革馬林》等話劇。整個西南劇展，在藝術館和桂林的三個平劇院、兩個桂劇院、一個湘劇院、一個粵劇院共計演出 170 場的話劇、平劇、桂劇、歌劇、少數民族歌舞、傀儡戲、馬戲等，被譽為"中國戲劇史上的空前盛舉"。

少華和琬瓊，今日就是特地從良豐進城，來桂西路參加即將從藝術館前的廣場出發的桂林各界"國旗獻金大遊行"。

今年夏天，日寇發起了對長沙的第四次攻勢。曾經取得三次保衛戰勝利的長沙，日前終於淪陷。日軍進而包圍衡陽。駐守衡陽的第十軍將士，正在方先覺軍長率領下，堅壁清野，準備死守。

在文化界人士的倡議下，桂林各界發起了"國旗獻金大遊行"，支援衡陽將士。

遊行開始了。

開路的，是一群舉著"保衛大西南"的標語和自繪的大幅漫畫的畫家，都是從日本歸來參加抗戰的桂林籍畫家陽太陽創辦的初陽畫院的師生。桂林人都知道，這個畫院的學生只有三十人，教授倒有十六人，還都是義務授課，比如歐陽予倩、田漢、熊佛西等。

在遊行隊伍最前面的，是幾位乘坐宣傳車的白髯長者，也都是桂林人熟悉的面孔，有國民政府軍事委員會桂林辦公廳主任李濟深、廣西臨時參議會議長李任仁、本地名紳龍澤厚。最年長的龍澤厚，今年已經八十四歲，優貢出身，是康有為的弟子，曾參加唐才常發起的上海國會和自立軍起義，也曾參加《蘇報》工作，與章太炎、鄒容一起被上海公共租界巡捕房逮捕，資歷很老，很受桂林人尊敬。

因西南劇展而在桂林家喻戶曉的戲劇家田漢，率領中華全國文藝界抗敵協會桂林分會和桂林培仁小學的幾十位代表，抬著一面特製的巨幅國旗，緊接其後。這些日子，桂林人都已熟悉了這位人稱"老大"、頗具江湖氣的田漢的豪爽形象。

"華！看到沒有，你大哥也來了！"

眼尖的琬瓊，一眼看到時任廣西臨時參議會議員、桂林中山紀念學校校長的唐現之，帶領中山學校的師生，走在遊行隊伍中。

"是啊，大哥之前就說了要來的。聽大哥說，這次遊行，是田漢先生向李濟深先生建議的。李先生還以身作則，率先捐獻了自己的積蓄。"

在宣傳車上的李濟深，手持一個高音喇叭，正在慷慨激昂地高呼："同胞們，動員起來，保衛大西南！""誓死保衛桂林！""與敵人血戰到底！"

遊行隊伍隨聲高呼："有錢出錢！有力出力！""一百萬不多，一塊錢不少！"

　　桂林的主要街頭都設了獻金點。一路上，都有各界民眾踴躍捐款。

　　剛從新新公司購物出來的美國第十四航空隊（飛虎隊）隊員，跑在書店前揚聲叫賣的報童，中正橋頭擺攤擦皮鞋的孩子，都傾盡了手頭的所有。幾位剛卸下客人的黃包車夫，直接把剛拿到的車資投向遊行隊伍中的巨幅國旗。

　　琬瓊摘下手上唯一的一枚金戒指，投到國旗上。少華則投入了口袋中僅有的幾塊銀元。

　　夫婦倆相視一笑，手挽著手加入了遊行的隊伍。

> 起來，不願做奴隸的人們！
> 把我們的血肉，
> 築成我們新的長城！
> 中華民族到了最危險的時候，
> 每個人被迫著發出最後的吼聲。
> 起來，起來，起來！
> 我們萬眾一心，
> 冒著敵人的砲火，前進！
> 冒著敵人的砲火，前進！
> 前進！前進！進！

　　隨聲唱起這首在梧州時經常領唱的《義勇軍進行曲》，他們都有些時光倒流的感覺，彷彿，又回到了當初的梧州街頭……

　　彈指一揮間，已經七八年。

　　國家和民族，依然沒有被凶惡的侵略者吞噬，還在頑強地戰鬥。

　　獻金活動持續了三天。

　　事後統計，共募得四百萬元。田漢奉李濟深之命率慰問團赴衡陽，慰勞前線將士。募得的錢物，一部分送湘桂前線，一部分送八路軍重慶辦事處，轉給八路軍和新四軍。

22

初秋的雁山，滿山遍野，都是俗稱"逃軍糧"的桃金孃。這種紫色的野果，味甜可口，很多人都愛吃。西大門口，就有農民用簍筐擺賣，一小竹筒賣三分錢。

已經看得出身孕的琬瓊，帶著一歲半的雁荐和六歲的幗英，買了兩小竹筒。

小小的雁荐，穿著一件本白布圓領連衣裙，頭髮則剪成了男仔的式樣，看去酷似少華。穿著一件一模一樣的連衣裙、一頭齊耳短髮的幗英，則牽著她的手。雁荐不時喚著"姐姐"，猶如同胞姐妹。

回到家裡，琬瓊讓阿好將桃金孃洗乾淨了，擺在竹籬下的木桌上，給兩個孩子吃。兩個孩子樂得直拍手，完全不知時局之艱難。

1944 年 8 月 8 日，以一萬七千人的兵力抵抗十一萬日軍、喋血苦守了四十七天的孤城衡陽，終於陷落。

日軍隨即發起湘桂戰役，步步緊逼離衡陽僅僅三百多公里的桂林。

廣西省政府已撤退了一批工作人員去宜山。琬瓊任教的西大已經停課，少華所在的科學館，也準備疏散了。

按照"小亂避城，大亂避鄉"的古訓，西大和科學館的廣西籍員工大都自行疏散到鄉下躲避。外省籍員工則再次踏上了逃難之路。少華一向是李四光先生和余青松先生的得力助手，自然得跟了去。已有五個月身孕的琬瓊難以隨行，只能隨婆母返回灌陽鄉下待產，也就是這幾天了。

聞到從茅草頂的簡易廚房裡飄出的爆炒螞拐的辣香（桂林話"螞拐"即青蛙），近來一直愁眉緊鎖的琬瓊也不禁微笑了。看樣子，阿好今天又抓了幾隻螞拐回來。

　　少華在科學館做助理研究員，琬瓊在西大做助教，之前在廣西省政府工業試驗所化驗室，也是技術人員中僅次於最高級的“技正”的“技士”，薪水都不低。怎奈戰時通貨膨脹，要應付一家六口的生活還是難免捉襟見肘。能幹的婆母，帶著阿好在屋子周邊的荒地上種了些紅薯、玉米和蔬菜，還用松枝搭了一個小小的雞舍，養了兩隻母雞，生的雞蛋，除了自己一家吃，有時也讓阿好拿到良豐圩去賣，換幾個錢。忠心的阿好，為了給懷孕的“九小姐”和肚子裡的寶寶補充營養，還不時到山裡去抓肉質細嫩、營養豐富的螞拐。

　　自小“十指不沾陽春水”的琬瓊，很佩服婆母持家的才能。婆母雖是官家小姐出身，卻能做一手好菜，而且善於精打細算。為了省油，她一般用水煮雞蛋，剝殼之後，用棉線劃片，她和少華、阿好各一片，琬瓊、雁荇、幗英則是雙片。螞拐比較難得，就用些油，加上嫩仔薑或八棱瓜辣椒來炒，鮮辣美味。

　　婆母的父親曾任四川直隸州知州，生母是四川人，所以她還會做各種辣椒醬。過年時，則做年糕、糍粑，釀甜酒、炸米花、芋頭餅。全家都喜歡她做的鹹年糕和炸芋頭餅，年糕裡有芋頭、臘肉，炸芋頭餅則是將荔浦芋頭切成絲，裹澱粉，舀一小勺下油鍋，熱油裏挾含澱粉的芋頭絲，整個芋頭餅從白變黃，再變金黃，滋味之獨特，難以言說。

　　聽到廚房裡的婆母已差不多預備好晚餐，琬瓊在飯桌上剛擺好碗筷，就聽到竹籬笆外傳來妹妹珮瓊的聲音。

　　正要迎出去，珮瓊已急匆匆地闖了進來。

　　“九家姐！國荃和我會隨軍校西遷到百色去，明天就走了。你和姐夫也快走吧。阿爸、阿哥、八家姐都在藤縣老家，地方偏僻些，又有六哥他們組織的自衛隊保護，倒是還好。”

　　珮瓊的丈夫譚國荃，是位於桂林南郊李家村的中央軍校六分校的教官。

　　1926 年兩廣統一後，廣西派人到廣東學習黃埔軍校的辦學經驗，經雙方協商，在南寧建立“中央軍事政治學校第一分校”，簡稱南寧軍校，實際上是廣西自己的軍校。1937 年全面抗戰爆發，廣西共赴國難，

將南寧軍校上交中央，易名為"中央陸軍軍官學校南寧分校"。1938 年
1 月，因遭日機空襲，南寧分校奉命遷往有多處天然防空洞的桂林李家
村，稱為中央軍校桂林分校。抗戰軍興，中央軍校增設了一批分校，因
分校校址可能因戰事而變動，故改用數字番號命名。桂林分校遂又改稱
"中央軍校第六分校"。

湘桂戰役打響後，包括譚國荃在內的六分校全體師生，奉命編成一
個總隊，趕赴廣西與湖南交界的龍虎關阻擊日軍。日軍用了 30 多隻橡皮
艇和 100 多只木排，在猛烈砲火掩護下，先後四次強攻灘頭陣地，均被
擊退。桂林的飛虎隊也派來 9 架戰機助戰，共殲敵三百餘人。《掃蕩報》
《廣西日報》《雲南日報》均在頭版以大捷記之。

剛送走珮瓊，少華就趕回來了。

"媽！珮瓊！科學館明天就要全部撤離桂林了。我已經雇了三頂轎
子，你們明早也帶著阿好、雁荇、幗英回灌陽吧。"

珮瓊的淚水一下子湧了出來。這殘酷的離別，終於還是來了。

這一晚，自然是滿懷愁緒，兩情依依。次日一早，珮瓊就隨婆母動
身回灌陽了。辭母別妻女、孤身赴國難的少華，則隨科學館和李四光、
余青松兩位先生西撤至廣西宜山。

1944 年 9 月 12 日，桂林城防司令部發布了最後的強迫疏散令。

23

多少年後，少華回想起親身經歷的"湘桂大撤退"，還是無盡的唏噓。

長沙失守後，在桂林的一些重要機構就開始準備撤退。作為中央研究院地質、物理、心理三所聯合機構的科學館，在經費未到、交通擁擠的情況下，只好將重要的圖書儀器裝箱，準備在緊急時寄存到鄉下。

幸好，衡陽堅守了 47 天，爭取到了一點時間，才得以將圖書儀器運到桂林，連同物理所在桂林四會街的儀器工廠的儀器設備，總共四十噸，裝了兩節車皮，在衡陽淪陷的當日駛離桂林。

留在良豐雁山的同仁，由心理所所長唐鉞率領一部分人趕赴貴陽，設立科學館的臨時辦事處，以接應後續人員和設備。另一部分人，則攜同家眷，帶著私人行李，隨著逃難的人流，各自上路。比如施汝為夫婦，就與西大師生結隊遷到貴州榕江，再輾轉到達物理所最終落腳的重慶北碚。

李四光則決定帶同幾個地質所同仁，以及余青松、少華等人，先去廣西省政府的臨時所在地宜山。

從桂林去宜山，必須先到柳州。桂柳之間有湘桂鐵路和公路可通。此時，也只出售桂林到柳州一段的客運車票了。公路，則必須步行。到了柳州，再乘通往貴州獨山的黔桂鐵路，在中途的宜山站下車。

一到桂林北站，少華就震撼了。

這哪是火車站，分明是一片黑壓壓的蠕動著的人堆。月台從裡到外都擠滿人，爭先恐後地蜂擁向前。萬頭攢動，黑漆一團。大人的叫聲、孩子的哭聲，不絕於耳，亂成一片。已經沒有什麼班次鐘點了，人們見車就上，從車窗爬進去。

　　在這樣的難民潮中，海內知名的大學者，也只是逃難的芸芸眾生中的一個。

　　少華和幾個相對年輕的同仁，奮力地護衛著已經 55 歲的李四光先生一家，從窗口上了車。時年 47 歲的余青松先生，則堅持自己來，總算也上來了。

　　火車很快就擠滿了人，連廁所都塞滿了。車頂上也疊滿了行李，難民們坐在高高的行李堆上面。車廂裡，在平時的座位上面另搭起一層"閣仔"，上下兩層都是人和行李。車下面用鐵條和木板又搭成一層，也塞滿了行李，人則平躺著，一旦連接的繩索被磨斷，就會被車輪碾得粉身碎骨。

　　令人感動的是，雖然車內水洩不通，小孩被擠哭，老人被擠喘著氣，可是無人埋怨，更無人辱罵，只有互諒互讓之聲。只要車內還容得下，車外有人要爬上來，車內的人就幫著拉，站台上的人就幫著推。大家都知道，這是逃難，能拉一個是一個。

　　超載的火車，終於開動了。

　　都是倉皇上路，沒多少行李。向公家支借的逃難費用也很有限，同仁可借 24 元，眷屬可借 14 元，也只能支持五到七天的伙食。乾糧雖帶了一些，車上缺水，哪裡嚥得下去。開始時還有些稀粥賣，聊可充饑，後來也沒有了。

　　車內又悶又熱又髒。沒有水喝，也不能上廁所。有的孩子忍不住了，只好在所帶的洗臉面盆裡解決，用草紙蓋著。臭氣，一下子就彌漫了整個車廂。

　　遇見敵機空襲，就通知下車。警報解除，工作人員拿著一個大喇叭喊人。以男女劃分、分別在火車兩側就地如廁後的人們，又爭先恐後地擠上車。

　　開到半路，車又停了。天已漆黑，疲憊的人們，都睡著了。下半夜，重新開動後，車廂下傳來了一個女人尖銳的哭聲，"我的兒子不見了，跌落鐵軌了。我的兒呀，在哪裡呀？"她不要命地爬上站台，一邊哭叫，一邊往回找。可是，她還能找到嗎？

走了一天一夜，才到達離桂林不過 177 公里距離的柳州。

這個以產甘蔗、沙田柚、柳杉出名的廣西第二大城市，如今到處都是從桂林湧來的難民，其中不少是從桂柳公路徒步而來的。

從柳州北站到柳江橫貫的市區有兩三里路。以前，柳江邊多是以舟為肆的商家，有如"水市"，買賣貿易都在船上進行，有船娘供應茶水和點心。如今，沿路都是臨時搭的蘆棚，有小客棧也有小飯店。所謂客棧也就是幾個簡陋床鋪，供有車就走的難民臨時住一晚而已。有些難民就在客棧和飯店外臨時擺設地攤，大都是豎著"賤價折售"紙牌的舊衣服。也有當地人挑著籮筐，賣柳城太平牛肉乾和雲片糕。

終於又上車了。

從柳州到宜山只有 61 公里，火車卻走了整整三個小時。崇山之中，多是彎道，車速很慢，也有些搖晃。

大家不禁感慨，早聽說黔桂鐵路築得艱辛，山崖中開路，激流中架橋，岩石上鑿洞，沙土中打基，全靠工人的兩隻手。如今，倒是多虧了這條鐵路，才能撤往大後方。

本來是小地方的宜山，如今也是大後方的一個重要城市了，有不少從桂林遷來的機關和難民。廣西省政府便借住在宜山路工紀念學校裡。

在宜山，舉目皆是逃難來的難民，有很多臨時搭建的草房，好些是客棧和飯店，也有準備在此長時間停留的難民自行搭建的"草窩"。這些"草窩"裡，除了僅有的行李，其實乏善可陳。

到處都亂哄哄的，一時也無法在此安置下來。李四光於是決定還是搭火車去貴州獨山，再經公路去貴陽，和那裡的科學館同仁彙合。臨行前，得到消息，科學館的四十噸公物，到達宜山和獨山之間的金城江後，就無法前行了，押送人員只得就地搭起草棚，保護這些寶貴的圖書儀器不致受潮。少華因而自請留在宜山，看能否通過大哥唐現之在廣西省政府的一些熟人，協助滯留在金城江的科學館同仁，盡快找到運輸車輛。

可惜，此時的宜山、金城江，已是一車難求。唐現之本人也不在宜山，他率領桂林中山學校的部分師生，遷到了廣西蒙山。蒙山於是年冬天被日寇佔領，被迫再次逃難，輾轉到達重慶北碚。

1944 年 11 月 10 日，桂林、柳州淪陷。

11 月 14 日，宜山失守。

令人欣慰的是，在金城江的科學館同仁，終於得到資源委員會運輸處的幫助，在宜山失守的當日，萬分危急的關頭，搶運出了三個卡車。

國破山河在。

28 歲的少華，開始了隻身徒步的千里流亡。

四五十萬不甘做亡國奴的人們，同時顛沛在路上。

有的男人背著生病的老人。有的女人拉著板車。有的難民，用一根木棍穿過行李包，一前一後扛著。有的推著古老的獨輪車。大多數人還是步行。

一路上，少華曉行夜宿，很少能搭到車。如果沒有小客棧，就住屋簷下甚至路邊，從稻田裡撿來一些稻草，蓋著就睡。路上有賣飯的小攤子，就買一點。有時，只能買到稀粥。有時，只有忍飢挨餓。

沿途的慘狀，也令人觸目驚心。

路邊有許多屍體，有餓死的，有病斃的，有坐火車頂被震下來的，有過山洞被擠下來的，也有被煙嗆死的。火車鐵軌旁也躺著不少死人。還有很多卡車在路上翻車，滿地狼藉，很多人斷足折臂，慘不忍睹。

"寧為太平犬，不做亂世人"，就是如此吧。

24

位於黔南的獨山縣，與廣西接壤，是進入大西南的必經之路，號稱陪都重慶的"南大門"。

獨山縣城很小，只有兩三條大一些的街道。縣城內的店鋪也很少，規模也很小。民風古樸，當地人穿的都是自織的土布。男人頭上包著一塊白布，女人都梳一個髮髻。

然而，此時的獨山，卻是萬千難民暫時的安樂之地。

隨著長沙、衡陽的相繼淪陷，成千上萬的難民，經湘桂鐵路、黔桂鐵路逃難來此。在途中，火車不時停滯，他們經常不得不露天過夜，有車就上，停下不開就只能在站上等，有車開過，又拼命擠上去。車頂和車下都擠了四層人，不小心跌死的不在少數。很多人發自內心地祈禱："如果我能逃到獨山就好了！"

因著大量難民的湧入，小小的獨山已是人滿為患。整個縣城都已找不到一間空房子。房租驟升，破屋陋室都需上萬法幣，還必須一次性付三個月或半年的租金。物價也因而飛漲。一百斤大米竟要法幣五千元，一擔水也需二十五元。

許多逃難來的機關，也紛紛在縣城周邊搭建自己的木房子。還未完工，就已紛紛在門口貼上條子，比如某局臨時辦事處、某某銀行臨時通訊社、某某工場臨時轉運處等。

獨山車站人山人海，縣城裡更是聚集了各色各樣的人。有面黃肌瘦、衣不蔽體的貧苦難民，也有衣著華麗、花錢大方的老爺太太。隨著他們的到來，原來沒有的商店、銀行、鐘錶行，乃至汽車修理廠，都出現了。茶館也開了一家又一家。這個在中國本來幾乎不為人知的偏僻小城，短時間內繁華了許多，城區都擴大了七八倍，人稱"小上海"。

位於縣城內的獨山初級中學，是逃難民眾唯一的公共住所。

疲憊不堪的少華，就在這裡暫歇了下來。

此時，他還不知道，到獨山後雙雙病倒的李四光夫婦，在好不容易才找到一部卡車去貴陽之前，也曾在同一間教室裡躺了好些天。

誰曾想，沒幾天，獨山就變成了戰場。

日軍以宜山為基地，三面出擊，進犯黔南。

七年前在盧溝橋抗擊日軍的 29 軍，由時任軍長、黃埔一期出身的孫元良率領，已於 11 月初徒步由川入黔，到達遵義後才轉汽車進入黔南。先頭部隊 91 師在師長王鐵麟指揮下於 11 月 28 日抵達獨山，在黑石關、白臘坡和甲撈河橋邊陣地構築工事，以阻止日軍沿黔桂公路北犯。

11 月 30 日上午，日寇侵入獨山縣境。12 月 1 日，駐守在黑石關的 91 師與日軍展開槍戰。日軍佔領黑石關後，於 12 月 2 日下午進入獨山縣城。

包括少華在內的廣大難胞，不得不迎著刺骨的寒風，沿著黔桂公路，北上奔逃。

臨行前，少華匆忙在縣城一間小店鋪裡買了一套土布衣服，打扮成本地人的模樣，以逃避日軍對讀書人模樣的中國人的殺戮。這幾個月逃難的經驗，日軍最恨中國的讀書人，抓到之後都是殺無赦，因為讀書人一般都是宣傳抗日的中堅。

在這次逃亡中，少華經歷了如同電影般的驚險一刻。

獨山有一個中美聯合空軍的軍用機場。

中美聯合空軍是飛虎隊（美國第十四航空隊）司令陳納德提議的，即將中國空軍的主要戰力與美國第十四航空隊混編，名為“中美空軍混合大隊”，以協同作戰，去年年底才組編成立。此後，對日軍的轟炸、攻襲，以及較大規模的空戰，多是中美空軍協同進行。第十四航空隊的對日出擊，也多有中國戰機參與。

面對日軍來襲，美軍的伊文思上尉，奉命破壞獨山機場、空軍倉庫，以及扼黔桂公路要衝的深河橋。

按計劃，爆破隊應該先炸深河橋，再炸倉庫和機場，然後乘飛機撤離。

從獨山縣城湧出的數萬難民，卻是爭先恐後地衝向深河橋。伊文思上尉看到，難民如此之多，一旦炸橋，肯定難以走脫。於是，他當機立斷，先炸了機場和倉庫，直到日軍已衝到橋頭，才炸掉大橋，和難民一起徒步前往貴陽。被他掩護過橋的難民中，少華是其中之一。後來聽說，還有影星胡蝶和她的丈夫潘有聲，以及上海灘的聞人虞洽卿。

貴陽，也非久留之地。

難胞如潮水般地湧入，又潮水般地湧向重慶、昆明……就如當時的難胞之一、劇作家熊佛西在離開貴陽前所寫："冒著一切的苦難，逃入自由祖國的懷抱……儘管拋妻棄子，挨餓受凍，為了熱愛祖國，為了表現文人的氣節……這種精神，正是我們抗戰八年來向全世界、全人類，引以為驕傲的靈魂。"

人同此心。

一路櫛風沐雨，經歷萬苦千辛，少華終於在 1945 年初抵達戰時中國的首都——重慶。

25

　　"少華，終於盼到你來了！"

　　頭戴黑色禮帽、身穿黑布棉袍的李四光，拄著一根手杖，在國民政府主席林森手書的"重慶大學"校門旁鑿刻有"耐勞苦、尚簡樸、勤學業、愛國家"的十二字校訓的八字形石壁旁，看到了一身破舊藍布大褂、頭髮蓬亂、面目消瘦的少華，立即緊緊握住了他的手。

　　李四光看去也瘦了不少，面帶病容。從獨山帶病去到貴陽不久，獨山失守，被迫又逃難到中央研究院總辦事處所在的重慶。他所率領的地質研究所，最初借四川地質調查所辦公，不久搬到沙坪壩。物理、心理兩所則在氣象、動植物兩所所在的北碚安頓了下來。

　　少華找到地質所後才知道，因戰時經費緊張，作為最高學術研究機關的中央研究院，也不得不減成發放，因此，李四光先生又接受了同在沙坪壩的國立重慶大學的聘約，每天上午在重大講課，下午在地質所做研究。余青松先生則改在原中央研究院總幹事朱家驊任部長的教育部科學儀器製造所擔任所長。

　　在沙坪壩鎮上唯一一條大街的一間小餐館裡，李四光和他打電話叫來的余青松，簡單地向少華談起來渝後的情況，以及他們為少華安排的工作。

　　"我們商量過了，你就去儀器所做研究員吧。儀器所和地質所都在離這裡不遠的小龍坎。小龍坎有公共汽車站，進城去兩路口、上清寺、牛角沱都比較方便。沙坪壩這地方比較偏僻，店鋪少，商品也少，買東西一般都要進城。簡單的，就去附近磁器口即可。那裡的桔子是全重慶最便宜的，你師母隔一段時間就去買一筐。"

　　病中的先生，還是這樣無微不至地關懷學生。少華感動地想。

　　餐館的牆上都貼著"兩位一菜一湯"、"三位兩菜一湯"、"禁止售酒"的紅紙。他們師生三人，便只能點兩個菜。李四光執意要點最貴的兩道菜為少華洗塵。一道是重慶馳名的豆瓣魚，用鮮、辣、香的郫縣豆瓣燒成。另一道是名為"轟炸東京"的鍋巴肉片，用上等好糯米做成鍋巴，油炸得黃亮亮的，大盤端上，將一大碗三鮮肉片傾倒其上，只聽得吱吱吱地炸響，確實有點"轟炸東京"的解氣感覺。

　　孤身赴國難的少華，就此開始在重慶一年零三個月的工作和生活。在研究員之外，他還兼任工務股長，主管全所的理化儀器標本設計製造。

　　戰時首都的重慶，也是物資貧乏，人滿為患。到處都可聽到外鄉口音。乞討的流浪者也很多。據說，重慶有幾多：政府機構多，遷入的學校多，兵工廠多，軍警多，難民多。堂堂中研院地質所，也屈居於小龍坎的一棟不大的二層小樓裡，磚木結構，平面"凹"字形，建築面積不過三百多平方米。少華所在的儀器所也很儉樸。儀器所的宿舍，就是抗戰以來重慶到處臨時搭建的那種簡陋穿鬥房，竹篾巴牆，內外敷白石灰，屋頂木椽上鋪瓦片，光線陰暗，下雨時經常漏水，且完全不隔音，冬天陰冷寒濕，夏天酷熱難當，人稱"抗戰房"。

　　有"霧都"之稱的重慶，經常籠罩在一片濃霧中。所有的房屋、建築都若隱若現，如雲山霧罩一般。據說，從十月到五月，每週都有幾天陰霧天氣。一年 365 天，至少有 90 天是大霧天，有時多達 150 天。

　　對於經常在儀器所工場工作的少華來說，是霧天還是晴天倒沒有什麼區別。儀器所的工場設在磁器口附近的張家溪、兵工署第 25 兵工廠的防空洞裡，晝夜都靠發電機照明。

　　作為戰時中國的首都，重慶遭受了日本飛機持續六年零十個月的"無差別轟炸"。從 1938 年 2 月到 1944 年 12 月，日機先後出動 9000 多架次，轟炸 218 次，投彈超過 11500 枚，炸死 10000 人以上，炸毀 17600幢房屋，史稱"重慶大轟炸"。重慶從抗戰之初就開始挖防空洞，從各工廠、各機關、各銀行、各公司到一些殷實的私家住宅，都紛紛開鑿防空壕。如今，全市大大小小的防空洞有 1800 多個。最大的防空隧道可容納七八萬人。

為避免日機轟炸，很多工廠都把廠房搬到防空洞裡，尤其是兵工廠。

教育部部長朱家驊與兵工署署長俞大維是德國柏林大學的同學。"九一八事變"後，也一起致力於從德國進口小到德式鋼盔、大到飛機大炮的武器裝備。因著這層關係，儀器所便借用了兵工署第 25 兵工廠的防空洞作為工場。

原為金陵兵工廠的第 25 兵工廠，最早是龍華槍子廠——近代中國最早的兵工企業之一。全面抗戰爆發後，兵工廠從南京內遷至重慶，主要生產各類子彈與砲彈。廠區裡開鑿了 40 多個防空洞，都在天然岩壁之中，分布密集，皆坐東朝西，由主洞及南北各兩個耳洞組成，門口都有稽查守護，兩邊耳洞放機器，中間為過道。

在這裡，少華親眼目睹了兵工廠的同仁們是如何的精忠報國。

從留洋歸來的廠長，大學畢業的技術人員，到第一線的生產工人，每天都至少工作十小時以上，有時長達十四五小時，但誰也沒有怨言，一切都為了前線。日軍佔領緬甸後，滇緬公路被切斷，外援斷絕，抗日前線的武器供應全靠兵工署轄下的十幾間兵工廠了。

做槍彈，最危險的就是做底火藥。底火藥是生產槍彈的必需品，但十分敏感，製作過程中一不小心就會炸傷，所以很多人受傷。除了槍彈，也造木柄手榴彈。裝手榴彈，全靠一雙手，把火藥裝進機器軋好的彈殼裡。一天裝下來，常會手臂痠痛，抬舉都十分困難。

就在這樣的艱苦環境裡，兵工廠的同仁們堅持晝夜生產，每月生產的槍彈都達 600 萬發以上。一箱箱的彈藥，在防空洞裡造出來，抬到江邊碼頭裝船，然後運往前線。

這天，少華正在耳洞裡埋首於一個儀器標本，在主洞裡忙碌的余青松走了過來。

"少華，有一架飛虎隊飛機被日機擊落，殘骸已運來。我們去看看哪些部分可用。"

一進兵工廠的裝卸車間，就看到工人們正從卡車上卸下一架巨大的飛機殘骸。一個穿軍裝的中年人正在觀看。

「俞署長！」

聽到余青松的稱呼，少華才知，這就是兵工廠同仁經常提起的兵工署署長俞大維。據說，這位戲稱自己是「打鐵的」的留德彈道學專家，親自指導研發了中正式步槍。他還在兵工學校開辦彈道學講座，學識淵博，平易近人。各兵工廠有重要武器試驗，他必定親臨試射，槍法極準。

面目和善、書生氣質的俞大維，微笑著轉過身來。

「余所長，這個年輕人是你的助手？」

他說話有少華熟悉的長沙口音。多年在湖南為官的祖父晚年閒居長沙，幾個叔叔、姑姑和堂兄現之，都在長沙楚怡小學讀過書，會說長沙話。

「是。唐少華，桂林人，在桂林時就跟著我了。」「桂林人？姓唐？是不是和唐景崧一家的？」

「景崧公是我的族祖。我祖父是他的族弟兼幕僚，跟隨他去台灣，呆了三年。」

原本沉穩的俞大維，突然顯得很激動，用力握住了少華的手。

「原來是世交。家伯父俞明震，一直感念令族祖的知遇之恩，和令祖應該也認識。」

俞大維竟然是當年協助景崧公抗日保台的俞明震之侄。

一時間，少華的感情有些激盪。所有的國仇家恨，所有的顛沛流離，都湧上心頭。

接下來的幾天，他在工作之餘，用製作儀器的飛機殘骸邊角料，打磨出一把鋒利的小刀和兩個形似子彈殼的盒子，寓意殺鬼子、重光國土。盒子用來裝他這些日子思念琬瓊時為她和自己所刻的一對印章。

遠在家鄉的她，和應該已經出生了的孩子，一切可好？

26

　　一聲嬰兒的啼哭，打破了山洞裡壓抑已久的沉寂。"生了，生了！是個女把爺（桂林話"女孩"）！"婆婆何漫古喜悅的聲音裡，有些哽咽。

　　琬瓊躺在一條已經被血水和羊水浸濕的舊被子上，眼睛緊閉，臉色慘白。汗濕的頭髮，凌亂地貼在她憔悴的面龐上。兩行淚水，緩緩地沿著眼角流了下來。

　　"別哭！當心日本仔聽見！"

　　少華的九叔，在一旁壓低了聲音，發出警告。

　　一聽此語，阿好立即抱起嬰兒，用手按住她紅潤的小嘴。一歲半的雁荇，也趕快躲到奶奶的懷裡，不敢吱聲。六歲的幗英，已經有些懂事，安靜地坐著。

　　陣陣寒風，透過洞口的刺蓬，吹了進來。洞裡的五六十個人，從身上到心頭，都感到了一陣寒意。

　　這個不大的山洞裡，擠滿了"走日本仔"（桂林話"逃日本鬼子"）上山的人。不分男女老幼，都將帶來的被子鋪在冰冷的地下，枕頭挨著枕頭，形成一個統鋪。四下裡，瀰漫著難聞的味道。豆腐乳的霉味、鹹魚的腥味、嬰兒屎尿的臭味、大人無法換洗衣服的汗酸味……在這樣的惡劣環境中，吃喝拉撒都只能回歸到原始人的水平了。

　　何漫古顫悠悠地打開藍花布的包袱，抓了一把炒米粉，送到剛剛生產的琬瓊口邊。琬瓊強忍著噁心的感覺，艱難地嚥了下去……然後，疲憊已極地進入了夢鄉。

　　不多久，嬰兒突然大哭起來。不遠處，卻傳來了日軍咚咚咚的腳步聲，越來越近，越來越近……洞裡的空氣，一下子凝滯了。

　　眾人焦急的目光，全部投到何漫古身上。臉色慘白的何曼古，雙手顫抖著，閉上眼睛，用被子罩住新生的孫女，緊緊地捂住……

　　日軍的腳步聲遠去了。眾人得救了。琬瓊可憐的二女兒，就此夭折了。

　　這是 1945 年的 1 月。

　　四個月前，琬瓊隨著婆婆回到位於灌陽文市鎮田心村的唐家祖宅。

　　從硝煙彌漫的桂林城來到這偏僻寧靜的鄉間，最初，頗有些世外桃源的感覺。高大的門樓，青石板的巷道，明清建築風格的宅院、廳堂、樓閣，粉牆黛瓦，雕花門窗，飛簷，馬頭牆，與四周的青山綠水融為一體。族人各自居住的宅院門前，有小孩在玩耍，貓在打盹，狗在懶臥。天井中，盆栽的秋菊，正在盛開。

　　誰知，這份安寧，只有短短的幾天。

　　1944 年 9 月 17 日，日軍第 11 軍 13 師團派遣的先遣隊，包括 104 聯隊第三大隊和山砲中隊，由人見永壽少佐率領，侵入文市鎮，在田心村三里外的月嶺村駐紮。

　　在老家主事的九叔，被迫帶著一家老小逃難上山。

　　少華的父親和幾位叔父都在外面做事，只有九叔一直守在老家，以祖傳的田產為生。琬瓊聽少華說過，他這位九叔整天在書房裡讀書，一目十行，研精覃思，可惜懷才不遇。

　　面對日軍打來，經歷了民國以來的軍閥混戰的九叔，認為也和以前“躲兵”一樣，把重要的東西埋在地下，一家人上山躲一陣，就過去了。臨行前，他特地囑咐，每人都背一個包袱，帶上被子和乾糧，貼身的衣服裡縫一些救命錢。年輕的女眷，頭髮都剪成像男人一樣的短髮，臉上抹一層厚厚的鍋灰，以免被日軍遇上強姦。

　　九叔沒有想到的是，與之前的亂兵相比，日軍要兇殘得多。作為田心村大戶的唐家，被他們占為住所，掘地三尺，連樓板都拆了。所有的財物，包括少華祖父留下的字畫、書籍、私人筆記，全部被洗劫一空。

　　9 月 20 日，日軍進攻灌陽縣城。灌陽縣政府組織的三百多人的自衛隊，進行了阻擊。9 月 24 日，九架日機轟炸縣城，並用重機槍掃射。全城火光沖天，煙霧瀰漫，燒了一天一夜。除了仁德街湖南會館以上、仁壽街王氏宗祠以下的房屋未被燒毀外，大部分房屋都化為灰燼。

隨後，日軍開始下鄉侵擾。搶財物，拆門窗，殺雞鴨，搶糧食……還到處搶"花姑娘"。月嶺村的一座大屋，竟被日軍變成慰安所，日夜姦淫從各地搶來的"花姑娘"。

越來越多的民眾逃上了山。

少華的父親唐叔重，聞訊從外地趕回。他帶著一支幾十人的抗日自衛隊，將一家老小轉移到了千家峒大山裡。一家人在山上砍樹枝，搭棚子住。產後不久即遭喪女之痛的琬瓊，身體虛弱之極，遷到新搭的棚子裡，總算比潮濕陰暗的山洞好了一些，一邊靠草藥療身，一邊苦度這生命之中最黯淡的光陰。

多年後，琬瓊才從公公口裡得知，當年這支保護過她母女的抗日自衛隊，是少華的祖父唐鏡澄當年隨唐景崧從台灣回來、路經洞庭湖時收編的一支太平軍李秀成舊部的後裔。

27

　　位於重慶西郊的沙坪壩，與昆明巫家壩、成都華西壩並稱為大後方的"文化三壩"。

　　沙坪壩原屬巴縣，本來只是從小龍坎到磁器口之間的一片臨嘉陵江的農田，種水稻、小麥、花生、紅苕。農田中有一座小廟，牆壁是紅色，故稱"紅廟"。據說，在抗戰前，紅廟一帶只有兩三間茅草房，賣茶水和冷酒。偶爾有農民挑著花生、地瓜、甘蔗在此叫賣。小龍坎也不過是巴縣界內從馬王場經石橋鋪到磁器口的一處行人歇腳之地。磁器口則是巴縣四大鎮之一，又叫龍隱鎮，是一個人流稠密的水陸碼頭。

　　1933 年，時任四川省主席的劉湘，將他兼任校長的重慶大學從菜園壩遷到紅廟。同年，四川鄉村建設學院也在磁器口成立（後改名四川省立教育學院）。在劉湘盛情邀請下繼任重慶大學校長的原同濟大學校長胡庶華，認為小龍坎－沙坪壩－磁器口一帶地勢平坦，東襟嘉陵江，西依歌樂山，環境優美，宜於讀書，適合開發為新型的文化區。

　　全面抗戰爆發後，大量文化教育機構內遷，"沙磁文化區"就此形成。教育家張伯苓將在沙坪垻辦的南渝中學改名為南開中學，延續被日本炸掉的天津南開的生命，並在校園內恢復自天津輾轉遷來的南開大學經濟研究所。中央大學、交通大學、上海醫學院、中央工業專科學校、國立藥學專科學校共近二十所大學也紛紛遷來。教育部、資源委員會、衛生署、中國科學社、中國工程師學會、中國地質學會、中國醫學會、化學會、物理學會、農學會、經濟學社、自然科學社等也在此舉辦學術年會、科學文化展覽、文化教育活動。

　　在文化精英雲集的沙磁文化區住了一段時間後，少華發現，不止是儀器所、地質所這類內遷的科研機構，大多數學校也相當簡陋，一般就是在門口掛一個牌子，裡面只有幾棟房子加一個操場而已。只有重慶大學、四川省立教育學院和重慶士紳捐助的南開中學的校園校舍比較好。每當夜幕降臨，壩上各校的晚課燈光與夜空中的星辰連成一片，倒映在嘉陵江中，人稱"沙坪學燈"，陪都八景之一。

沙坪壩學區是政府特令的電力特供。重慶的發電廠少，發電機裝機容量也小，只能保證中樞機關和兵工廠用電，市民住家則是限時供電，光度微弱，經常只有一根紅絲的光，且隨時可能燒保險斷電。有人為此專門寫了打油詩："晚上電燈亮，像根紅絲繩。走路停了電，摸到街沿行"。

在沙坪壩，少華常在週末從小龍坎步行去鎮上逛書店，然後穿過重慶大學的校園，去到嘉陵江邊，找一個岩石的角落，對著清澄的江水，在嘹亮的川江號子聲中看書。

李四光任教的重慶大學工學院，也近嘉陵江，是一座條石砌築、仿西方古典風格的建築物，曾被日機轟炸破壞三次。在這裡，他開設了中國第一個石油專業。

內遷的中國最高學府——中央大學，也在重慶大學校內。校內的"七七抗戰大禮堂"是一座黃色外牆的矩形建築，採用傳統的小青瓦面，紅色門窗配以拱門、陽台，中西合璧，素樸大方，是陪都的一個宣傳抗戰民主思想的重要場所。美國副總統華萊士、共產黨領袖周恩來、民主人士黃炎培、教育家陶行知、新聞記者鄒韜奮等人都曾來此作過精彩演講。

中央大學於 1937 年 10 月西遷入渝。重慶大學將東北面的一個小山丘約 200 畝土地無償地提供給中央大學使用。因山坡上長著稀稀疏疏的松樹，得名"松林坡"。嘉陵江從山坡下繞過。中央大學在此蓋了簡陋的學生宿舍、辦公樓、教學樓，還是嚴重不足，常借用重慶大學的教室和圖書館。兩校學生可交叉聽課，師資互聘，學分互認，資源共享。

中央大學的學生，大都是從東南沿海和其他淪陷區內遷到西南大後方的，基本上都和家裡失去了聯繫，沒有經濟來源，只能靠政府提供的公費度日。許多學生都只有一兩套衣服，男生多穿褪色的中山裝或髮白的長衫，女生則是打了好多補丁的旗袍。

為解決生活問題，很多學生不得不勤工儉學。有的去當家庭教師，有的去郵政局當郵差，有的在鹽務局賣鹽，有的在公共汽車上賣票，有的給汽車油漆牌照，也有的在機關當譯員，給報館跑外勤，給電台當播音員。還有擅長寫作的學生，向報紙雜誌投稿賺稿費。

中大的教室都不設課桌，座位都是靠手椅。寢室則是鋪位緊挨鋪位，學生的私人物品無處可放，只好吊掛。侷促之外，冬天異常寒冷，夏天蚊蟲猖獗，被稱為"國難校舍"。

為防轟炸，師生們自己動手挖防空洞，建地下實驗室。每逢空襲，師生們就躲進防空洞裡繼續學習。經常是上午 10 點進防空洞，下午 5 點才出來，餓肚子是常事。

不用餓肚子的時候，師生們吃的也是摻有砂子、細石子、稗子、稻子且又發霉的糙米飯，戲稱為"八寶飯"，菜則是胡蘿蔔、爛榨菜和鹽水豆腐湯。教工家屬常結伴到校園的空地上挖野菜。很多人營養不良，百病叢生。

在這樣的艱苦環境裡，學生們學習熱情不減，經常自習到很晚。苦難之際，也不減其樂，晚上聚在稱為"飯廳"的學生食堂吹拉彈唱，擺龍門陣。常唱流亡歌曲，唱到動情處，有的痛哭流涕，有的高聲吶喊，群情激奮，國仇家恨溢於言表。

戰時的重慶，人口激增，物價飛漲。堂堂中央大學的教師，也大多生活在貧困線下。《中央大學校刊》上常有報道，"本校某院長購得玉米一石，磨粉充飢"，"某教授因支出日增，停止子女上學讀書，並典當太太首飾"，"某職員因麵粉價廉於米價，已兩月不知米飯味"。不少教師身穿戰前購買的西裝，腳上卻赤腳套雙布條編的草鞋，自嘲為"沙坪壩牌高級草鞋"。

在如此困難的條件下，師生們仍然不惜節衣縮食，甚至變賣衣物、書籍和珍貴紀念品，以全部所得支援抗戰。

楚雖三戶，亡秦必楚！

28

在重慶的生活，是孤獨而艱苦的。

研究員等同於教授，月薪不低，但還需買救國公債，交飛機捐、前方將士寒衣捐等，扣除後也所剩不多，而重慶生活指數高，經濟上自然難免窘困。好在少華是個能吃苦的人，省吃儉用也能應付，還略有積蓄。

比很多同樣孤身入渝的難民幸運的是，除了李四光、余青松兩位師長的愛護，他的大哥也在重慶。

唐現之從廣西蒙山輾轉到重慶後，應好友盧作孚邀請出任北碚兒童福利實驗區副主任。

原籍重慶合川的盧作孚，曾是嘉陵江三峽峽防團務局局長。

嘉陵江有三峽，自北向南，依次為瀝鼻峽、溫塘峽、觀音峽，風光綺麗，有“小三峽”的美譽，跨江北、巴縣、璧山、合川四縣，囊括沿江的 39 個鄉鎮。北碚就位於嘉陵江右岸的溫塘峽和觀音峽之間。其北有馬鞍山，有一塊石頭深入江心，凡石梁之深入江心者曰碚，又因此地處於巴渝之北，遂叫北碚。

北碚，是峽防局的駐地，也是盧作孚大力開展鄉村建設的試驗區。

二十年前開始的“鄉村建設”運動，是一些中國知識分子秉承儒家“民為邦本、本固邦寧”傳統和西方的啟蒙思想，認為農村如果不建設好，農民若不脫離愚昧，則中國之興盛無望。包括梁漱溟、晏陽初、盧作孚、唐現之等人在內的“鄉村建設派”，積極投身鄉野，從事平民教育，普及科學知識，建設新農村，以期達到救國、強國的目的。

北碚最初只是貧窮落後的鄉村。在盧作孚和他的胞弟盧子英（現任北碚區長）的心血付出下，不過十幾年的時間，已經建設成為一個乾淨整潔、充滿生機的小城。街道兩旁是茂密的法國梧桐，街心花園用各種植物組成幾何圖案。這裡有小學，中學，大學，醫院，體育館，公園，圖書館，科學館，電影院，動物園，還有四川最大的煤礦天府煤礦，以及四川的第一條鐵路——北川鐵路。

北碚的街道都以中國的省市命名。日軍攻佔一個地方，北碚就命名一條道路，如遼寧、吉林、黑龍江、蘆溝橋、天津、北平路等等，以不忘國恥。象沙坪壩一樣，北碚也有大量內遷的文化教育機構，如國立編譯館、國立復旦大學、國立江蘇醫學院、國立歌劇學校、國立戲劇專科學校等。

北碚給少華留下了非常好的印象。他欽佩地想，盧作孚是一位真正的愛國者，真正的實幹家。在這戰火硝煙之中，在這西南一隅的北碚，竟有如此建設成就，實在令人感動。

少華知道，大哥和盧作孚是早年在四川省立第二女子師範學校的同事加朋友，也同是少年中國學會會友。大哥十幾年前在桂林同鄉加摯友梁漱溟辦的山東鄉村建設研究院任訓練部主任，因病去濟南醫治時，盧作孚曾登門拜訪，暢談鄒平經驗。盧作孚邀請大哥出任副主任的北碚兒童福利實驗區，是與社會部合辦的中國第一個普惠性兒童福利實驗社區。大哥的恩師陶行知則在北碚平民公園辦了研究教育本質和生活教育系統的曉莊研究所，在古聖寺辦了主要招收難童、中國歷史上第一所為專門培養特才兒童的學校——育才學校。

大哥還在另一位朋友晏陽初辦的中國鄉村建設學院擔任兼職教授。中國鄉村建設學院位於北碚歇馬場大磨灘，群山環抱，溪水回流，岩瀑疊布。幾排白色的平房點綴在青山綠水間，與碧綠的田野和農舍融為一體，構成一幅美麗的鄉村風景畫。

晏陽初是四川巴中人，在普林斯頓大學取得碩士學位後歸國，致力於在中國推行平民教育和鄉村建設。他的夫人許雅麗生長於美國，畢業於哥倫比亞大學，只會說英文，一直義無反顧地支持丈夫。據大哥說，他們夫婦非常儉樸，孩子都穿打補釘的舊衣服，住處是竹子夾壁屋，內外抹上泥漿，天棚也是篾笆編成，簡陋的地板踏上去嘎吱作響。

　　除了去北碚看望大哥，少華有時也會搭車去市區走走。位於市區最繁華的督郵街廣場的"精神堡壘"，是他進城必到之地。

　　"精神堡壘"是在一個因炸彈爆炸形成的大彈坑上建成的一座砲樓形狀的木結構建築，高七丈七尺，寓意七七抗戰。

　　"精神堡壘"的外表塗成黑色，以防日機轟炸。柱底是"精神堡壘"四字，其餘三方分別寫著"國家至上民族至上""意志集中力量集中""軍事第一勝利第一"的口號。頂部設有一口大瓷缸，內貯棉條、燃油，每逢重大集會，即倒入酒精助威，烈焰熊熊，表明萬眾一心、抗戰到底的決心，昭示驅逐倭寇、還我河山的浩然正氣。

　　每天的清晨和午夜，"精神堡壘"都會舉行隆重的升降旗儀式。樂隊鼓樂齊鳴，一隊隊警察和士兵，整齊列隊，向旗桿上飄揚的國旗舉手敬禮。車馬行人，則止步駐足，注目為禮。那一刻，所有人的胸中，都澎湃著愛國熱情。

　　千里迢迢從淪陷區顛沛流離到重慶的忠義難胞，看見"精神堡壘"，無不倍感親切。從重慶出發奔赴抗日前線的抗戰將士，也會在"精神堡壘"前集體宣誓。

　　這是我們民族的"精神堡壘"，宣示著中華民族抗戰到底的頑強精神。

　　這是戰時的中國首都——重慶。

　　被譽為"重慶精神"的抗戰精神，在少華一生中，留下了難忘的記憶。

29

“各位聽眾，現在播送重大新聞⋯⋯日本無條件投降⋯⋯”

收音機裡，傳來了被日本人稱為“重慶之蛙”的中央廣播電台的兩位播音員潘永元、靳邁激越中帶著顫抖的聲音。

“中國苦戰八年，終於贏得勝利，贏得和平⋯⋯”

這消息，以每秒 30 萬公里的速度傳遍了中華大地。

這是 1945 年 8 月 10 日的傍晚。下午，中央廣播電台就得到了消息，日本內閣通過瑞士政府，向中、美、英、蘇政府轉達了無條件投降的請求。

曾經不可一世的日本，終於無條件投降了！

整個重慶沸騰了。

“我們勝利了！”“日本小鬼投降了！”“中華民族萬歲！”的歡呼聲，如春雷般炸響。鞭炮聲響徹雲霄。每一個人都高聲地笑著，跳著，手舞足蹈。有的人覺得不過癮，還拿出家裡的盆子，噼裡啪啦地敲打起來。在人群集中的精神堡壘，有幾個美國兵來到，被人們一把抱起，來回地向天上拋。在文化人集中的沙磁文化區，人們也一改平日的矜持，從宿舍裡，從教室裡，從圖書室裡衝了出來，拿著火把衝到大街上，聲嘶力竭地唱“山川壯麗，物產豐隆，炎黃世冑，東亞稱雄⋯⋯”，歡聲震天。

每個人的臉上都帶著笑。有的相互擁抱，有的轉著圈子跳，有的舉著報紙的號外狂喊。爆竹震天中，有些江湖朋友，還打起鑼鼓，沿街唱將起來。

平日斯文儒雅的少華，也隨著人群，忘情地大聲歡呼，又跳又笑。

這是真正的勝利夜。

在灌陽千家峒大山中的琬瓊，第二天下午也得到了消息。

一家老小，隨著一個上山來報信的族人，興高采烈地下了山。

一路上，已得知勝利喜訊的鄉民們，都扔下了手裡的鋤頭，在田疇裡狂奔亂舞。有些鄉民就在山坡上打開了趕來送飯的家人專門買的的燒酒，相互灌酒，醉倒在田埂上。

文市鎮上的人，都自發地拿出家裡為過年準備的鞭炮，歡慶勝利。小孩子跟在大人身後，蹦著、跳著，比過年還高興。

身體仍然虛弱的琬瓊，跟隨公婆回到了日寇已經灰溜溜地自行搬出的文市老宅。

在劫後的滿目瘡痍中，婆婆竭盡全力地烹製出兩道在山上逃難時想念已久的傳統美食。

很多年後，琬瓊都記得那兩道伴隨著抗戰勝利喜悅的香甜美味。

一是灌陽油茶。以炒米為主料，茶葉、花生、蔥花、酸辣椒、綠豆、米粉為配料，用鐵鍋打成。吃油茶時，配上了後園剛熟的雪梨和黃心紅薯。雪梨也是灌陽的特產，到處都有種，果肉雪白細嫩，汁多香甜。黃心紅薯人稱“薯霸王”，裡面有如一包蜜，咬一口，甜入心。

二是千家峒釀豆腐。將豆腐切成小塊，用竹片將小塊豆腐挖出一半，將配好的肉泥灌入，再將挖好的豆腐泥和蛋清敷上，然後在煎烤後再蒸食，湯汁醇厚，鮮嫩滑潤。

一家人在圍爐共食的歡聲笑語中，不忘給少華的祖父上香，敬告他老人家的在天之靈，日本人戰敗了，台灣，就要回歸祖國了。

1945 年 8 月 14 日，日本政府正式照會美英蘇中四國政府，接受波茨坦公告。8 月 15 日，日本天皇裕仁發布了《大東亞戰爭終結詔書》，宣布日本無條件投降。

經受了八年殘酷戰爭的中國人，終於可以帶著揚眉吐氣的喜悅，在廢墟上重建家園了。

琬瓊受聘到灌陽國民中學教書。

身在陪都的少華，在一票難求的歸鄉潮中，一時還難以回桂。從琬瓊的來信中，他已經悲痛地得知，二女兒出生不久就已不幸夭折。

連年戰火之後，百廢待興，物價攀升，生活很是不易。兩歲半的雁荇，正是長身體的時候。琬瓊於是發揮化學系畢業生的特長，在教書之餘，自製肥皂出售，貼補家用。

1946 年 5 月 1 日，國民政府正式頒布了"還都令"。

中央研究院準備遷回南京。

李四光力邀少華一起去南京，要他回桂林接琬瓊母女。少華因桂林的父母已經年邁，需要回鄉照顧，遂婉言推辭。適逢廣西打算重建科學館，敦請李四光回桂主持，而李四光正患病，準備出國治療，於是囑咐少華回桂協助籌建工作。

五月底，被聘為科學館副研究員的少華，從重慶飛到香港，沿西江而上廣州，終於與在藤縣老家探親後從西江過來迎接的琬瓊團聚了。

亂世夫妻，劫後團圓，悲喜自在不言中。

回到桂林後，琬瓊回母校任助教。少華也在科學館的重建工作基本完成後，應聘回到母校，擔任理工學院講師。一家人在已遷到桂林將軍橋的西大校園重新安了家，女兒橋荇、筱雁，先後在 1947 年和 1948 年降生。

在小家的溫馨之中，國家，卻是從戰後的短暫和平轉向了歷時四年的內戰。

1945 年 8 月 28 日，在蔣介石三次電邀之下，毛澤東在美國特使赫爾利陪同下，從延安乘飛機抵達重慶。經過兩個月的"重慶談判"，國共雙方於 10 月 10 日簽署了"雙十協定"，一致同意避免內戰、和平建國。

舉國上下，都沉浸在喜悅中。

誰也沒想到，一年後，第二次國共內戰還是爆發了。

周本謹的黃埔同桌林彪，率領中國人民解放軍第四野戰軍取得了遼瀋戰役的勝利，底定東北之後，揮師入關。

人民解放軍以勢不可擋之勢，又取得了淮海、平津兩大戰役的勝利。

1949 年 10 月 1 日，中華人民共和國在北京成立。

　　已經下野的蔣介石，以國民黨總裁的身份，帶領一百多萬軍民，退守台灣。主政廣西二十年的桂系首領李宗仁、白崇禧，則一去美國，一撤海南。

　　作為廣西大學講師會的負責人，少華和全校師生一起參加了護校運動，在兵荒馬亂中保護這個在抗戰勝利後辛苦重建的家園。為了行動方便，他讓琬瓊帶著三個女兒回娘家暫住。琬瓊在藤縣中學擔任教務主任的胞兄周道衢、任廣西省參議會參議員的堂兄周崖洲，在一片"走"還是"留"的紛亂中，都決定留鄉。

　　身為國民大會代表的姐夫黃峴圖，則決定先去香港看看，安定後再來接妻兒。

　　抱著剛滿周歲的幼子知平，依依不捨地注視著丈夫匆匆遠去的背影時，周珪瓊沒有想到，這一別，就是四十年的大江大海。

尾聲

1960 年，台北。松江路 127 號，白崇禧公館。

松江路屬於台北的邊陲地帶，路中央是一道長滿茅草的碎石泥徑，兩旁鋪了柏油。白公館是一片漆成軍綠色的木造平房中的兩棟，連成了一體。門口的空地上，種了各種花卉，扶桑花最多，一片嬌黃嫣紅。竹籬笆內，是一個狹長的小院，有不少盆栽，有素心蘭，也有仙人掌。小院一角還種了一些菜，養了一些雞。

已經六十七歲的白崇禧，偕同桂林籍的夫人馬佩璋，邀請包括黃峴圖在內的一些廣西故舊，來家吃桂林米粉和月牙山豆腐。

"日璋！多年不見了！"

"健公！夫人！"

也已 63 歲的黃峴圖，握著白崇禧夫婦的手，不勝感慨。當年那個意氣風發的白老總，如今是英雄遲暮了。57 歲的馬佩璋，年輕時是桂林有名的美人，如今，看去也有歲月的痕跡了。

他記得，上次相見，還是 1948 年的南京。時任國防部長的白崇禧，和時任廣西省參議員的他，都作為廣西籍的國民大會代表，為時任北平行營主任的李宗仁競選副總統，經常在南京大悲巷雍園 1 號的白公館，圍牆環繞的兩幢紅磚砌築的洋樓內開會。

那一次，李夫人郭德潔和白夫人馬佩璋，還專門空運了一台造米粉的機器到南京，以地道的桂林米粉宴請各位國大代表的夫人。桂林米粉，對於李宗仁贏得副總統選舉，功不可沒。

一轉眼，都已風流雲散。

1949 年 11 月從桂林飛香港、兩週後赴美的李宗仁，據說如今隱居在新澤西州鄉間一棟相當樸素的平房裡，日常以讀報、打麻將消遣，夫人郭德潔親自買菜、做飯。

白崇禧則於 1949 年 12 月 30 日自海南島來台。他一邊請大家入座品嚐桂林米粉，一邊談起舊事。從李宗仁屯墾六萬大山，他作為黃紹竑的參謀長入粵謁見中山先生，到李、黃、白合作統一廣西，到北伐，抗戰，內戰……

讓大家驚喜的是，白公館的桂林米粉竟是最具桂林特色的馬肉米粉。白夫人說，她是按照桂林的做法，先將馬肉下水醃好，貯入缸內，秋高氣爽時取出臘製，吃時才切成薄片，米粉也是直接在馬骨湯中燙熱，連湯盛入碗中。

和桂林一樣，白公館的馬肉米粉也用了特製的小碗，每碗只有稀稀的幾根米粉，清湯中飄著兩片薄薄的馬肉，一點蔥花，少許胡椒，甘香鬆爽，誘人食慾。桌上每個廣西佬，都連吃十碗，連同滑嫩鮮美的月牙山豆腐，頗解鄉愁。

這也是黃峴圖最後一次見到白崇禧。1965 年，李宗仁從美國回到北京定居。次年，當年與李宗仁並稱"李白"——"無白則無李，無李則無白"的白崇禧，在台灣與世長辭。

1990 年，已是 93 歲高齡的黃峴圖，終於迎來了分別 40 年的髮妻周珪瓊和幼子黃知平。

91 歲的珪瓊，已是一位白髮蒼蒼、滿臉皺紋的老太太了。四十年的滄桑，二十多年依靠踩縫紉機養家糊口的艱辛，都寫在面上。唯一不變的，是那飽含深情的眼睛。似乎，四十年的別離，只是彈指一揮間。她的孤苦撫子，堅貞守望，確是 40 年如一日。當年離家時還在襁褓中的知平，竟也人到中年了。

握著她的手，93 歲的他，半晌無言，惟有淚千行。從別後，憶相逢，幾回魂夢與君同。今宵剩把銀釭照，猶恐相逢是夢中。

大江大海，離合悲歡，如今，總算是告一段落，夫婦、父子，終於團圓了。

這一夜，他和珪瓊都沒有合眼，坐在新店中央新村的家中，說盡了 40 年的故事。

他這才知道，妻兄周崖洲已在 1950 年的"土改運動"中被槍斃，妻弟周道衢也在同一時期攜妻投河自盡。抗戰時在逃難的山洞中產女、之後身體一直比較虛弱的妻妹琬瓊，也在 1959—1962 年的大饑荒後病逝。道衢夫婦留下的幾個未成年子女由幾家親戚收養。當時已在讀大學的大姪女斯寶，畢業後嫁給了大學同學、新加坡歸國華僑黃錦漫，雙雙在廣州一家造船廠工作，1978 年移居香港。他們的獨生女黃靜波，自港赴美留學，從加州州立大學畢業後在薩卡拉門托市工作、成家，正申請父母移民。

第二天下午，黃峴圖帶著妻兒在中央新村和附近的碧潭走了一圈，讓他們看看新的生活環境。

毗鄰碧潭的中央新村，是台灣在 70 年代專為大陸來台的國大代表修建的一處高級居住區，街道寬闊，綠樹夾道，分布著 600 多棟兩層小樓，戶戶花木扶疏。這裡的生活也很方便，有豆漿早點店、山東餃子館、意大利餐、咖啡走廊……往河岸走，就是碧潭的吊橋。碧潭是台北著名的風景區。新店溪流經此地，形成水色澄碧、平靜寬闊的河面，故名"碧潭"。碧潭左岸的和美山，有陡峭的崖壁，形似長江赤壁，有"小赤壁"的美譽。

黃峴圖特別告訴知平，如果上到高處的碧亭，可將這些山水美景盡收眼底。

琺瓊在一旁微笑。這遲來的天倫之樂，總算還是等到了。

誰料想，僅僅三周後，黃峴圖便因病突然去世。因歷史原因，他在來台多年、回鄉無望的孤寂中，再娶年紀相仿、曾任廣西省育幼院院長的監察委員陳葵嫻女士，並收養了一個女兒。他逝世之後，作為原配的周琺瓊母子頓失依靠，而房子已不知被轉到何人名下，周氏母子竟被法院頒令逐出，三餐不繼，被一好心人臨時安置在簡陋旅社中。此事經台灣一家大報披露之後，一位華人世界知名的台灣作家撰文嘆曰："此亂世浩劫又一例也！"

2018 年清明節，周琺瓊的胞侄、年近八旬的周宗衡（周道衢之子），從湖南長沙回到已不復存在的廣西梧州藤縣南安鄉丹村的老家，在這個已經改名為塘步鎮的地方，為前幾年以衣冠形式歸葬故里的父母上墳。

之後，他特地來到桂林，為撫養他成人的姑母周琬瓊、姑父唐少華掃墓，同時看望當年與他一起在童稚之年來到姑母家的胞妹周斯曼，以及姑父姑母的幾個女兒。其中，二表妹橋荇和他一樣，也是特地從千里之外的定居地趕來給父母掃墓。

在簡單的家宴上，面對年過古稀的妹妹和表妹們日漸蒼老的面容，在風中飄動的白髮，唯一還知道一些周家舊事的周宗衡，談起了那些已經湮滅於歷史煙雲中的故事……

然後，這些故事，傳到了琬瓊在加拿大的外孫女耳中，也就是琬瓊在抗戰勝利第二年與少華團圓後生下的、頂了在抗戰中夭折的二女兒的排行的橋荇的女兒，一個從小聽外祖父和母親、三姨講家族老故事，自幼對在國難之際投筆從戎、熱血勇毅不讓鬚眉的外祖母有著由衷敬愛的人。

於是，在大洋彼岸，在離加拿大民歌所唱的"紅河谷"溪流不遠的一幢安靜的紅磚小樓裡，有了這本融家族傳說、歷史敘事與文學創作於一體的《西江逝水》，以致敬歷史，紀念祖輩。

擱筆之際，正是加拿大最美的季節，金秋十月。

萬山紅遍，層林浸染。鐵馬秋風，長天歸雁。

少華和琬瓊這個已經年過不惑的長孫女，在萬里之外，回望故國百年，回想祖輩親歷的那些令人熱血燃燒的歷史，從辛亥到抗戰的那些沸騰的大時代，真的是心潮澎湃。

百年家國，大江大海。

曾經的風雲跌宕，曾經的歷史滄桑，都已化為西江逝水。

凝眸處，千山外，水長流……

——全書終——

後記

一切，要從先外祖父母的抗戰勳章說起。

2015 年，中國抗日戰爭勝利 70 週年之際，旅居加拿大的我，從網上看到了一則消息–為紀念抗戰勝利 70 週年，曾參與抗戰的將士或直系家屬，無論大陸、台灣、港澳、海外，均可申請抗戰勝利紀念章，由參戰將士或直系家屬提供相關資料，經審核批准，即可頒發曾於抗戰勝利週年（1946 年）頒發給抗戰有功將領的抗戰勝利紀念章，並配以證書一幀，以表彰抗戰將士出生入死、為國犧牲奉獻的偉大愛國情操。

據報道，著名的抗戰英雄謝晉元團長，已由其子謝繼民代獲頒發。謝繼民說，這枚抗戰勝利紀念章是對他父親最好的紀念，也是他們家族的歷史傳承，他會把紀念章掛在父親的銅像上。當年支持中國抗戰的國際友人羅斯福、陳納德、史迪威，也由後人代領。當年的參戰將士，從大陸到港澳台到海外，已有數百人獲頒。

接下來，一位同好近代史的朋友攀兄也告訴我，他辭世 64 年的外祖父劉召東將軍（曾任 20 集團軍參謀長，參加了抗戰時著名的騰衝戰役），繼 1946 年獲得抗戰勝利紀念章後，此次由他母親代為申請，再度獲頒。相識多年、熟知彼此家史的攀兄鼓勵我也為參加了抗戰的外公外婆申請。

這些消息，讓我不由心潮澎湃，思緒萬千。

從未見過、卻永遠活在母親五姐妹的心中口上的外婆，在家族傳說中，似乎，永遠是與“抗戰”聯繫在一起的。

從小就知道，我的外婆周婉瓊，一位出自富家的大小姐，卻是熱血勇毅不讓鬚眉，在國難之際，與廣西大學同學加戀人的外公唐肇華（已故廣西師範大學副校長，物理學教授，理論物理學家）一起投筆從戎，

1938 年 11 月雙雙參加廣西學生軍，慷慨報國，挺身抗戰。

從小就聽說，外婆當年的大學畢業紀念冊上，同學給她的評價是，"九姑（外婆排行第九，梧州方言稱為九姑），九不辜，一不辜民族的希望，國家興亡"……

外婆後來在廣西大學和廣西師範學院（後改名廣西師範大學）執教，1963 年 2 月病逝於桂林，年僅 46 歲。那一年，我的母親只有 16 歲，最小的五姨年僅十歲。

四歲那年，我跟隨母親，去給從未見過的外婆上墳。荒郊野外的墳區，靖江王陵遺留的殘破石人石馬，西風殘照下的外婆孤墳，在記憶之中永遠鮮明。照片上那個年輕美麗而又英氣逼人的外婆，在不該離去的年齡離去，孤零零地長眠於此，"獨留青塚向黃昏"。

而我出生後唯一在世的祖輩至親，我從小敬愛的外公，也已辭世八年。

作為外公外婆的長孫女，我自幼敬仰他們當年投筆從戎的勇氣、熱血、愛國情懷，當然希望能為他們申請抗戰勝利紀念章，庶幾可略盡孝思，慰先人於九泉。

接下來的一段時間，我開始尋找外公外婆參加抗戰的相關證明，以提交申請。

經過一輪艱苦尋覓，終於在民國時代的《藤縣志》上發現了對外婆 1938 年 11 月參加學生軍的記載，在廣西檔案館收藏的廣西學生軍史料中發現了外公參加學生軍的證據。

獲得這兩個關鍵證明後，我來到郵局，寄出申請。令人難忘的是，郵局的一位來自馬來西亞的華人職員，一見"抗戰勝利紀念章申請"的封面就肅然起敬，主動以繁體字恭謹代填特快專遞信封，並細心包裝，以免磨損。那一刻，我眼中有淚，70 年後，遠在萬里之外，異國他鄉，仍有這份敬虔感念，可見抗戰在全球華人心目中的地位，這是真正的永恆的勳章，外公外婆可以含笑九泉了。

申請寄出後不到一個月，我收到了寄來的抗戰勝利紀念章。這份榮譽，是對當年挺身抗戰慷慨報國的先外祖父母的最好紀念，也是留給我們後代子孫的永恆榮耀。夫婦倆同時獲得抗戰勳章，在這次獲頒的一萬多名參戰將士中，只有兩對。學者加抗日戰士的外公外婆，是我永遠的楷模，永遠的驕傲。

2017 年 11 月，在外公辭世十年之際，我帶著外公外婆的抗戰勳章和證書，萬里歸國，兼程返桂，上墳祭掃。墓園寂寂，我心依依。展章以告，焚紙以祭。二老在天有靈，泉下安息，當年熱血，茲記永記。

是故，在完成了紀念外公和他的家族的《百年家國：唐家故事》書稿（已由廣西師大出版社新民說於 2021 年 9 月出版）後，我決定為外婆和她湮滅於歷史煙雲的家族也寫一本融個人史、家族史和國史的“百年家國”。除了外公外婆，我還寫了參加過黃花崗起義的三舅公周亞洲（外婆的堂兄，原名周維榜，在東京加入同盟會，曾是同盟會廣西分會的骨幹，1926—1929 年任藤縣縣長，1939—1942 年任藤縣參議長）、參加過黃埔軍校的六舅公周本金（外婆的堂兄，原名周維金，黃埔四期入伍生，曾與林彪同桌）、參加過北伐的八姨公黃顯圖（外婆的胞姐周國瓊的丈夫，北伐時任第十五軍少校政訓主任，後為廣西省參議員，國民大會代表），和那些沸騰的歷史大時代……

因年代久遠，除抗戰部分外，家族傳說比較簡短，故採用歷史小說的形式來寫，以史實配以一定的文學創作，人物名字有所改動。我知道，九泉之下的外婆，仍然會為之欣慰。因為，那樣的熱血，那樣的家族，曾經真實地存在過，而文字，是最好的紀念。

從一個家族的角度來演繹從辛亥到抗戰的歷史，小人物和大時代，也自有其精彩。

《西江逝水》於 2018 年 10 月動筆，歷時一年，於 2019 年 10 月完成。

書中的抗戰部分，基本是外公外婆青年時代的真實經歷，除了不確定外婆是否參加過的崑崙關戰役。前三部曲則因我對三舅公、六舅公、八姨公的經歷無從得知具體，故以家族傳說和歷史記載為基礎，加以歷史敘事和文學虛構。歷史敘事部分經過嚴謹查證，比如周崖洲率部在大桂山剿匪，即三舅公周亞洲在首任藤縣縣長時所為。文學虛構的細節部分也參閱了很多史料，比如周崖洲和林覺民在香港濱江樓的對話，和其他選鋒在小東營五號的天井聽黃興講話；周維藎在黃埔軍校的學習，對蔣介石、廖仲愷、周恩來、陈赓等師長的印象，與林彪、文強等同學的交往，都參考了文史資料中多位同盟會和黃埔舊人的回憶，包括文強本人的回憶錄，力求真實還原那個充滿熱血、理想與激情的大時代。

令人感慨的是，這本書的出版過程也和書中故事一樣跌宕起伏。

以出版好書著稱、深受海內外讀者敬重的廣西師大出版社新民說團隊，早在此書尚未完成的 2019 年 6 月就為之報了圖書選題，又連續報了兩年的“年度選題”（出版社每年最重要的圖書出版計劃），惜均未獲准。其後，又有福建人民出版社和中國文史出版社的兩位資深編輯先後積極策劃出版，亦皆因社方認為這類題材必須送審、風險較高而中止。

2023 年 3 月，我以電郵投稿給曾任新星出版社和百花文藝出版社副總編輯的資深出版人劉雁女士在美國舊金山創辦的壹嘉出版社，次日即收到劉雁社長的回復，認為這是一本很有歷史分量的作品，很樂意出版。

至此，這份堅持了多年的心願、為我那一生無愧於國族的外公外婆和三舅公留些痕跡在世間，讓他們青年時代那些盪氣迴腸的故事不致湮滅，終告實現，我心甚慰。

感謝我的父親何君孝、母親唐橋星、丈夫吳潮華、兒子吳嘉和對我寫這本書的支持。年近八旬的表舅周宗璜和表姨周斯邁對周家舊事的零星回憶是我寫前三部曲的基本素材。曾經和我通過信、年近古稀時（1997 年）從香港移民到美國加州的大表姨周斯葆，如看到此書，一定也會深感安慰。

感謝三位同好近代史的朋友對此書的幫助：梓銘兄除了在寫作計劃上提了不少好建議，還為本書題寫了書名；明秀兄潤色了書中對秋瑾、章太炎在同盟會聚會上的出場情景的描繪，並建議添加了北伐收復租界之史實；有著相似家族經歷的攀兄給予了不少鼓勵。

感謝一直為推動此書出版而默默付出的兩位編輯朋友王光燦和李琳。他們是真正愛書、懂書的好編輯，從《百年家國：唐家故事》到

《西江逝水》，一直熱誠支持，無私奉獻，令人銘感。他們的謙遜、低調、不居功，有古君子風，令人敬佩。

感謝最終讓這本書面世的壹嘉出版社和劉雁社長。作為出版人，在海外做高質量的中文書，是一種堅持，更是一種情懷。於我而言，2023年在生命中的意義，就是發現了頗有同類契合感的壹嘉，結下了這份書緣。經劉雁介紹，我與祖籍廣西南寧的灣區作家黃雅純女士（著有《南寧舊事》《風吹稻花香兩岸》等書）認識後，彼此都驚喜地發現，她的姑母與我的外祖父母是同時期的廣西大學同學，她的父親在台與我的八姨公更是來往密切，兩家親如家人。按輩分，我應稱她為"黃姨"，可謂奇緣。與書中的"唐少華""周琬瓊""黃峴圖"有如此淵源的黃姨，應我之請為書作序，於此書而言，極具意義。

感謝書中的"幗英"之子、我的表哥馮原為此書作序。馮原表哥就此書說過一句令人感動的肺腑之言："你身上的堅持有家族的力量，能將（極難出版的）第二本書出版就是（證明）"。繼我自小敬佩的大外公唐現之之後執教於中山大學的馮原表哥，明白我這份為紀念祖輩兼為民族留記憶的堅持，就像當年從中山大學回廣西辦學的大外公，為了自己心中的信念，可以不顧一切、嘔心瀝血、百折不撓。

感謝《西江逝水》的每一位讀者。如果，您讀了以後，會感動於書中的那些人、那些事，就是我的最大欣慰了。

滾滾西江東逝水，浪花淘盡英雄。

往昔多少事，都付筆墨中。

在書的結尾，謹附上先外祖父母的一些照片，以為本書抗戰部分的歷史註筆。

祖德祖風，茲念永念。

何倩 2023 年 7 月於多倫多聽松廬

在西江邊長大的外祖母周婉瓊

國難之際投筆從戎（1938年11月在桂林參加廣西抗日學生軍）

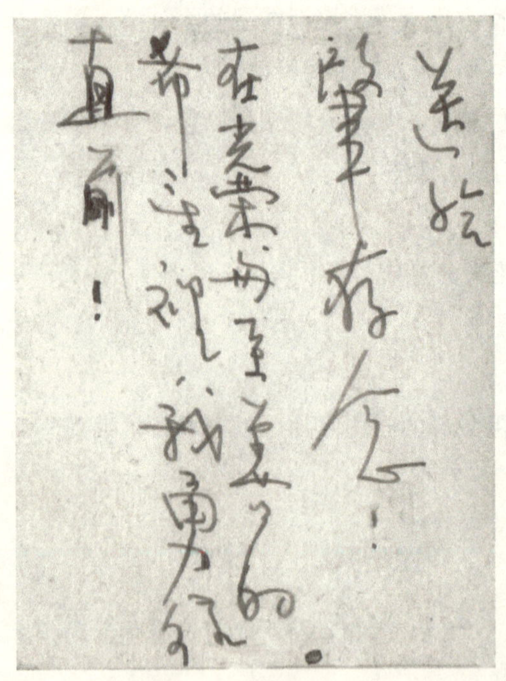

"送給肇存念！在光榮與至美的希望裏，我勇往直前！"外婆1939年8月隨軍駐紮藤縣時寄給在全縣（第五軍駐地）的外公的照片題字

外婆任助教的母校
（位於良豐雁山園的
國立廣西大學）

外公任助理研究員的桂林科學實驗館（位於良豐雁山的中央研究院
物理、地質、心理三所）

1944年秋，桂林沦陷前，外公千里跋涉去重庆，
即将生产的外婆携大姨妈回灌阳前的合影

外公在重慶的防空洞中
思念外婆而刻的印章、
用飛虎隊飛機殘骸製的
印章盒

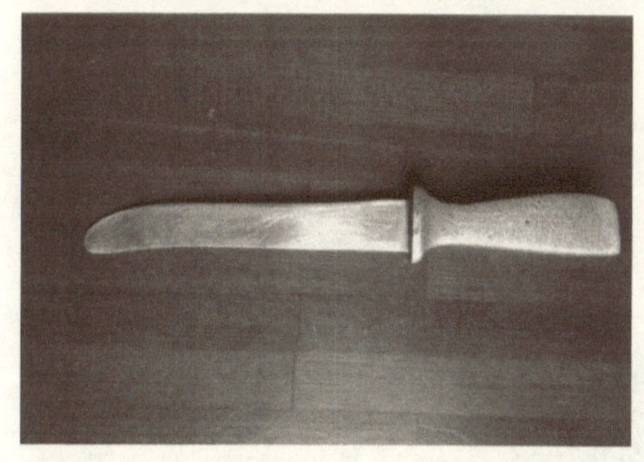

外公用飛虎隊飛機殘骸
製作的刀子（國仇家恨
都在其中）

外公在重慶的中央教育部
科學儀器製造所任研究員
時所佩徽章

青年時代的外公

隨着湘桂大撤退的洪流
千里流亡到重慶的外公

任廣西師範大學副校長時的外公（1986年）

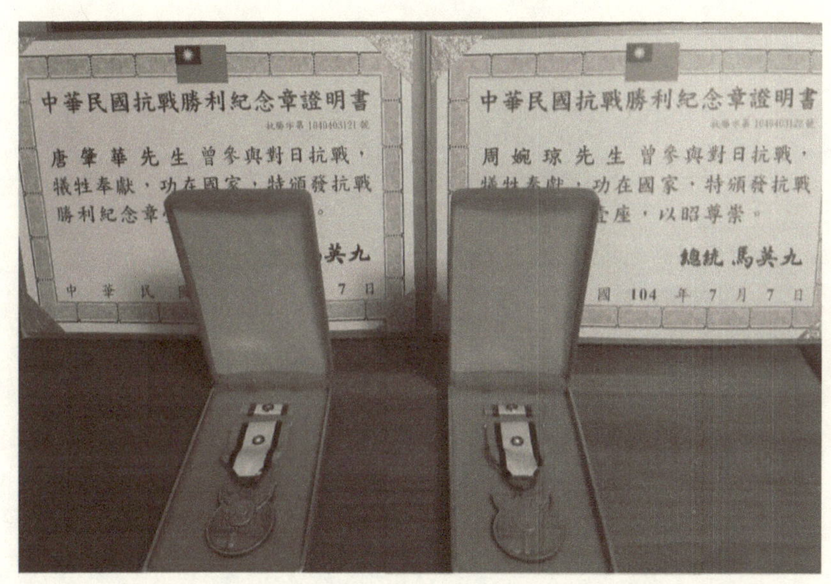

外公外婆在抗戰勝利七十周年時獲頒的抗戰勝利紀念章